《其は魔にあらず、無にもあらず》
《檻にて眠る根源へ、光は流転を誘う》
《在りし君を忘れ、廻る君を祈る》
『——葬送』

ダンジョンへ挑む
冒険者
シオン
葬送士の少女
アリスレイン

戦闘狂の魔法使い
ヴァルプ
臆病すぎる盗賊
リリグリム
ドMの白騎士
ノーランド

葬送嫌いの葬送士
エリカ
「――自分の命に、
自分で価値をつけられない。
そんなやつはどれだけ
腕が立っても、全員まとめて
能無しの馬鹿よ、馬鹿」

かつて人だった貴方へ

1．最果ての魔女と葬送士

紙木織々

CONTENTS

See you again
even if you metamorphose.

イラスト／かやはら

第1章　少年、君はまだ知らない

See you again
even if you metamorphose.

1

ひとりぼっちになるのは、これで二回目のことだった。

どうせ、ろくでもない話になる。フェリックスたちに呼び出された時からそう思っていた。案の定だった。

おい、と三人から怒声が飛ぶ。

戦士のフェリックス、暗殺者のネヴィル、武闘家のグレゴリ。パーティメンバーであるはずの彼らに改めて視線を向けると、ニヤニヤとした軽薄な笑みが返ってくる。麦酒を片手に他人の窮地を楽しむつもりで、それを隠す気もない低劣な表情。

今、彼らにとって自分は格好の肴(さかな)なのだと、そうシオンは理解する。いつものことと言えばいつものことだが――ただ、どうやら、今日でそれもお終(しま)いのようだった。

「聞こえなかったのかよ、クズ」

三人は酒場の粗末なテーブルを囲んで、座ったままシオンを見ている。もう一度言ってやる、とフェリックスはとんとんとテーブルを人差し指で叩(たた)いて、その指でシオンの顔を指した。「わざわざ俺が、お前の話をしてやってんだぞ、おい、クズ」と言い含めるように繰り返す。

　彼はシオンのことを名前で呼んだことがない。一度もない。初めて出会った時からそうだった。呼ぶ時は「おい」で、何か落ち度があった時は「クズ」と呼ぶ。それ以外の語彙は持っていない。

「お前は、今日でクビだって言ってんだよ！」

　フェリックスが求めているのは、「はい」という返事だけだ。

　プライドが高く、神経質で、自分の思った通りにいかなければ気が済まない。逆立てられた黒髪と整った目鼻立ちは格好いいが、意地の悪い性根が目つきに滲（にじ）むように浮かんでいる。俺の命令は三秒でやれ。返事は一秒でしろ。言い返さずに従え。耳にタコができるほど繰り返された言葉に、けれど今回ばかりは言い返さないわけにはいかなかった。

「どうして、おれが？」

「どうしてだぁ？」語尾をねじり上げるように誇張して、彼はこちらを睨（ね）めつけた。「おいおいおい！　どうして!?　お前、今そう言ったのか？　んなの、お前が使えねえからに決まってんだろ！　ランク3ってだけでなんも戦えねぇ役立たずのクズが」

　なあ、とフェリックスが振ると、太鼓持ちのドブネズミと大猿がすぐに応える。背が低くひょろりとしたネヴィルはヒヒッと引き笑いして頷（うなず）き、スキンヘッドで岩山のような筋肉をしているグレゴリは、鼻の穴をふがふがと広げて笑った。

「ヒヒッ。魔法はへなちょこ、剣もへなちょこ、でも両方できるから魔導剣士。そんな大層な職を名乗るのはやめて、ゴミクズですって名乗りゃあいいのさ。おめえもそう思うだろ、グレゴリ」

「いんや、ネヴィル。こいつにんも、できることは、あんる」

訛り(なま)のある口調で否定するグレゴリに、ネヴィルは顔をしかめた。

「あぁ？　んだよそりゃ」

「こんいつは――」目一杯にグレゴリは言葉を溜め(た)て「草むんしりは、大の、得意だぁ！」と、とびっきりの暴露をするように満面の笑みで言った。三人が顔を見合わせて、どっと大声で笑い転げ出す。そりゃそうだ！　そうだったそうだった！　よっ、草むしり職人！　一生それで飯食ってろ！　ぎゃははは！　と大盛り上がりだ。

「薬草を集めていたのは、だから、このパーティに必要なことだったんだよ」

このパーティには回復魔法を使えるメンバーがいない。少し前まではいたらしいが、シオンが加入した時にはもういなかった。ダンジョンでの回復は道具に頼らざるを得ず、パーティ全員が前線で戦う前衛職だから薬草の減りは凄(すさ)まじかった。

薬草をダンジョンで集めていたのは――確かに、効き目のいい薬草を集めるのが得意ではあるのだが――少しでも、冒険にかかる経費を抑えようと考えてのことだった。それだけでなく、ダンジョンに潜る前の食料の準備や、薬草のような必需品の補給、挑む層の情報収集、グランドギルドのクエスト受注のような事務処理まで、全て一人でやっていた。

もちろん、やりたくてやっていたわけじゃない。彼らがやらないから、やらざるを得なかった。それだけだ。薬草が足りなくなる度に「新入りだろうが」と身銭を切らされるなんて付き合っていられない。

「ご託並べてんじゃねえ。戦闘で役に立たねえ冒険者なんてクズだろうが」

「それは……」

そう言われてしまうと反論できない。

冒険者は、命を賭して魔物と戦う崇高な職業——なんてことは全くない。全然ない。

所詮は、ごろつきだ。

ダンジョンで財宝を発見しての一攫千金(いっかくせんきん)、あるいは新たな深層「人類未到達領域(アンノウン・デプス)」へと至り、「到達者(ビヨンド)」としての名声を得ようとするろくでなしの総称——それが冒険者だ。力がなければ生き残れない。そもそも冒険者でいる価値がない。

腕っ節の弱いやつはクズ。

それは一抹の真理だ。

一人では一層の森ゴブリンと戦っても負ける。そんな自分が笑われる立場にいることは重々承知していた。

「おまけにそんなお荷物が、葬送士を入れろだとか、パーティのことにまで口出ししやがったよな？　安くこき使える以外に取り柄のねえ、あんな穢(けが)れた連中を入れろとか抜かしやがって、胸クソ悪ぃ。足手まといが何様のつもりだよ、お前」

「……これも説明したけど。今より深く潜るなら、道具だけじゃなくて回復魔法が使える仲間が一人は――」

「うるっせぇ！　役に立たねえだけならともかく、クッソうぜえな！」

「――っ」

反射的に目を瞑（つぶ）った暗闇の後に、鈍い衝撃がして、ごつんと額に響く。ばしゃりと床に麦酒が散らばる音。叩きつけられた木製のジョッキが、がらんがらんと酒場の床に転がる。前髪から、眉毛から、鼻先から、ぶっかけられた麦酒がしたたり落ちる。酒臭い。ジョッキの当たった額に触れるが、血は流れていないようだった。

「とっとと失（う）せろ。ランク1に混ざって一層で草摘みでもしてろ、クズ」

追われるように店を出ると、酒気の混ざった夜の喧噪（けんそう）がシオンを包んだ。酒場が幾つも並ぶ第七区の歓楽街を、酔客たちを避（よ）けて歩いて行く。顔も髪も酒臭い。これではギルドマスターのミサミサと同じ生き物になってしまう。

いつだったか気まぐれに、冒険者は飲まれる生き物だ――と、ミサミサが語っていたことを思い出した。冒険者なんて皆同じ。酒に飲まれている内はまだマシで、いずれはダンジョンに魂まで呑（の）まれる哀れなやつらなのだ、と。

定宿に続く暗い路地を抜けて近道し、着いてすぐに顔を洗った。お世辞にも質の高い宿とは言えないけれど、井戸を多少なら好きに使って構わないところがこの宿のいいところだった。

顔と頭からある程度酒臭さが抜けたので、それで我慢して部屋に向かう。

当然、麦酒は服にもかかっていた。念のため着ていった防具が仇(あだ)になってしまった。上等な装備ではないとはいえ、これが一張羅で、魔物から命を守ってくれる生命線だというのに。

魔獣の革を重ねた鎧(よろい)は軽く拭くだけで済んだが、その下に着込んでいる薄手の鎖帷子(くさりかたびら)は丁寧に拭かないと錆(さ)びてしまう。ランタンの魔石の灯(あか)りが仄(ほの)かに照らす室内で、手入れの道具を取り出す。金属の擦れる高い音が夜の静寂に吸い込まれる。

「……なんでかなぁ」

ふと、そんな言葉が口から転がり出た。

口にしてから、思う。

なんでも、何も、ない。

こうなることはわかりきっていた。彼らは最初からシオンのことを仲間だと思っていなかった。事実、仲間であると言われたこともなければ、仲間として扱われたこともない。

仲間三人と雑用一人。それが常だった。

パーティに誘われた時、グランドギルドで受付嬢のオペラから事前に聞いた情報でも彼らの評判は最悪だった。それでも受け入れたのは、自分自身が自棄(やけ)っぱちになっていたからに他ならない。もっと言ってしまえば、その程度の距離感が、望ましかったのだ。

パーティであっても、仲間ではない。

その距離感が。

彼らが欲していたのは、一応ランクの上では先を行っていたシオンの知識だけだった。だがそれも追いついて、これ以上深く潜るのならば弱いやつは戦闘で邪魔にしかならない。足手まといだ。だから切り捨てた。冒険者として、彼らが間違っていることは何もない。仲間の実力は、命に関わるのだから。

手入れの終わった鎖帷子や衣服を干して、下着だけになってベッドに横になる。夏にはまだ遠く、春にはもう遅い季節ではあるけれど、そこまで寒いわけでもない。風邪は引かないだろう。

ベッドシーツの下に敷き詰められた藁が、カサカサとくたびれた音を立てた。ランタンをコンコンと二回叩いて魔石の灯りを消す。購入してから一ヶ月ほど経っている。魔石に宿された光魔法の魔力もそろそろ尽きるはずだ。こんな状況になった以上、無駄遣いはできない。

窓から差し込む月光が仄かに部屋を照らしている。月まで続く道のような一条の月光を眺めてから、ゆっくりと目蓋を閉じた。

「また……ひとりか」

2

翌朝、シオンはギルドを訪れた。

エリクシア王国は二重の城壁に囲われた円城都市だ。内側の第一城壁内は第一区から第四区、外側の第二城壁内は第五区から第八区と呼ばれ、東西南北を貫く大通りによってそれぞれの区画は繋(つな)がっている。

シオンの使っている宿は王国南西の第七区にあり、安い酒場や宿がびっしりと隙間なく押し込められた区画だ。酒場で酔っ払う冒険者が多いので、道は汚いし、喧嘩(けんか)も絶えない。低ランクの冒険者たちの吹き溜(だ)まりで、王国随一の治安の悪さを誇っている。

宿を出て、第四大路(フォース・ストリート)を通り、中央塔広場に出る前に小路に入った。所属する魔導剣士ギルドは、第四区にある大きく立派な建物だった。第四区には格の高いギルドしかないので建物はどれもそれなりに立派なのだが、その中でも結構目立つ。

外から見たところどの窓も開いていなかったが、なんとなくミサミサはいる気がした。かえって窓が開いている時の方が「玄関まで下りるの面倒で、三階の窓から出ちゃったぜ☆」みたいなことを言ってあの人は不在だったりする。

玄関に鍵はかかっていなかった。一階、二階は気にせず、真っ直(す)ぐに彼女が住居――というか巣――にしている三階に向かう。一応、部屋の扉をノックするが返事はない。

「……師匠、いますか？」

エリクシア王国
Elixir Kingdom

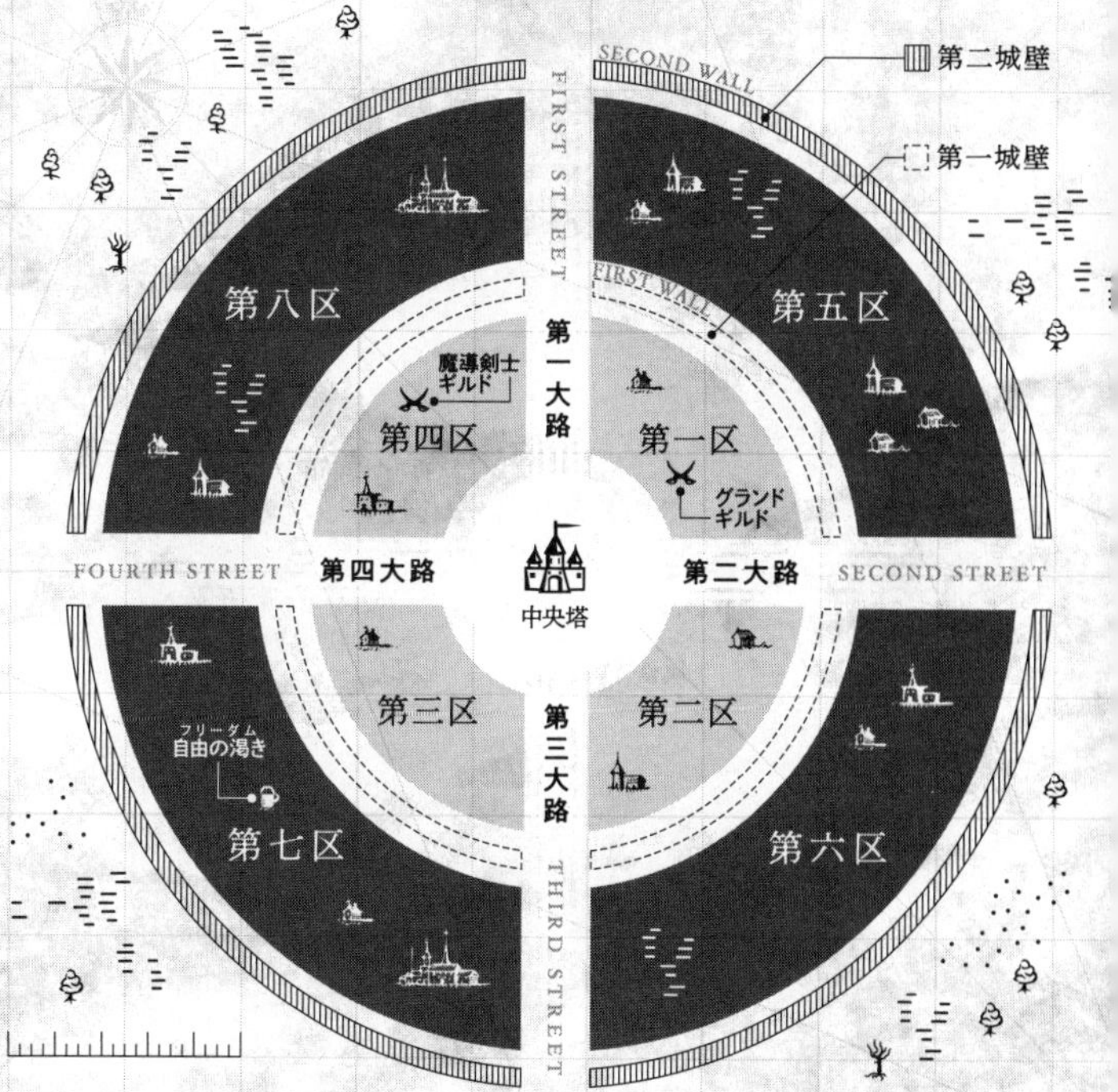
SECOND WALL
第二城壁
第一城壁
FIRST STREET
FIRST WALL
第八区
第五区
第一大路
魔導剣士ギルド
第四区
第一区
グランドギルド
第四大路
中央塔
第二大路
FOURTH STREET
SECOND STREET
第三区
第二区
第三大路
フリーダム
自由の渇き
第七区
第六区
THIRD STREET

TIPS I

エリクシア王国

エリクシア王国地下大界、通称「ダンジョン」を有する円城都市。
昼夜問わず冒険者を受け入れるため、東西南北の城門は常に開かれている。

TIPS II

中央塔

エリクシア王国の中心に存在する巨大な塔。
ダンジョンへはこの内部にある転移の魔法陣から移動する。

いないのなら鍵をかけて出てほしいところだった。何度言っても直らない。

扉を開けるとゴミや衣類、剣や防具、魔導具、魔導書と思しき書物、グランドギルドからの公文書らしい書類——要はありとあらゆる物が散乱した部屋が現れる。ミサミサの姿は一見した限りでは見当たらない。

「……師匠？」

だが直感が言っていた。いる。

床の踏める場所を飛び石のように辿っていく。

「いないんです——」

か、と言い切る前に反応があった。

部屋の一番奥に置かれたソファにかけられていた毛布が、むくりと起き上がる。どうやら寝室ではなくそこで寝ていたらしい。

「——って！　師匠！　ストップストップストップストップ……！」

「んぁ？」

ボリボリと無造作に腹を掻く音が聞こえるが、何をしているかは見えない。とっさに目を瞑った暗闇の中に、眼前の光景が思い起こされる。彼女が起き上がり、垂直になった毛布が床に落ちて、露わになったのは素肌だった。

冒険者だったとは思えない傷一つない玉のような肌と、流線の輪郭がはっきりと主張をしてくる豊かな胸、そして美人が台無しの猫のそれより大きなあくび。

この人はなんで――。

「なんで！　何度言っても全裸で寝てるんですか！　服着てください服！　せめて下着！」

「……シオン君」

「なんですか？」

声が低く、いつものハイテンションとは比べものにならないくらいに平坦なものだった。彼女はとにかく朝が弱い。当然、寝起きは最悪のコンディションだった。

「……早朝からうるさいぞ。ご近所さんに迷惑だろ」

「服を着てくれてたらこっちだってこんなに騒ぎませんよ！　あともうそんな朝早くでもないですし、ここは魔法障壁が張られてるから、窓を開けて熱唱でもしない限り近所迷惑にはなりません。それより！　早く、服を――」

「あーもう！　うるさいうるさいうるさーい！　君、そんなことを喚いていると、目を瞑っている内にその可愛い唇を奪うぞ。思う存分ちゅーちゅー吸うぞ。私はやると言ったらやる女だぞ」

「いやもう馬鹿なこと言ってないで、何か着てくださいよ……」

「もう着たさ」

「嘘つかないでください」

「嘘などつくものか」

「いや、嘘ですよ」

会話をしている間、物音は一切していない。

ミサミサが全裸のままなのは明らかだった。

「どうせ服を着る音がしていないとか思っているんだろうが、私なら物音一つ立てず移動することなんてお茶の子さいさいだ。それは君だって承知しているだろう？」

「それは、まぁ……」

かつて、人類未到達領域（アンノウン・デプス）だったダンジョン九層に初めて至った到達者（ビヨンド）にして、電光石火の動きで紫電とも謳（うた）われた魔導剣士である彼女の実力を持ってすれば、不可能ではない……のかもしれない。

たぶん。

「……じゃあ、本当なんですか？」

「本当だとも」

「ほんっっっとうに、服、着たんですか？」

「着たとも。君もしつこいな」

「……信じますよ」

「信じたまえよ」

深呼吸を一つ。

まず、目蓋を閉じたまま、目を覆っていた手をどけた。

恐る恐る、ゆっくりと、目蓋を開ける。

「いぇい☆」

ぷるんと揺れた。

全裸だった。

「師匠っ……!!」

アホだ。

この人はもう頭の先から魂の根元までアホだ。

「あっはっはっはっは！　いやー、シオン君をからかうのは最高だ。心の栄養だよ。目もバッチリ覚めた」

「どうでもいいからさっさと着ろ！　この変態！」

「おっ、調子が出てきたじゃないか。もう着たよ。今度は本当だ。ほら」

と、彼女は袖をすり合わせるような音を響かせる。

片目を開けてみると、確かによく見る普段着を着ていた。着るのが楽だからといって愛用している頭から被るだけの貫頭衣だ。とはいえ、普通に着たら多少は物音がしそうなものなのに、全然しなかった。たぶん、やれば本当にできるんだぞ、というところも見せたかったのだろう。

「おれじゃなかったらどうするんですか……」

「無駄な仮定はやめようぜ？　他にギルドメンバーもいないんだしさ」

「威張れることじゃないですよ」

「そもそも。私としては、見られて文句を言われるような体じゃないと自負しているんだが？」

グイッと彼女は胸を張って主張したが、そういう問題ではないので無視することにした。あんまり返事をすると調子に乗るのでいけない。

確かに、よくも悪くもシオン以外の人間がここに立つ心配をする必要はない。このギルドを訪れるのはシオンと、あとはオペラのようなグランドギルドの職員くらいのものだろうか。

言うまでもなく、ギルドとは本来そういう場所じゃない。

ギルドは引退した冒険者が開く道場のようなもので、ギルドマスターから技を授かるために多くの冒険者で溢れているべき場所だ。ギルドマスターだって、日々の稼ぎはそうして後進に技を伝授することで得るのだ。こんな所属メンバーが一人しかいないギルドなんてあり得ない。

今のこの状況は、彼女、ミサミサの功績が凄過ぎて、どれだけ散財しても死ぬまで不自由しない財産があるからこそ許されるものだった。もちろんミサミサの技を盗むべく、このギルドに入ることを望む冒険者も多くいたが、どういうわけか気に入られ、拾われたシオン以外は彼女が悉く気分一つではね付けてしまっていた。

その結果が、このたった二人きりのギルドだった。

おかげでミサミサは全裸で寝ていようと、足の踏み場もないくらいに部屋が汚かろうと、誰からも怒られることはない。彼女はここの王様だ。もっともシオンはそれでいえば小間使いなので、この後に部屋を掃除する羽目になるのだけれど。

連れて来られて初めて見た時は唖然としたが、もう慣れた。ぱっぱと部屋を掃除して、人間が不自由なく生活できる状態に戻す。

言われる前に、一階にある台所で彼女が寝起きに飲みたがる蜂蜜水を用意した。コップの中に蜂蜜を一匙入れて、水で溶いただけの簡単なものだ。

「お、サンキュー、シオン君」

部屋に戻り、手渡したコップから彼女が蜂蜜水を一口飲むのを待って、口を開いた。

「師匠。実は、話があるんですが」

「知ってるよ。顔に書いてある」

あまおいしい、と呟いて、もう一口飲んでから彼女はコップをテーブルに置く。

顔にかかった綺麗な銀色の長髪を掻き上げて、全てを見透かしたように笑った。

「パーティをやめたって言うんだろう？　それはもう大きく顔に書いてある」

ついっと指差されるが、自分の顔は見えない。見たくもない。

「……そうです」

「正確にはやめさせられた、かな。ま、どっちだっていいさ。私は賛成だよ。ここのところ毛虫みたいに寄ってた眉間の皺がない。清々しているんだろ？」

「それは」

清々、という言葉に、心が躊躇する。

フェリックスたちのパーティは居心地のいいものではなかった。彼らとパーティを組んで楽しい時を過ごせるのは、彼らと同じように他人を見下し、嘲笑い、傷つけることに快楽を見いだせる人だけだろう。

かといって、実力がないから出て行け、と言われたことを喜ぶわけにもいかない。冒険者として、それでいいわけがない。

「どうするつもりなんだい？」

「しばらくは、一人で一層に潜ろうと思います」

「しばらくって？」

「……具体的な期間は決めてないですけど」

「気が済むまで、か」

やれやれと困ったように彼女は首を振って、けれどその表情は柔らかく微笑んでいた。

「好きなようにするといいさ。無理にパーティに入れと言って、またクソみたいなやつらとつるんだところで仕方ないからね。いつまでも一人でいるつもりじゃないんだろう？」

「……それは、まぁ……もちろん。一人では、潜れるところも高が知れてますから」

「パーティってのは厄介なものだけどさ、君にはまだ必要だよ」

子どもに言い聞かせるように優しく、彼女は言った。

「人はひとりで生きられない……なんていう手垢の付いた説教をするつもりはない。そんなこと毛ほども思ってもないしね。人はひとりでも生きていける。でも、君にはまだそれは無理だ、という話さ。私くらい強くなってから考えることだね」

「目標、高過ぎますね」

「そんなことはない」

男が百人いたら全員まとめて心を射貫かれるような、意味深で、影のある笑みを浮かべてから、彼女はその熱が急に冷めたようにふっと真顔に戻った。

とはいえ、それも褒められたことではないね――と。

彼女自身に向けたのか、それともシオンに向けたのかもわからない言葉を紡ぐ。

「少年、君はまだ知らない」

お決まりの台詞だった。

この台詞を口にした時だけは、ミサミサはその後の言葉が冗談で言ったものなのか、本気で言ったものなのか、答えを教えてくれない。

君はまだ知らない。

それはつまり、いずれは知るということだ。

だから彼女は答えを語ってくれない。

「仲間は皆死に、何処かで魔物と成り果て、永遠に地の底に囚われた。その魂が二度と光に洗われることはない。それでも、私はひとりで生きていける。……が、それはそれで、寂しいものだよ」

だから私は、少し君が羨ましい。

そう呟いて、彼女はまた蜂蜜水を一口嚥下(えんげ)する。長い睫(まつげ)が目元に影を落として、どこか寂しげに揺れているようにも見えた。

3

パーティからクビになろうと、ダンジョンに潜らなければ稼ぐことはできない。

ここ、エリクシア王国で冒険者が稼ぐ方法は、ダンジョンに潜ることだけしかないのだから。

王道ならパーティを組み、深層を目指し、魔導王国時代の財宝や魔物からの残留物(ドロップ)を手に入れる方法が一つ。もう一つは、グランドギルドでクエストを受注し、そのクエストを達成することで報奨金を得る方法だ。

エリクシア王国が公機関として運営するグランドギルドは、中央塔広場に面した第一区にあり、昼夜を問わず開かれている冒険者の集会所だ。魔物の討伐や、ダンジョンでしか入手できない稀少品(きしょうひん)の採取、残留物(ドロップ)の入手、調査依頼など、多岐にわたる依頼がクエストとして冒険者に向けて発注されている。

——もっとも。

「はい。それでは薬草三十枚の採取、よろしくお願いしますね。シオンさんでしたら安心してお任せできます」

「……どうも」

クエストを受注し、微笑した馴染みのグランドギルドの受付嬢、オペラに苦笑いで会釈する。

苦笑いしてしまった理由は単純なことで、安心してお任せできます、という彼女の言葉の裏に、「ランク3にもなって、薬草採取なんていう駆け出しでもなかなか受けないクエストを受ける物好きはあなただけなので♪」——という長い長い但し書きが付いているように思えてならなかったからだ。

「ちょっと待ってください、シオンさん」

「はい？」

顔を上げると、オペラはにこやかにご機嫌斜めの表情をしていた。眼鏡の奥の瞳が笑顔でも笑っていないとわかる程度には、彼女との付き合いもそれなりに長い。

翡翠色の髪をそっと耳にかけてから、オペラは口を開いた。

「何か、ご不明な点や気になったことがありましたか？」

「いえ、そんなことは、全然」

「では、別れの会釈で苦笑いはやめるべきですね。てっきり、シオンさんは私の『安心してお任せできます』という言葉を『そんな物好き、あなただけなので』という皮肉として受け取られてしまったのかと思いました。いえ、全然構わないのですよ？　シオンさんにとって私がそうした曲がった性格の人間だと思われていたとしても、それでも変わらず一職員として誠心誠意応対するのが受付嬢としての私の――」

「――すみませんでした。この通りお手上げなので、もう勘弁してもらえると」

　頭を下げて言葉を遮ると、ふふっと口元に手を当てて、今度こそ柔らかく彼女は笑った。

「最初から、それくらい素直になればいいじゃありませんか。シオンさんは考え過ぎです。以前にも説明しましたが、薬草採取のような初歩的なクエストは、いつも人手が足りなくて困っているんですよ」

「腕の立つ冒険者はそんな雑用のクエストを受けない。かといって、クエストを受けなければいけないようなレベルの低い冒険者は、命を落とすか、命惜しさに廃業してしまうから万年人手不足……でしたよね？」

「その通りです。わかっているのに、どうしてそんなに疑り深いんですか」

「まず相手の言葉を疑ってかかるのは、冒険者にとって大切なことだと思っているので」

「誰彼構わず疑って信じられないのは、冒険者にとって欠点なことだと思いますよ？」

　即座に笑顔の圧力が飛んでくる。

　これが、ダンジョンや冒険者のことを碌に知らない人間の言葉なら否定もできるのだけれど、オペラも昔は冒険者で、おまけにシオンよりも深層に到達した記録を持つ腕利きだった。

「……すみません。生意気でした」

「いいえ。私も少し、感情的に言い過ぎました」

咳払い(せきばら)いを一つして、彼女は「シオンさんの考えも正しいことですね」と寂しげに微笑んだ。「足元を掬(すく)われてからでは遅いというのも事実です。冒険者が、信頼できる誰かを見つけること。それがどれだけ難しいことかは、私も知っています」

言葉にはされなくても、フェリックスたちとのことを含んでいるのは伝わってきた。

フェリックスたちとパーティを組もうとした時、彼女は明確に反対してきた。本来、グランドギルドの職員はそこまで肩入れしてこない。聞かれた情報を知らせることはあっても、最後の決断は冒険者の自己責任だからだ。

グランドギルドの職員としてではなく、オペラ個人として、彼女はシオンを気にかけてくれていた。だから誰に言われるまでもなく、彼女が信頼に足る人物であることは、シオン自身が一番よくわかっていた。

「ただ、私がシオンさんの腕を信頼していること。これは本当のことですから」

信じてくださいね、とわざとらしく砕けた口調で彼女は言った。

「……ありがとうございます」

行ってきます、と今度は笑って会釈して、グランドギルドを後にした。

様々な冒険者が入れ代わり入ってくる入口の端を抜けて、中央塔広場に出る。

広場には様々な露店が出ていて、かぐわしい料理の匂いが四方八方から香ってきている。

いつもなら店が出始めるよりも早くダンジョンに潜っているのだけれど、今日はミサミサのところにも顔を出したからかなり遅れてしまった。

おまけに。

叶うならもう死ぬまで顔を合わせたくないと思っていた三人組が、向こうから串焼きの肉を頬張りながらやって来ていた。気づかなかった振りをしたいが、無視をしたらそっちの方が面倒くさく絡まれるだろう。

「よう、クズ」

嚙み千切った肉を呑み込んで、フェリックスは足を止めた。

「これから一人で草むしりか？　精が出るじゃねえか」

フェリックスが喋ったら必ず鳴るよう細工のされた楽器のように、後ろでグレゴリはふごふご、ネヴィルはヒヒッと笑っていた。

三人は武装していた。ダンジョン帰りだろう。

「随分、地上に戻るのが早いみたいだけど。今日はもう終わり？」

「まぁな」

驚いた。

クズが俺に質問すんじゃねえ、とか。俺らが下手打って逃げ戻ってきたとでも言いてえのか、とか。言葉はなんでもいいが、とにかくフェリックスに一発殴られるのを覚悟して言い返した言葉だった。

だというのに、フェリックスは妙に上機嫌そうに、また串焼きを一つ頬張った。

「今日はもう十分に楽しんできたからな」

「……楽しんだ？」

それ以上の返事はなく、フェリックスたちは無視してグランドギルドの中へと消えていった。何か、弱い魔物を嬲（なぶ）り殺しにでもしたのか。それとも稀少な残留物（ドロップ）を拾いでもしたのか。答えは見えないが、あんなやつの考えなんてわかりたくもない。

気を取り直して、前を向く。

眼前に聳（そび）えるこの王国で最も背の高い塔が、目的地だった。

エリクシア王国地下大界――通称「ダンジョン」の入口は、国の中心部に建つ巨大な「中央塔」と呼ばれる塔に入口の魔法陣が用意されている。塔の上層では高位の魔導師たちがダンジョンの究明に明け暮れていて、最上階には不在の玉座があるのだという。

エリクシア王国は「王国」と呼ばれているが王はいない。その呼称は、かつて「理外の魔女」が引き起こした「災いの日」に滅亡した魔導王国の名残だ。現在では、諸外国とのやり取りは全てグランドギルドに集約されている。

全ての元凶たる魔女――今もダンジョン最深部で世界の全てを呪っているという理外の魔女については、存在すると言われているだけで、姿を確認できた者は誰一人としていない。吟遊詩人が歌う信憑性（しんぴょうせい）のない神話や伝説のようなものだ。

けれど、ダンジョンに潜ればすぐにわかる。

災いの日に人であることを失った当時の人々と、ダンジョンで死んだ冒険者たち。魔女の呪いに囚われ、魔物と成り果てて蠢く彼らの存在と、異界と呼ぶべき地下に広がる広大な空間が物語っていた。魔女は今も、この地の底の最果てにいるのだ——と。

冒険者は命を賭し、そんな恐ろしい魔女が生み出した魔物の蔓延るダンジョンに潜る。その見返りとして、冒険者である限り、身分などに縛られることなく自由に生きることができる。中央塔最上階の不在の玉座は、誰も冒険者を支配せず、統治もしないというその証しだった。

中央塔の入口で身分証扱いのギルドカードを塔の衛兵に見せ、シオンはダンジョン一層へと転移する魔法陣のある部屋へ向かった。

室内は石造りで、巨大な円柱が部屋の中心にある魔法陣を囲うように並んでいる。部屋は薄暗く、柱に付けられた魔石の灯りが微かに光を発している。最大の光源は足元で煌々と輝きを放つ巨大な魔法陣だった。

踏み入る前に、大きく息を吸って吐く。

「……よし」

行こう。

魔法陣の中に入ると、全身が満たされた魔力に包まれる。

目を閉じ、魔力を練り、放出する。放たれた魔力が魔法陣を起こす。

忽ちに魔法陣に組み込まれた転移魔法が発動し、シオンの体は影すら残すことなくかき消えていた。

再び、石造りの一室。

目を開けると、閉じた時と変わらない光景が広がっている。

魔法陣の外に出て、装備や持ち物に不備がないかを最終確認する。背中に背負った大きな革袋には、食料や水といった必需品が入っている。日帰りだからなくてもいいくらいだが、油断はできない。とはいえ薬草を採取して持って帰る以上、荷物でパンパンにするわけにはいかないので最低限だ。

腰に下げた剣を一度抜く。おかしなところはない。片手で扱えるショートソード。両手持ちの剣も試したことがあるが、一撃よりも手数と魔法で戦う魔導剣士であるシオンには、小回りが利くこれくらいの剣が一番合っていた。鞘(さや)に戻し、部屋の扉に向かう。

中央塔の部屋と同じなのはここまでだ。

警戒しながらゆっくりと扉を押し開けると、豊かな青々とした葉を揺らす森が広がっている。

ダンジョン一層、新緑廃街(エメラルドルイン)。

深い森が広がっている階層で、今出てきた転移の魔法陣のある建物からはずっと新緑の森が続き、一見すると美しい景色にすら見えてしまう。

警戒しながら建物の扉を閉めて、周囲を見回す。

魔物の気配はないようだった。森には様々な魔物が生息していて、そのほぼ全てが人食いの獣や昆虫、植物といった命を脅かす存在なのだ。気は抜けない。

廃街と称されるように、森を抜け、二層へと至る洞窟がある深部に近づくと、廃墟となった街が姿を見せる。そこは森ゴブリンの縄張りで、この層の最大の脅威である魔物だった。賢く、機敏で、集団戦闘を行う危険度の高い魔物だ。

今回は深部の廃街地域に近寄る予定はない。危険は少ないはずだが、彼らが食料としている木の実や魔獣を探しに来ることもある。改めて集中してから、森の中へと入っていく。

三十分ほどで最初の薬草の採取ポイントに到着した。幸い、森ゴブリンはもちろん、魔獣の類いにも全く遭遇せずに済んでいた。ぱっと見回した限りでも、薬草も荒らされることなく生えている。

周囲に警戒は配りつつ、採取を始めて数分後。

「――あ」

見つけた。

群生する薬草の中で、一枚の葉が光を放っていた。

放つと言うより、包まれていると言った方が適切だろうか。葉っぱの周囲に光が放たれ、纏われている。近くに生えている他の薬草にはそんな様子はないし――もしここに他の冒険者がいたとしても、この光は見えないだろう。どうやらこの光は他人には見えていないようだった。以前に所属していたパーティでも見える人はいなかったし、フェリックスたちもそうだった。彼らが「草むしりが得意」と揶揄していたのは、こうして輝いている薬草が地上に戻って鑑定を受けると、他のものより効能のある上級薬草として扱われるからだ。

これを地上に持って帰ると、クエストで受け取れる報奨金にボーナスが付く。金のなる草だ。オペラがシオンなら信頼できると言っていたのも、こうして品質の高い薬草を頻繁に集めてくるからだろう。

物心ついた時からこの光は見えた。

幼い頃、元は冒険者だった祖父に話したら、祖父は「お前も見えるのか。遺伝だな」と驚きもなく言っていた。当時はあまり詳しく聞かなかったし、死んでしまった今となっては聞くこともできないが、きっと祖父にもその光は見えていたのだろう。聞いた覚えがあるのは「シオン。光の導きに従え。なぜかって……勇者みたいで格好いいだろう？」という言葉だけで、子ども相手だったから仕方がないとはいえ、あまりにもふざけたものだった。

ただ。

光の導きに従え――というその言葉は、結果的に実行していた。

この輝きは、稀に魔物にも見ることがあった。光の色は様々だが、この一層であれば森ゴブリンの体を包むような光を見ることがある。これまで経験した戦闘では、そうした魔物は一度の例外もなく、通常の魔物よりも強力な能力を有していた。

最初のパーティではシオンの言葉は尊重されて、パーティは危険な戦闘を避けることができていた。フェリックスたちには「寝言言ってんじゃねえぞ、クズ」と言われただけで、一切信用されていなかったが。

薬草の集まりはよかった。直近で採取した人がいなかったのか、いつもより豊富に薬草が生えていた。一箇所の採取ポイントで十枚採れるとして、三箇所は回る必要があると思っていたが、もう半分が採れている。この調子でいけば、次の場所で依頼されていた量の薬草は全て確保できるかもしれなかった。

薬草を革袋に詰めて、水を一口飲んでからその場を後にする。

次のポイントへ向かい始めて十分ほどした頃だった。

「……なんだ？」

遠く、音が聞こえる。

駆けてくる音だ。

地面を蹴る足音は一人じゃない。踏まれた枝が割れ、振り払われた草木がバサバサと上げる抗議の声が近づいてくる。たぶん、獣じゃない。

考えられるのは――。

正面から向き合うのはいずれにしろ危険だった。距離はそう遠くない。周囲を見回すが、完全に姿を隠すことはできそうになかった。それなら視野の確保を優先した方がいい。近くの大木の後ろに回り、気配を消す。これだけ大騒ぎしているのだ、相手に注意力はない。バレはしないはずだ。

万が一に備え、腰の剣に手を添えた時、姿が見えた。

――空から降り注ぐ、雨。

その最初の一雫のような、美しい青髪だった。

少女だった。

恐らく、年齢はシオンと同じくらい。腰ほどまである長い髪を振り乱して、一目散に駆けている。本来は可愛らしいだろう大きな目は、追われる兎のような必死の色に染まっていた。

彼女の職業は、その服装で一目で理解できた。

魔導師のローブとはまた異なる、知らない人が見たのならドレスのようにも見える白色の衣装。ドレスのように思えるのは、彼らの職業――葬送士であることを示す葬送花の刺繍が、美しくその衣服を彩っているからだ。

道中、何度か転んだのか、その花は泥にまみれていた。彼女自身の顔もよく見ると、擦った痕や、木々の枝で切ったらしい切り傷が幾つもあって、血が流れている。

薄汚い声が響いて、驚いた彼女が髪を靡かせて振り返り、その拍子に木の根に足を取られ転んでしまう。

それは、彼女が立ち上がるのを待つことなく姿を見せた。

姿は一見、小柄な人にも見える。けれど、森に順応して緑色になった肌と、欲望が剝き出しになったような牙、そして耳まで裂けた口が、人とは別種の生き物だと主張する。森ゴブリン。ゲヒャゲヒャと気色の悪い声を振りまきながら、彼女に近づいていく。

まずい。

心の内で呟きながら、見間違いじゃないことを改めて確認する。

ゴブリンの身長は一二〇センチほど。平均的なサイズだったが――このゴブリンには体を覆う光が見えた。どうやら通常の個体よりも強いゴブリンらしい。普通、彼らは集団行動を好む。単独行動をする時点で、自らの能力に自信があるのだろう。目の前の転んで立ち上がれないでいる獲物を見て、ゴブリンは気色悪く高笑いしてますます興奮する。

彼女は起き上がり杖を構える。ゴブリンは全く止まらず、彼女目がけて一直線だ。賢い。どうやら冒険者との戦闘経験もあるらしい。魔法を使う職業は基本的に近接戦闘には向かない。中でも葬送士の使う魔法に攻撃魔法は存在しないから、一気に距離を詰めればそれまでだ。

無視して、見殺しにしろ。

そう理性は訴えているのに。

どうして、自分はこんなことをするのか。

――シオン！

呼び声と、逃げてと叫んだ彼女。

いつかの地獄が頭を過った瞬間、気がついた時には体が動いてしまっていた。

一度、冷静になって考えれば、無謀だとわかることだ。自分一人の力では、通常のゴブリン相手でもサシでは五分で負け得る。あの光が見える個体なら尚更だ。

負ける――なんて言葉が軽くてよくないけれど、ダンジョンでの「負け」は「死ぬ」と置き換わる。

十中八九、死ぬ。

それなのに――。

駆け出しても、間に合わないことは明らかだった。

「……《解かれし門より、雷火を満たせ》」

樹の裏から飛び出し、剣を持っていない左手を駆けるゴブリンに向ける。詠唱によって定義された魔力が身体を巡り、左腕を奔り、掌から指向性を持って迸る。

「『直雷』ッ！」

走っては間に合わない距離を、瞬きの間に一筋の雷光が貫く。

「グギャア!?」

突然の衝撃に、ゴブリンは顔を押さえて暴れている。

当たり所がよく、直雷(ラインボルト)はゴブリンの左目付近を直撃していた。シオン程度の魔力では大したダメージにはならないが、急所に当たれば話は違う。

「さっさと立って！　逃げて！　早く！」

声をかけると、呆気(あっけ)に取られていた少女が弾(はじ)かれたようにゴブリンから距離を取る。その間も距離を詰めるが、ゴブリンはもう回復していた。目が潰れてくれていればと思ったが、ギリギリで目蓋を閉じられてしまったらしい。

ダメージを与えたことで、ゴブリンの標的は移り変わっていた。右手に持った石のナイフをこちらに向けて、ゴブリンが飛びかかってくる。

「グギャア！」

「――っ！　くっ！　うわ!?」

初撃は弾き返したものの、ゴブリンはボールが跳ね返るように地面を蹴って、即座に連続攻撃に転じた。このゴブリン、やっぱり、強い。単純に動きが速い。一撃、二撃、三撃――流派も何もあったものじゃない滅多打ちの剣戟(けんげき)が襲いかかってくる。

攻撃の速度は圧倒的にゴブリンに分があった。それでもなんとか受けることができたのは、こっちの武器のリーチが勝っていたからだ。もし武器が同じナイフだったのなら、ゴブリンの石ナイフはもう赤い血で彩られていただろう。

ゴブリンも力量の差を察したらしい。「グヒャヒャ」と裂けた口を更に醜く開いて、舌(した)舐(な)めずりしている。

じりじりと後退すれば、その分、ゴブリンは詰めてくる。

どうとでも料理できるという余裕。

こっちは既に少し息が切れているけれど、ゴブリンはニタニタと笑っている。このまま戦闘が続けばどうなるかなんて、火を見るより明らかだ。

「解かれし——っ！」「グギャ！」

もう一度、顔面に叩き込むことができれば。

一縷の望みで詠唱しようとした瞬間に、距離を詰めたゴブリンの攻撃に押され、体勢を崩して膝を突いてしまう。「グヒャヒャ！」と飛びかかってきたゴブリンを横に転がって間一髪で避ける。

「——ッ」

慌てて立ち上がろうとして、痛みに剣を離しかけた。

クソ。全然、間一髪じゃなかった。

切り裂かれた、なんていう綺麗な傷口じゃない。石の刃で抉られた左肩から血が滴る。焼けるような痛み。目がチカチカする。力を入れれば動くけれど、まずい。たぶん、結構深い。

「グギャア！」

「くっ……！」

ゴブリンの渾身の一振りで、弾かれた剣が右手を離れる。ニタリと緑色の笑みが勝利を確信している。

採取のために使っているナイフを抜き、やぶれかぶれの牽制で横に薙ぐ。おちょくるようにゴブリンは地面を転がって距離を取った。わざとらしい派手なアクションだ。もう完全に遊ばれている。

剣を拾っている隙はない。右手に持った頼りないナイフをゴブリンに突きつける。

右、左、右と揺さぶるようにステップを踏んだゴブリンが、すっと距離を詰めてくる。ナイフとナイフが弾かれ合う。二撃目に備えて構えたが、ナイフに衝撃はなかった。ゴブリンはナイフを持った右手ではなく、左手を振りかぶっていた。なんだ？　なんて疑問に思う暇があったらとにかく避ければよかった。

「あぐっ……！」

目の前が見えなくなる。

さっき嘲笑うように転がった時に握ったのだろう。叩きつけられた砂に視界を奪われた瞬間、ゴブリンはもう目前に迫っていた。

時の流れが遅くなったように、ゴブリンの動きが、一挙手一投足が、ゆっくりと映る。

ゴブリンが、裂けた口から、涎を垂らして、笑う。

ナイフを構え――いや、間に合わない。

あ。

駄目だ。

これ、死ぬ。

「《其は魔にあらず、君よ魂源を忘るなかれ》――『追憶』」

あと一秒あれば、振り上げられたナイフに切り裂かれていた。

きっと、間違いなく、死んでいた。

聞こえてきた葬送魔法はゴブリンの頭上に発生し、注いだ一条の光がゴブリンを真っ直ぐに貫く。魔物の肉体ではなく、魂に作用すると言われている魔法。ゴブリンの体が痙攣と共に硬直する。

――ここだ。

魔法による妨害は長くは続かない。数秒後にも効果は解ける。この一瞬の隙で、相手の命を取れなければ今度こそ終わる。

右手のナイフを引き、確実に仕留めるため、骨で滑ることのないよう瞳から脳に至る刺突を繰り出そうとした。

その瞬間に――光が、弾けた。

ゴブリンの体を覆っていた光が眩く輝いた。目の前で発生した光の爆発で、視界が真っ白に染められる中に、その一際強い光はあった。一瞬で散って消えるはずの閃光を一所に留め続けたような輝きの塊が、小さくとも鮮烈に、まるでまっくらな夜に太陽が昇ったように、ゴブリンの胸の中央で強烈に瞬く。

そこか。

自然と、ナイフの向ける先を変えていた。

そこを突けばいいのだと、わかった。直感した。引いていた右手のナイフを強く握り、胸に輝く一点の光に向けて突き出す。筋肉を裂く鈍さも、骨を断つ重さもなく、水の中に突き出したようなするりとした手応えが返ってくる。

突かれた光の塊が、弾けて、霧散する。

「グギ……ギャ……」

小さく呻(うめ)いたゴブリンは暴れることもなく、仰向(あおむ)けに背中から倒れていく。地面に横たわるゴブリンは、間違いなく絶命していた。人よりも遥(はる)かに生命力に優れる魔物が、たった、一撃。

自分でも信じられないほどの、致命へと至る会心の一撃だった。

「やっ……た……？」

膝から力が抜けて、ゴブリンと向かい合うように尻餅をつく。

やった。倒した。ゴブリンを。

自分、一人の力で——あ、いや、違う。あの魔法。

「大丈夫ですか!?」

視線を向けると、さっき逃げた葬送士の少女が駆け寄ってきていた。

「……大丈夫。君も」

「——って!?　ぜっ、全っ然、これっぽっちも大丈夫じゃないですよぅ……!!」

君も無事でよかった、なんて言う暇はなかった。

血相を変えた彼女に指差されて、左肩をやられていたことを思い出す。

見てみると、出血は未だ止めどなく続いていた。むしろ悪化している。初めてゴブリンを一人で倒したことに興奮し過ぎて、すっかり忘れていた。痛みが急に主張を始める。痛い。それはもう滅茶苦茶に。とにかく、痛い。

「……ごめんなさい。本当に、ごめんなさい。こんなダメダメで、馬鹿な私のせいで……」

「いや、そんなに自分を卑下しなくても」

「あ、動かないでください！　絶対安静ですよ！」

しょぼくれたり、ハキハキとしたり、落ち着かない子だった。

隣に膝を突いた彼女が、傷口に両手を翳す。

仄かな光が彼女の掌から溢れる。光は温かな気配となって、痛みを覆うように左肩に広がっていく。

「《其は汝、うつろう魂源より、在りし君を描け》――『回癒』」

ぬるいお湯が肌の表面を舐めるような刺激が続いて、少しずつ、少しずつ、より深く、内側に染み込んでくるようだった。横目に見ると、もう傷口から流れる血は止まっている。

傷口そのものも再生し始め、しばらくするとなくなっていた。薄らと傷跡は見えるが、かさぶたが取れたばかりの擦り傷の痕のようなものだ。

「……ありがとう。おれはもう大丈夫だから、君は」

　大丈夫だったか、とはまた聞けなかった。

「ありがとうございました……!!」

　右手を取られ、ぎゅっと両手で包まれる。

「私、もう、本当に駄目かと思いました……！」

　興奮した様子で彼女は口を開き、泣きそうな顔で笑った。

「本当に……もう駄目なんだなって、思ってたんです」

　整った顔が至近距離で豊かな表情に彩られている。さっきの必死な様子で一杯だった時も思ったが、やっぱり可愛らしい女の子だった。瞳が硝子玉のように大きく、透明に輝いて、彼女の爆発する感情を言葉以上に語っている。

　もしかしたら、今日初めてダンジョンに潜ったのかもしれない。そして初めて死線を越えた。そうなのだとしたら、この興奮も仕方がない。

「名前は？」

「あ！　ごめんなさい！　自己紹介が遅れました。私、アリスレインといいます。見ての通りといいますか、葬送士です」

「おれはシオン。職業は魔導剣士……まあ、君みたいに見ての通りとはいかないけど」

「魔導剣士！　凄いですね……！　剣も魔法も才能があるなんて！」

「あー……それは、違うかな」

自分で言うのも悲しいけれど。

「え？」

「百点の魔法の才能を持っていたら魔導師になるし、百点の剣の才能を持っていたら戦士や剣士になる。魔法も剣も、五十点以下の才能しかないやつがやる職業。それが魔導剣士だよ」

「そ、そんな謙遜されなくても！」

「いや、謙遜でも自虐でもない事実なだけだから、気にしないで」

ミサミサのような例外はいるけれど、あんなものは本当に大大大例外だ。魔法の才は五百点、剣の才は五百点、合わせて千点。身体能力も魔力も超人だから両方やらないと損。だから魔導剣士。そんな人は他に存在しない。

「……ごめんなさい。私、葬送士以外のことはあまり詳しくなくて……」

「いいよ。別に、謝らなくても。皮肉みたいに聞こえたなら、こっちこそ、ごめん。本当にただの事実だから」

「でも！」と、一層手を強く握って、ぐいっと顔も近づいてくる。「さっきの魔法、凄かったです！　雷の！　あの魔法がなかったら、私はあのままゴブリンさんにやられてたと思います」

ゴブリンさん、って。

魔物をさん付けする人なんて初めて見た。

この子、もしかしてちょっと変な子だろうか。変というか、不思議というか。

「だから、私にとって、あなたの魔法は凄いです。五十点じゃないです。百点満点です！」

真剣にぎゅっと眉を寄せて、大きな瞳が真正面から射貫くようにこちらを見つめている。逃れ難い視線だった。話した感じ、この子には裏表がない。子どもっぽいというか、冒険者らしくない。

というか。

手を握られて、至近距離で、こんなにまじまじと褒められては流石に恥ずかしい。

「あのさ」

「はい！」

「……手、もういいかな？」

彼女の両手に掴まれたままでいる右手を振って存在を主張する。

一拍遅れて、彼女も理解したらしい。

「ごっ、ごごごめんなさい……！　嫌でしたよね！　私、葬送士なのに、こんな気にもせずに触れちゃって……！　ほ、本当にごめんなさい！」

しまった。別に、そういう意図ではなかったのだけれど。

立ち上がり、誤魔化すように周囲を見る。魔物の気配はない。あるのは目の前のゴブリンの死体だけ。

「アリスレインさん、仲間は？」

「いいですよ、アリスレインで」

「なら、おれもシオンでいいよ」

「はい」

と、にっこり笑ってから、即座に表情がしゅんと落ち込んだ。飼い主に叱られた犬のようだった。

「えっと……」

何かを打ち明けるか逡巡するように視線を泳がせて、結局、彼女は視線を力なく地面に落とした。

「……その。……私、一人で、ダンジョンに来たんです」

「一人で？」葬送士が？「その、何か……事情でもあったの？」

葬送士は魔物を攻撃する魔法を覚えない。使えるのは回復魔法と、魔物の魂に働きかけて動きを妨害する魔法。そして葬送だけだ。もちろん、近接戦闘する職ではないので武器で攻撃するなんてこともできない。

葬送士が一人で潜るなんて、そんなのはほとんど自殺行為だ。

けれど、そうでもしなければならなかった理由が、何か、彼女にはあったのだろうか。

一人で、こんな地の底に来なければいけなかった理由が。

「…………私、ぼっちなんです」

たっぷり溜めて、神妙に彼女は言った。

「……はい？」

ぼっち？

「も、もも、もちろん！　仲間は探したんです！　何日もです！　ですが……受け入れてくれるパーティもなく、募集しても駆け出しの葬送士の仲間になってくれる人もいなくてですね……その……辛抱堪らずと言いますか……善は急げと言いますか……」

「それで、一人で潜った？」

こくりと彼女が頷く。

なんだ、それ。

「あのさ」

頭ん中スッカラカンの馬鹿なのかと、暴言が大爆発しそうになってギリギリ止めた。

命を張ってまで助けたことが心底、馬鹿馬鹿しくなってきた。

シオンも、彼女も、一人でダンジョンに潜っていることは変わらない。そこはある意味お互い様だ。けれど、一人でも一応は戦闘が行えるシオンと、誰かとパーティを組まなければ戦いようのない彼女では一人の意味が違う。重みが違う。死ぬとわかっている高さからジャンプする馬鹿がどこにいる。

この子、なんなんだ。

生きるも死ぬも勝手。命を粗末にするななんて説教するつもりはない。

でも、目の前の彼女を見ていると、どうしても苛立ちが募った。

だろう。

　よくよく考えれば彼女の職業は葬送士だ。それだけで自殺志願者と見なす人だっている

だったら邪魔してごめんと謝って、さっさと去るつもりだった。

「君、死にたかったの？」

「ち、違います！　そんなつもりは全然！　これっぽっちも！」

　力一杯に言い返される。

　そういえば、さっき助かった時は心底喜んでいた。

　あの表情に嘘があったとは思えなかった。死にたいというわけではないのかもしれない。

「私、夢がありまして。まだ死ぬわけにはいかないんです」

「夢？」

　聞き返さなければよかった、と思った時にはもう遅かった。

「魔女を倒したいんです！」と、力一杯に彼女は断言した。「……魔女を倒して、魔物になってしまった人を全員、送ってあげたいんです」

　呆気に取られ過ぎて、何も反応することができなかった。

　流石に彼女も察して視線を落とす。小さな手が、服の袖口をきゅっと握る。

「えっと……おかしい、ですよね」

「……いや」

　いや、とは言ったものの、その通りだと思っていた。

彼女の言っていることは色々とおかしい。

確かにこのダンジョンを生んだ魔女を倒せば、囚(とら)われの魂は解放され安息を得ると言われているが、そんなのは迷信みたいなものだ。何の確証もない。

だからまず、魔女を倒すなんてことを目標にしている時点でおかしいし、

「本気で言ってるの、それ」と尋ねて、

「本気です！」と即座に答えが返ってくるのもおかしい。

「……葬送士でしょ？」

「葬送士だからです」

何の躊躇(ためら)いもなく、大きな瞳が見つめ返してくる。

ダンジョンには魔女の魔力が満ちている。その魔力によって全ての階層は異界と化していて、ここ一層であれば地下だというのに空があるし、時間が過ぎれば太陽が沈んで月が昇る。そんな異界であるダンジョンで冒険者が命を落とせば、魔女の魔力に魂を呪われ、魔物となって永久に囚われてしまう。

その永久の檻(おり)を壊すことができる唯一の存在。

それが、彼女の職業である葬送士だった。

彼らは葬送を行うことで、魔女の呪縛に囚われた魂を解き放つことができる。葬送士である彼女であれば「魔物になってしまった人を送る」ということ自体は不可能じゃない。

でも「全員」というのは無理な話だ。

葬送を行えば、魔女の呪いに触れる。葬送士の寿命は葬送を行う度に縮んでいく。やがては発作を起こし、ただ死ぬだけではなく、呪いに蝕まれた体は跡形もなく消え去ってしまう。魔物を「全員」救う前に、アリスレインという存在が消滅する方が先なのだ。

だから、彼女が言っていることは――おかしい。

普通の冒険者なら、やばいこと言っているやつだ、と彼女から距離を取る。

もしくは、鼻で笑って馬鹿にする。

彼女に仲間がいなかったことも納得できる。

それが、普通だ。

――けれど。

どうしても。

彼女を笑うことは、できなかった。

「……あの。私は葬送をしようと思うので。もう、大丈夫です。助けて頂いて、ありがとうございました」

ぺこりとお辞儀をして、彼女はゴブリンの死体に視線を向ける。

「そのゴブリンを？」

「はい。このゴブリンさんには、人の魂が宿っています。送ってあげないと、また囚われてしまいますから」

葬送をしている間にも、また新たな魔物が来るかもしれない。

だから彼女はこの場を去るように促したのだろうけれど。

剣を抜いて、少し離れたところから周囲を警戒した。

魔物の気配はない。

「……えっと、あの？」

いつまで経っても去ろうとしないからだろう。彼女は怪訝そうに首を傾げた。

「早く、やりなよ。おれはここで終わるまで見張ってるから。……いつの時代の、どこの誰かもしれないけどさ。そのゴブリン、人だったんでしょ？　なら……送ってあげないと、可哀想だ」

あの大きな目を更に大きく見開いて、アリスレインは驚愕を顔中で表現していた。

彼女の手から杖が地面に零れ落ちる。それを気にした様子もなく、全身がスライムのようにぷるぷると震え出す。

そして、爆発したように彼女はこちらに駆けてきた。

「そんなこと言ってもらえたの、生まれて初めてです！」

剣を持っていない左手が、また彼女の両手に包まれる。感情の高まりのままに、ブンブンと上に下に振り回される。

仰け反っても意味がないくらいにシオンに顔を近づけて、綺麗な青髪を揺らしながら、彼女は目一杯に笑った。

「私、あなたのこと大好きです！」

勢いに圧倒されて、何も言い返すことができなかった。

彼女は満足げに頷いてから、跳ねるようにゴブリンの側に戻っていく。

――意味がない。

――無駄。

――偽善。

そんな風に軽んじられている葬送を認められたことが嬉しかったのか。あるいは彼女が根っからの魔物博愛主義者で、シオンのこともそんな魔物に優しい人だとでも勘違いしたのか。彼女が喜んだ理由はわからない。

いずれにしろ勘違いで、ばつが悪い。

シオンの心の中に、彼女のような慈悲や優しさなんてこれっぽっちもなくて。

あるのはただ、後悔と贖罪の念ばかりであるというのに。

ゴブリンの亡骸の前に立ち、杖を構えたアリスレインはそっと目を瞑った。

しばらくして、彼女の口から零れた吐息に囁きが乗り、祈りとなって葬送が始まる。

「《其は魔にあらず、無にもあらず》」

彼女が杖を振りながら舞う。

踊り子のような派手なものではなく、見えない何かを扇ぎ、送り出すような柔らかな仕草。足元まである丈の長い葬送士の装束が靡いて広がる。

「《檻にて眠る根源へ、光は流転を誘う》」

杖の軌跡に、光が線を描く。

幾つもの光が重なり、やがて粒子となって宙に砕ける。砕けた光は星のようにゴブリンに降り注ぐ。

ゴブリンの体が仄かに輝き、魔力の粒子となって少しずつ崩れていく。

「《在りし君を忘れ、廻る君を祈る》」

彼女が舞う度、ゴブリンの体が消えていく。白い葬送士の衣装がその光に照らされて輝き、彼女自身もまた光の塊となったように見えた。

ゴブリンの体はもう残っていない。

顔も知らない、名前も知らない、かつて人だった誰か。

その魂は全て光の粒となって、宙を舞い、彼女の杖に導かれるように送られていく。

「『葬送』」

さようなら。

声は聞こえなかったけれど。

光を見送る彼女は、確かにそう囁いていた。

4

「お疲れ様でした、シオンさん。こちら、報酬の銅貨三〇枚です」

「ありがとうございます」

「……それと！」

ぽんっと手を叩いてから、オペラはにこにこと顔を綻ばせた。

「流石、シオンさんですね。今回も査定した薬草の中に上級薬草がありました。追加報酬として銅貨五枚になりましたので、こちらもお受け取りください」

「……どうも」

と、別口で用意された五枚も受け取って財布にしまおうと思ったのだけれど、その手を引っ込めることはできなかった。

引きかけた手首はがっちりとオペラの細い指に摑まれている。

視線を上げると、さっきと何一つ変わらない笑みを浮かべた彼女がシオンを見ていた。お得意の笑っているけれど笑っていない笑顔だ。

「オペラ……さん？」

「どうもですね？　いまいち、私の言葉がシオンさんに響いていないので補足しますが、本心から『流石ですね』なんですよ？　上級薬草を安定して採取してくださる冒険者なんて、本当に稀少なんです。もっと言えば『もう少し、買い取り価格に色をつけられないか』って、査定部の方に相談したくらいなんです。……まあ、私の交渉力不足もあっておの支払いは据え置きなんですが」

「は、はい」

「だから、そんな風に別に褒められるほどのことじゃない、みたいな顔をするのはやめませんか？」

「そうは言っても……薬草一つの金額で大喜びするのも」

「私はシオンさんが喜んでくれたら嬉しいですよ」

「オペラさんを喜ばせるために喜ぶのは変じゃないですか」

「変でも構いません」

グッと掴まれた手首に力が入った。

「シオンさん。人って、忘れてしまう生き物ですから。喜べる時に喜んでおかないと、笑顔の形もわからなくなってしまいますよ」

「……心に留めておきます」

「深く留めてくださいね」

笑顔と共に解放された手を引き戻して、銅貨をまとめる。

合計で銅貨三五枚。毎日これくらい稼げるのなら、食事などを切り詰めていればギリギリ生活していけるくらいの稼ぎだ。けれど、生きていけるだけで余裕はない。装備が壊れても買い換えたりはできないし、ダンジョンで怪我をした瞬間に生活は崩壊する。そうなると冒険者としてはやっていけない。

　基本的にこういう小さなクエストは、ついでの仕事として消化されることが多かった。ゴブリンのような魔物を倒しに潜った時に、薬草の群生地を見つけたら採取もしておく。それで持ち帰ってくれれば小銭稼ぎになる。だから質のいい薬草なんて滅多に集まらないというのは事実なのだろうし、彼女の言葉に裏がないことはわかる。とはいえ、それでも、結局は薬草だ。薬草採取の職人ではなく冒険者である以上、薬草採取ばかりして生活するなんていうのは現実的じゃない。

「それじゃ、おれはこれで」

「あっ、シオンさん」

　返しかけていた踵(きびす)を止めると、オペラは手元にある資料の中を探して、一枚の書類を差し出してきた。

　冒険者の紹介状だった。

　似顔絵と名前、職業、経歴、使用可能なスキルなどが記されているのだけれど――。

　一目見た瞬間に思わず吹き出しそうになって、なんとか堪(こら)えた。

「シオンさん？」

「……いえ、なんでもないです。これは？」

「以前、シオンさんが募集されていたパーティメンバーのご紹介ですよ。もう以前のパーティを抜けられたとのことでしたが、一応、ご希望されていた葬送士の方ですので」

そうだった。

すっかり忘れていたが、フェリックスたちのところにいた時に出したものだ。

グランドギルドでは、掲示板を使った張り紙での告知と、グランドギルド職員に紹介を頼む二つの方法でパーティメンバーを募集することができる。前者は無料で広く色々な人の目に触れることができるが、厄介事も多かったりする。詐欺のようなメンバー募集が出ていることもあるので、用心深い人は警戒して使わない。

その点、職員は冒険者の色々な情報を摑んでいる。信頼できる仲間を伝手なく探すのであれば、有料だがとても有用な方法だった。

「このアリスレインさんって、どんな人かご存じですか？　スキルはこちらを見ればわかるので、人となり的な部分で」

「駆け出しの方なので印象だけになってしまいますけれど、よろしいですか？」

「それで構いません」

思案げに唇に手を当ててから、彼女はシオンを見た。

「明るく朗らかな方です。性格的に難はありませんね。ちょっと元気過ぎるくらいかもしれません。人間関係等で問題を起こすタイプではないのですが……一つ、珍しいところがあるとすれば、彼女は葬送士としての使命を果たすことを望まれています。シオンさんのご希望には沿っているとは思いますが……冒険者として珍しい方というのは事実ですね」

だろうな、と思いながら、知らない振りをして相槌を打つ。

あれは少々どころかとびっきりの変わり者だ。

自分から葬送をしたがる葬送士なんて、今時探したってまず見つからない。

「やる気のある方ですから、私もいいパーティを紹介してあげたいと思っています」

「それで……おれに？　パーティ抜けさせられたばかりのソロですよ？」

「今朝も言いましたけれど」

オペラはにっこりと笑った。

「シオンさんは、信頼のできる仕事をされる冒険者ですから」

卑屈に返した言葉を意にも介さず、有無を言わせない完璧な笑顔が向けられる。

「……一応、もらっていきます」

「もちろんです。お声がけ頂ければ顔合わせの場を用意いたしますので。それでは、よろしくお願いします」

彼女の慇懃（いんぎん）な礼に送り出されるように、紹介状を折りたたんでポケットに突っ込み、シオンはグランドギルドを後にした。

ゴブリンの葬送の後、葬送士の彼女――アリスレインとは、転送の魔法陣がある入口まで案内して別れていた。

彼女はお礼をさせてほしいと言っていたが断り、そのまま薬草採取を再開した。ゴブリンとの戦闘や、その往復で時間を食ったせいで、いつもより薬草採取には時間がかかってしまっていた。地上に戻ってきた時に空は夕暮れだったが、手続きをしている間にもうほとんど陽が沈み、星や月が見え始めている。

ふと、頭上を黒い影が横切って、目の前にパサリと手紙が落ちた。伝書を果たした鴉が、バサバサと手紙の前に舞い降りて、トットットッと跳ねるように目の前に着地する。手紙を拾う前に頭を撫でてやると「届けたぞ」とでも言うようにカァと一鳴きして、暗くなり始めた空に吸い込まれるように羽ばたいていく。ギルドに戻るのだろう。

あの鴉はミサミサが飼い慣らしていて、こうして何か急ぎの時に手紙を持たせて寄越してくる。大体は大した用事じゃない。手紙を拾い上げて開いてみると、今回も案の定な内容だった。

美味しい食事とお酒をたくさん買ってきておくれ♥

とだけ書かれた手紙をクシャクシャに丸めて、ポケットに突っ込む。

ため息を一つついて、今度こそグランドギルドを後にした。

◇

どうせ奢りになるのだから、と。

第三区に立ち寄り、ミサミサの名前でツケにして、料理が美味しいことで有名な酒場で夕食と酒を買った。第三区の酒場や宿は高級店ばかりで普段なら手も足も出ないが、ミサミサの金であれば話は違う。

自分の分も含めつつ、ミサミサがあの細い体で大食らいなので結構多めに注文する。余ったら明日の食事にでもしてもらえばいいと、四人前くらいの量になったのだけれど、結果的にそれで正解だった。

「あー、いい、そこだ……」

「こ、ここですか！」

「そこぅ……！　あーもっと、グッと……そう！　そうそう！」

「ググッと……！」

「そぅ……！」

「……師匠？」

料理を持ったシオンがギルドの三階、ミサミサの住み処になっている部屋に入ると、その光景は広がっていた。

ミサミサがだらしなくソファに寝転がっているのはいつも通りのことなのだけれど、その上に――彼女がいた。一生懸命にやっているのだろう。ミサミサの腰に手を当ててマッサージをしている彼女は、額に汗を浮かべていた。

「あっ、シオンさん！」

呼びかけに応えたのは、寝転がるミサミサではなく、彼女――アリスレインの方だった。

綺麗な青い長髪が水が広がるように波打って、彼女がこちらに振り返る。

立ち上がった彼女はすぐに側まで駆けてきた。

「今日は助けてもらって、本当にありがとうございました！」

「どうして君がここに？」

「シオン君とパーティを組みたいんだってさ、彼女」

ソファの上で大きく背伸びをして、ミサミサはウインクしながらそう言った。

「……パーティ？」

「あの！」意を決したように、アリスレインはグッと拳を握った。「今日、助けて頂いた時に、またシオンさんと一緒にダンジョンに潜りたいと思ったんです。お願いします。私と、パーティを組んで頂けないでしょうか！」

「そんな、急に言われても――」

「よかったね、シオン君。ちょうど独り身、パーティを探しているところだって言っていたじゃないか。渡りに船だ。私も彼女のことは気に入ったしさ」

「ちょ、ちょっと……！　師匠は黙っててください！　おれは……」

「おれは？」

その続きはなんだ、と。

普段のおちゃらけた様子の欠片もなく、一瞬で真剣になったミサミサの瞳の問いかけに、思わず気圧されそうになる。

「おれは……今、パーティを組む気はないです」

「つい昨日まで組んでいたくせに？」

「あれは――」

「あれは自棄っぱちだっただけ。自棄っぱちというか、くだらない自罰か。自傷に近いかもね。もし君がそれをちゃんと自覚できているなら、尚更に組むべきだね」

ぴょいっと体をしならせて立ち上がったミサミサが、瞬き一つの間に目の前に立っている。彼女の移動に置いていかれていた風が、遅れて銀の髪を揺らした。

「まだ、ダンジョンでやり残したことがあるんだろう？」

四六時中酔っ払っている人間とは思えない、炯々とした瞳でこちらを見据えて彼女はそう言った。

耳打ちするように「だから葬送士も探していたんじゃないか」と囁いて、シオンのポケットを叩く。さっき受け取ったばかりのアリスレインの紹介状が入っているポケットだった。

「……師匠」

大きく、ため息を一つ。全部見透かされている。

確かに葬送士は探していた。それも葬送を厭わない葬送士を。彼女はまさにその条件にピタリと当てはまる。冒険者としての経験は全くないようだけれど、グランドギルドに出していた条件にだってそんなものは設定していなかった。そんなことは、いつかたどり着くまでにどうにかすればいいと思っていた。

断る理由はない。

ない、のだけれど。

「……今の。ギルドマスターからの命令……っていうことでいいですか」

「ま～ったく、君は」

ミサミサは大げさに両肩を竦めて、やれやれと頭を掻いた。困った風なのに嬉しそうに聞こえる声音で、「仕方ない」とぽんと手を叩く。

「君がそういうことにした方が素直になれるのなら、それでいいさ」

「了解しました」

それ以上やり取りはせず、アリスレインを見る。

全く会話の流れについていけていない彼女に近づくと、心底困惑した様子の視線が向けられた。

「あ、あの……？」

右手を握り、手の甲を彼女の前に示す。

互いの拳の甲と甲を打ち合わせる仕草は、冒険者同士の握手のようなものだった。握手を交わすのは商人のようで格好が悪い。そんな理由で始まったものらしい。

冒険者がパーティを組む時は、こうして拳を交えるのがお約束だ。だから、こうすれば意図するところは伝わると思ったのだけれど、アリスレインは一向に拳に応えようとしなかった。

不思議そうに首を傾げ、シオンの顔と突き出した拳を交互に見ている。

「えっと、えっと――その！　シオンさんの右手、とっても綺麗な右手ですね！　少し血管が透けて見えるのもセクシーだと思います！」

悩んだ末、両手をグッと握って、力一杯に、彼女はそんなことをのたまった。

なんかもう、その場ですっ転んでしまいそうだった。

ちなみにミサミサは我慢することなく、腹を抱えて床に転がり大爆笑していた。弟子が格好つけて盛大に失敗したのを見て笑う、最悪のギルドマスターだった。

「わ、私、変なことを……言ったでしょうか……？」

何かおかしいことは察したのだろう。彼女は彼女で力強く握った拳はそのままに、顔を真っ赤にしていた。

彼女のその右手を取って、自分の右手の甲とコツンとぶつけさせる。

彼女はぱちぱちと目を瞬かせた。

「……葬送士だと馴染みはないかもしれないけど。こうして手の甲を突き合わせるのは、冒険者同士の握手みたいなものだよ。……まあ、二人じゃパーティとして全然メンバーが足りないし。これから新しい仲間を探さなくちゃいけないから、その時にできるようにしてくれればいいよ」

「それって――！」

目の前で、花が咲いたようだった。それはもうとびっきりの大きな花が。

どこかの国には、太陽の方向を追いかける大輪の黄色い花があると聞いたことがある。

その花はきっと、こんな風に咲くのだろう。

「ありがとうございます……!!」

「ちょっ……!」

感極まったのか、弾けるように腕を広げた彼女が全力で抱きついてくる。勢いの割に柔らかな感触と、青い髪から舞った彼女の香りが鼻孔をくすぐる。

「私、頑張ります!!」

「わかったから……!」

必死に離そうとしたけれど、遅かった。「私も交っぜろー☆」と突っ込んできたミサミサも入ってきて、もみくちゃになる。

なんとか二人を引き離したけれど、ミサミサのテンションは完全に振り切れて、宴だ宴だと大騒ぎだった。酒を飲みたいだけでしょ、と指摘したところで意味はない。こうなってしまったミサミサを止められるのなら、シオンだって到達者の仲間入りができる。

「……はぁ」

もう、止めようもない。

観念してミサミサの勢いに乗せられるまま、パーティ結成記念という名目で、三人で思いっきり酒と食事を楽しむしかなかった。

◇

大騒ぎして寝静まった深夜、シオンはふと目を覚ました。

飲み過ぎて頭が痛かった。後頭部をさすりながら周囲を見る。ミサミサもアリスレインも、それぞれ別のソファで丸くなって眠っていた。

音を立てないよう外に出て、トイレに行く。水を一口飲んで月の位置を見たけれど、まだ朝には早い。もう一眠りしようと部屋の扉を開けると、アリスレインが振り返った。青い長髪が窓から差し込む月光を映して、湖面のように揺らめく。

「……起こしたなら、ごめん」

「……いいえ、たまたま目が覚めてしまったみたいで」

がーがーといびきを掻いているから起きることはないだろうけれど、ミサミサを気にして二人とも小声になっていた。持ってきていた水の入ったコップを手渡すと、彼女は二口ほど嚥下（えんげ）して、ありがとうございます、と微笑（ほほえ）んだ。

「あの、お聞きしてもいいですか」

「パーティを組んだ理由？」

「あ、いえ、そうではなくて……」

思案げに少し俯（うつむ）いてから、意を決したように彼女は顔を上げた。

「あの、どうして、葬送士を探されていたんですか？」

「……君、地獄耳だね」

「ご、ごめんなさい……ダメダメなのに、耳だけはよくて……」

「そんなにへこまれても困るんだけど」

出会った時も言っていた気がするけれど、その自分をダメダメと言うのはなんなのだろう。彼女の癖なのだろうか。

「探してたのは……」

どう答えたものか。

そんなことを逡巡（しゅんじゅん）する。

月明かりだけの暗闇の中で、月光を反射した彼女の瞳は、昼間よりも更に大きく見える。

その瞳の前では、本当のことを見透かされそうな、そんな気がしたけれど。

「……別に、普通だよ。昨日まで所属してたパーティで、回復魔法が使える冒険者を探してて、それで葬送士が必要だった。白魔導師がフリーなことなんて滅多にないから。……それだけだよ」

結局。

なんてことのない顔で、嘘（うそ）をついた。

「そうだったんですか。……なら、私、頑張って回復しますね！」

疑った様子のない彼女の返事にばつの悪さを感じて、「……ま。回復はされない方が、怪我がないってことだからいいんだけどね」と、素っ気なく返事をして自分の寝ていたソファに向かう。

「あの、もう一つだけ」

そう言って、彼女は背中越しに問いかけてきた。

「どうして、私を助けてくれたんですか？」

「……助けられたくなかったの？」

「そ、そうではないんですけど」

「理由なんて……要る？　目の前で危ない目に遭ってたから、思わず体が動いた。こっちも、それだけのことだよ」

その言葉にも、嘘はあって。

彼女の声が聞こえた瞬間に、もっと言葉を選べばよかったと、そう思った。

「私、やっぱり、シオンさんのことすっごく好きです」

肩越しに見た彼女は、心底嬉しそうに笑ってそんな馬鹿なことを言うから、ますますばつが悪くなってしまう。

その言葉には応えず、シオンはソファに寝転んで顔を背けた。

ありがとうございます、という彼女の囁きが、静かな部屋に溶けるように響いていた。

5

パーティを組んだ。

――と言っても、実質は二人だけ。おまけにシオンはランク3とはいえ最前衛を務めることは厳しい魔導剣士、アリスレインは冒険者の挨拶すら知らないレベルのひよっこ葬送士だ。葬送士として基礎の魔法が使えることはわかっているけれど、聞いてみたらあのゴブリン戦が正真正銘の初陣だったらしい。

葬送士は名前の通り、葬送という他の職業にはない特殊な魔法を使うことができる。けれど葬送は戦闘で役に立つ魔法ではない。他にも回復魔法とサポート系の魔法は使えるが、攻撃魔法は一切ない。

とりあえず、現状のパーティでは攻撃役が足りないのは火を見るより明らかだった。

この間はゴブリン一匹だったから奇跡的にどうにかなったものの、たぶん、二匹いたならあの場で二人揃って死んでいただろう。悲観的な予想ではなく、現実的な事実として。

この問題の解決方法は――一つしかない。

宴会の翌日、シオンはアリスレインと二人、朝からグランドギルドへと足を運んだ。

冴えているわけでもなんでもなく、誰が考えても一つしかない解決方法。

こんなメリットのまるで見当たらないパーティに、更に加わってくれる仲間を募集するために。

「……それ、本気で言ってるの？」

「本気です！　私、大本気です！」

アリスレインはぎゅっと両手を握って胸の前に構える。

どうやらそれが彼女が強い主張をする時の癖らしい。

「……パーティ見つからなかったっていうのも納得だな」

はうっ、とアリスレインは目に見えてショックを受けた顔になる。

彼女にとってパーティが見つからなかったというのは、ある種のトラウマになっているらしかった。話に聞いたところだと、彼女はシオンと出会う前に百以上のパーティに声をかけて仲間にしてもらえなかったのだという。それが彼女が自分をダメダメと言う理由の一つにもなっているようだが、まあ、確かにショックは受けるかもしれない。

彼女のトラウマはひとまず横に置き。

改めて、更に仲間を探そう。

そう結論づけた時、アリスレインのした主張はシンプルで、異端だった。

――葬送士である以上、常にしっかりと葬送をしたい。

彼女はそれを譲る気は一切ないようだった。

「怖くないの？」

「怖い？」きょとんと彼女は小首を傾げる。「魔物と戦うことですか？」

「そうじゃなくて」

その反応自体がもうズレているので、聞いても意味はないのだろうけれど。

「葬送士は……葬送をすると寿命が縮む。だから、みんなしないでしょ？　君は死ぬのが怖くないのかってこと」

「……怖くないわけではないです」

けれど、と彼女はまたぎゅっと両手を握った。

「ですけれど、この前のシオンさんだって、命を張って戦っていました。命を懸けて、私を助けてくれました。それは、他の冒険者の人たちも同じです。ただ、命を賭す方法が違っている。それだけのことだと、私は思っています。……こう言うと、皆さん、変だと言うんですけど」

「だろうね」

「……即答は流石に傷つきますよぅ」

しょげる彼女にかける言葉は何も見つからなかった。

安全に冒険を繰り返しても葬送を行う度に必ず死に近づく葬送士と、魔物との戦闘で下手を踏まなければ死なないその他の冒険者では、命を張ることの意味合いが全然違う。大半の冒険者はダンジョンで死ぬから、その意味では一緒と言えば一緒ではあるのだけれど……どれだけ上手くやっても、いつか死ぬ。それは、やっぱり、意味が違うだろう。

だから大抵の葬送士は、彼女のように葬送はしない。他の魔法だけを使っているのであれば、寿命に関する問題はなくなるからだ。そういう葬送士であれば受け入れているパーティも結構あるけれど、アリスレインは例外過ぎる。

「詮索したいわけじゃないんだけどさ、君のことを悲しがる人とかいないんだよね？」

「はい。両親が亡くなって教会に来たので」

「そっか」

それならもう、これ以上、深く聞いても仕方がないことだった。

冒険者の掟というわけではないけれど――大抵は碌な話にならないので――他人の経歴の詮索はタブーだ。

それに葬送士になる人は、ほとんどはそんなものだと聞いたことがある。葬送士のギルドは一つしかなく、「教会」と呼ばれているが、教会は孤児の保護もしている。これは善意だけというわけではなくて、行く当てのない子どもや、時には身分が奴隷である子どもたちを受け入れて、人手不足に悩む葬送士へと教育しているらしい。

彼女もまた、そうした一人なのかもしれなかった。

「それなら」

と、咳払いを一つして、自分自身の心を仕切り直す。

「まあ、いいんじゃない？　潜る理由なんて、自由だから」

逆に言えば、冒険者に許された自由なんてそれくらいしかない。

「え？　い、いいんですか……？」

「駄目って言ってここで言い争いしても、君、絶対譲る気もないでしょ」

「それは…………はい」

結構、頑固っぽいところはあると感じていたが、思った以上かもしれない。

彼女はきゅっと手を握った。

「じゃ、もうこれ以上言い争いしても仕方がないよ。……ただ、これ、後からトラブルになっても困るから、そういう冒険の進め方をすることは募集用紙にしっかり書こうと思う。騙してもすぐわかることだし」

「もちろんです！　人を騙すなんて、絶対にしない方がいいです！」

「君はもう少しずる賢くなってもいい気がするけどね……」

正直は美徳かもしれないが、冒険者が正直で得をすることなんて滅多にない。

グランドギルドの受付に行くと、オペラが何だか嬉しそうな笑顔で待っていた。

「オペラさん！」と弾けるようにアリスレインが身を乗り出す。「昨日はありがとうございました！　シオンさんと会えて、パーティを組むこともできました！」

「それはよかったです」

なるほど、アリスレインが突然ギルドにいた原因はこの人だったらしい。

情報の守秘義務だとか色々小言を言いたくなるけれど、パーティを組んでしまった事実がある以上、文句を言ったところで暖簾に腕押しだろう。

「頑張ってくださいね」

と、言わずとも差し出された冒険者の募集用紙を受け取って、受付を離れる。

グランドギルドに頼んで、希望者を探してもらう方法は今回は取らないことにした。あの方法で仲間を探す人は冒険者として真っ当な人が多い。だからこそ、葬送をしようとする葬送士とパーティを組みたがる人はまず見つからない。仮にパーティの相性がよく、どんどん深層を攻略していっても、遠からず死ぬことが決まっている仲間がいる。そんないつ爆発するかわからない爆弾を抱えて冒険をしたい人なんて、普通は見つからない。

だからこそ、今回は掲示板での募集だった。こっちはとにかく人目に付く。見る人もピンからキリまでいるから、変わり者の葬送士と一緒でも構わないという人が見つかる可能性も多少、少なからず、きっと、もしかしたら、あるいは――ある。

……うん。

まあ、気長に待つしかないだろう。

条件を記載して、受付でサインをもらい、いよいよ掲示板に貼り出した。

アリスレインがぴょこぴょこと背伸びをして、少しでも高いところへと頑張って貼り付ける。

葬送士が仲間募集の張り紙をしているのが物珍しかったのだろう。近くにいた冒険者たちが用紙を覗(のぞ)いて、全員が鼻で笑って去っていった。

予想できた光景だったが、また、あからさまにしょんぼりして彼女は戻ってくる。

「じゃあ、採取のクエスト受けに行こう」

「あ！　は、はい！」

戻ってきた彼女にそれだけ声をかけて、今度はクエストの受付に向かう。

あの仲間募集はしばらく時間がかかる。

下手をしたら数ヶ月かかっても全然おかしくない。その間、ぽけーっと口を開けて張り紙を見る人を観察しているわけにもいかない。生活費を稼ぐためにも、彼女との冒険に慣れるためにも、ダンジョンには常に潜っている必要があった。

とはいえ、戦闘は無理だ。

できることは薬草などの採取に限られるのだけれど、それでもやらないよりはずっとマシだった。

「気長に待つしかないから」

別に、彼女を心配したわけじゃなかった。

貼り出した側から笑われたことがショックだったかは知らないが、そんな重い足取りでダンジョンに潜られたら、薬草採取とはいえ危ない。だから一言、ただ事実を改めて繰り返しただけだというのに。

「……はい！　そうですよね！　素敵な縁があるまで、待つしかないですよね！　気にかけてもらって、ありがとうございます！」

「そんなつもりじゃないよ」

「シオンさんって」ひょいっと跳ねるように彼女は目の前に立った。「実は、結構照れ屋さんですか？」

お得意の花のような満面の笑みで彼女はそんなことを言い、こっちは返しようがなくなる。そんなに簡単に立ち直るなら何も言わなければよかった、とか。そんな憎まれ口を叩いたら、今度はがっつりとへこむのだろうし、何より彼女の言っていることの証左にもなってしまう。

結局、ため息で応えるだけにして受付に向かった。彼女の弾むような足音が付いてくる。

しばらくはこうして二人きりの薬草採取の日々が続く。

そんな風に、思っていた。

◇

「それでは、皆さんにご連絡しておきますね」

と、オペラから希望者との顔合わせの話をされたのは、掲示板にパーティメンバー募集の張り紙をしてからたった三日後のことだった。指定日になってシオンがアリスレインと二人、半信半疑でグランドギルドに向かうと、すんなりと二階の一室に案内された。どうやら本当のことらしい。

アリスレインはよかったと大喜びしていたけれど、そんな気分にはなれなかった。こんなに早く希望者が集まるなんて、どう考えたっておかしい。普通のパーティメンバーの募集だって一ヶ月くらいはかかって当たり前なのだ。

おかしい。どうにもおかしい。碌なことにならない気がする。

その予感は、部屋に入ってみると大当たりだった。

部屋の中には三人の冒険者がいたが――全員、一目見るだけで癖がある、あり過ぎるのがわかってしまう有様だった。

たぶん魔導師らしい女は、まず見た目がとにかく派手だった。

髪の右半分が燃えるような紅色で、左半分は凍えるような白銀に染められていた。地毛ではないのだろうが、瞳も髪の毛と対応した虹彩異色（オッドアイ）だった。おまけに――というか、こっちが一番困るが――着ているものが酷（ひど）い。ほとんど肌が隠れていない下着みたいな格好で、左手には黒い手袋をしている。隠すべきところはそこじゃないというのに。出るところの出た体つきをしているから目のやり場にひたすら困る。

その隣には白髪の十代前半、下手をしたらもっと幼くすら見える小さな少女が、ちょこんと座っている。部屋に入った時、他の二人は顔をこちらに向けただけだったが、彼女は肩を跳ねさせて怯（おび）え、隣に座る半裸魔導師の腕を掴（つか）んでいた。二人は知り合いなのかもしれない。

そして最後の一人は唯一の男だった。一人だけ椅子に座らず立っていた男は、とにかく金色だった。髪は豊かで鮮やかなプラチナブロンド。柔らかそうにウェーブした髪と、涙ぼくろが印象的な甘いマスクも合わさって、まるでどこかの国の王子や貴族のような出（い）で立ちだ。……ただ、それらの格好いい印象を、金ピカのプレートメイルが台無しにしていた。美しい装飾がされたその鎧は足先まで全部が金色で、見ていると目が痛いくらいだった。とにかく金色の男。それが最後の一人の印象だった。

さて。

彼らに対して、どう出るのがいいだろうか。

舐められるわけにはいかないし、失礼になってもよくな——。

「皆さん、集まって頂いてありがとうございます！　私、葬送士のアリスレインといいます！　まだシオンさんと数回しかダンジョンに潜ったことのない駆け出しですが、一生懸命頑張るので、一緒に——わぶっ」

「ちょっ！　待った……！」

アリスレインの口を塞ぎ、無理矢理に止める。むうむうと文句があるのか恨みがましく何か言おうとしているが、文句を言いたいのはこっちの方だ。

「……まだ、この人たちを仲間にするかは決められない。何のために今日——あっつ！」

そこまで話したタイミングで、前髪がほんの少し焦げた。

「おい、クソ野郎。お前、俺になんか不満があるってのかよ？　あ？　ハゲるか？」

彼女の右手の指先が向けられていて、その指先には焔の残滓が揺れている。当たり前だけれど、グランドギルド内での魔法の行使は御法度だ。ここが個室で、オペラが見ていなくて本当によかった。

ただ厄介なのは、無詠唱で発動を悟られずに魔法を行使しているということだ。魔導師には攻撃魔法を使う黒魔導師と、回復魔法を使う白魔導師がいるが、彼女は前者らしく、それでいて実力も十分なようだった。シオンは結構練習しているけれど未だに習得できていない。無詠唱での魔法の行使はそう簡単にできることじゃない。

焦げた臭いのする前髪を撫でつけながら、平静を装った。

「……不満とかじゃなくて。おれは、不満が起きないように手順を踏みたいだけだよ」

「手順？　回りくどい言い方しないで、もっとわかりやすく言え」

「そんな複雑な言い方をしたつもりはないけど……いや、別に馬鹿にしたわけじゃないから、魔法はやめて」

アリスレインに、ここは任せてほしい、と目配せする。

彼女はパチパチと瞬きしただけだった。何も通じていない。もうそのままでいてくれればいいと諦めて話を進める。

「アリスレインが言ったように、集まってもらえたことは嬉しい。……ただ。『ちょっとおかしくないかな』とも思ってるんだよ」

「だぁから、もっとわかりやすく話せよ。お前、馬鹿なのか？」

半裸の魔導師が、ツンツンと二色に分かれた髪の真ん中を叩く。

「……今回の募集は、普通なら嫌厭されるものだっていうこと。葬送士の葬礼に付き合う仲間の募集――なんていう条件、普通なら全然集まらない。葬送をする葬送士が仲間にいることのデメリットは、真偽はともかく、誰でも知ってる」

葬礼という古い言葉がある。

まだ、葬送士が忌避される職業ではなかった頃。理外の魔女によって殺戮され、地底深く囚われた人々の魂を救う、その救済の旅こそを目的とした冒険者が少なからず存在した。彼らの葬送を目的とした冒険は、葬礼と呼ばれていた。

けれど、その言葉は廃れた。葬礼に出る冒険者なんていなくなってしまったからだ。葬送をすることによって魂が穢れ、短命となることが徐々に明らかになり、葬送士になる冒険者自体が減った。そして「魂の穢れ」という事実は、葬送士に対する蔑視すら生んでしまった。

曰く、葬送を行う葬送士と冒険をすると、魔女に狙われ、魔物に襲われやすくなる。

曰く、穢れは他人にも移り、葬送士に触れると寿命が縮む。

他にも色々あるが、広く知られているのはこの二つだ。

真実かどうかは重要ではなかった。穢れることが事実である以上、可能性は否定できないからだ。冒険者だけでなく町の人にも信じる人はいて、第三区にあるような高級店では、葬送士であるというだけで入店を断る店や宿もあったりする。数の減った葬送士は葬送をせず冒険に帯同することが普通になっていき、葬礼という言葉は忘れられていった。

じゃあ、なんでそんなわけのわからない言葉で募集を書いたのか。

そう問われたら、アリスレインがやろうとしていることがまさに葬礼だから、としか答えようがなかった。

パーティの仲間が死んでしまった時、魔物にならないよう葬送をするくらいの葬送士ならいる。というか、それが限界だ。ところが彼女は、人の魂を宿した魔物を見かけたら片っ端から送ると言っている。下手をしたら宿していなくても葬送を行うだろう。

――こんな数百年前からやってきたような葬送士と冒険をしたいと思ってくれる人、いませんか？

そんな問いかけを示すための言葉が葬礼だったのだ。

だから、仲間なんてそうそう集まらないと思っていたのに――集まってしまった。

起こるはずのないことが起きた時、まあそんなこともあるよね、と偶然で片付けていたら命が幾つあっても足りない。

何か、裏があるんじゃないか。

冒険者として、リスクを疑ってかかるのは当然のことだ。

「んだよ、簡単なことじゃねぇか」

呆れたようにあくびをしてから、魔導師の半裸女は親指で自身の顔を指差した。

「その噂を目当てに来てやったんだよ」

「噂を目当てに……？」

「俺はヴァルプ。見ての通り」と言って彼女は右手の人差し指を一本立て、その先にまた焔を灯(とも)した。「黒魔導師だ。葬送する葬送士ってよ、穢れが魔物をおびき寄せんだろ？」

「えっと、そういう風に言われている……みたいです」

散々、そのことを罵られた経験があるのだろう。

それが真実かはわからない。調べようがないからだ。魔物に「穢れにおびき寄せられたんですか？」と尋ねたって、返ってくるのは奇声ばかりだ。会話にならない。でも、証明できない以上、彼女は否定することもできない。

「――最高じゃねぇか！　俺はよ、魔物を片っ端から殺して回りてぇんだ。とにかく、殺してぇ。殺して殺して殺して……殺す。それだけだ。だからよ、お前が魔物を送りたいっていうなら歓迎するぜ。俺が魔物を燃やした後に、好きなだけ葬送しろよ。確かにおかしな募集だとは思ったけどよ、俺には好都合だったたって話だ。どうだよ？　こんな優良物件、滅多にいねえだろ？」

どこからその自信が出てくるのか。

どう考えても、優良物件というより事故物件じゃないだろうか。

「魔物に何か恨みでもあるの？」

「それを知る時はお前が焼死体になるってことだけどよ、聞きてぇか？」

「……いや、ごめん。詮索はしない」

ヘタレが、という舌打ちと共に、射殺すように向けられた殺意が消える。

「……リリは」

「はい？」

「ぴぇっ!?」

ほとんど小動物が驚いた時の鳴き声だった。小鳥にも似ている気もする。とにかく何かちっちゃくて可愛い感じの生き物ということなのだけれど、そんなイメージを持ってしまうのは彼女自身の外見が理由だった。

小柄で、幼い顔立ち。真っ白な髪は長く、前髪は片目を覆い隠している。見えている片目は涙で潤んでしまっていて、怯えるままに視線があっちこっちに落ち着かない。

魔女が目の前にでも現れたように驚いた彼女は、半裸女改めヴァルプの後ろ、というかヴァルプと椅子の背もたれの間に体を割り込ませてぷるぷる震え始める。怯えさせてしまって申し訳なく思うと同時に、今彼女を指で突いたらどうなるのだろうか、と興味に似た嗜虐心も呼び起こさせる様子だった。

「おい、クソ野郎、リリ苛めてんじゃねぇぞ」

「一応、おれにもシオンっていう名前があるよ」

「クソシオン」

クソは取れないらしかった。

「その感じだと、二人は知り合いなの？」

「……おい、リリ。俺の影に影潜みしようとすんな。ちゃんと喋れよ」

猫の首根っこを摑むようにリリと呼ばれた少女を持ち上げて、ヴァルプは彼女を隣の席に戻した。「ぴゃわっぴゃわわっ！」と暴れて涙目になる彼女はすぐにヴァルプの背中に隠れようとするが、ヴァルプがそれを許さない。

観念したのか、上目遣いにこちらを見た少女は、ぼそぼそと話し始めた。

「……リリは、リリグリム、です。……職業は、盗賊、です。……怖いことは、苦手、です。……でも、お姉ちゃんと、一緒が……いいから。……頑張り、ます」

「よし、頑張ったじゃねぇか」

ヴァルプが頭を撫でると、ぴゃあと鳴き声を上げて頭を押しつける。可愛い様子ではあるのだけれど、本当に人間という括り(くく)で見ていいのかわからなくなる光景だった。ブンブンと振られる尻尾が見えそうな気さえする。

「お姉ちゃんって……ヴァルプが？」

「クソクソクソシオン。呼び捨てにしてんじゃねえぞ、様をつけろ」

凄(すご)むヴァルプの隣で、リリグリムはこくこくと激しく頷(うなず)いている。

「で……ええと、君は、ヴァルプと一緒にいたいから、応募したの？」

また、こくこく。

「じゃあ……ヴァルプがいればいいから、葬送士がどうとか、そういうのはどうでもよかったってこと……？」

もちろん、こくこくと返ってくる。

「……そ、そっか」

話が通じて、満足げに彼女は微笑む。

普通なら理解できない理由なのだけれど、彼女のこれまでのヴァルプに依存する振る舞いを見ていると納得せざるを得なかった。引き離したらその瞬間に死んでしまいそうなくらいに見える。

困ったことに、専門の攻撃職である黒魔導師も、戦闘時の攪乱や罠の解除などを行える盗賊も、どちらもパーティにほしい人材だった。盗賊は一層で仲間にほしいわけではないが、後々に欠かせないメンバーになる。シオンやアリスレインを含めたパーティ全体のバランスもいい。

加えて、残るもう一人が外見通りの職業なら、こちらも仲間に必須だと考えていた職業だった。一人、部屋の壁の側で立っていた彼は、今度は自分の番だろう？　待っていたよ、さあ話しかけてくれ、カモン、と言わんばかりに髪を搔き上げたり、ポーズを決めたり、笑顔で白い歯をキラリと出したりしている。

町中で見かけたら死んでも話しかけたくない。

「…………あの」

「やあやあやあ！　ようやくボクの出番だね！　なに、気にすることはないさ。待つことも紳士の嗜み、焦らされることは至上の喜び、そして今君からぶつけられる冷めた視線は快感の極みだね！　おっと！　後ずさらないでくれたまえよ。引かれるのは本望ではないんだよ？　これから仲間となるんだからね、仲良くしていこうじゃないか！」

彼はくるくると意味不明な二回転を決めながら、その勢いのままに右手の甲を差し出してきた。冒険者の握手。

応えず、彼を見る。まだ、これに応えられるかは決められない。

「……ん？　どうしたんだい？　ああ！　そうか！　すまなかった！　ボクとしたことがすっかり忘れていたよ。まだ名前すら告げていないのに、いきなり血盟を契ろうだなんて飛躍してしまったね！　ボクの名はノーランド。職業は見ての通り、騎士さ！　ボクが君たちを守る盾となろう！　いや、盾とならせてほしい！　なんなら後ろからうっかり攻撃や魔法の一つや二つ、間違えて撃ち込んでもらっても構わない！」

よし。突っ込みたいところは一旦は無視だ。

どうも、あれだ。ミサミサと同じ空気のお調子者感というか、考えて喋る前に本能だけで言葉を紡いでいる感じがする。ミサミサの場合はその本能は「どこかに面白いことないかな☆」であり、このノーランドが一体彼のどんな本能に付き従っているのかはわからないけれど。

「盾になるっていうことは……ノーランドは白の方？」

「ああ、その通り！　白騎士さ！」

そう言って、彼は部屋の隅に置かれた大きな盾を指差した。もちろん、眩しいくらいの金色だった。

「……だよね」

「おや、黒がよかったのかい？」

「そういうわけじゃないんだけど」

むしろ、白騎士の方を求めていたからこその消沈だった。初対面の相手にこんな反応は失礼だとは思うが、彼の態度にも問題はあるからお互い様だ。彼を仲間に迎えることになったら、このテンションに四六時中付き合わなければいけないのだから。

前衛で戦う騎士という職業は、魔導師が黒と白に分かれるように、騎士も二種類に大別される。

それが黒騎士と白騎士だ。

簡単に言うと攻撃に重きを置くか、守護に重きを置くかで色が分かれる。黒騎士は攻撃型の騎士で、大きな槍（やり）による突破力が武器の職業だ。白騎士は大きな盾による防御力が特徴で、黒騎士のような攻撃力はないものの、魔物を挑発するスキルで注意を引いて仲間を守ることができる。

……困った。

本当に、困った。

現状、純粋な攻撃職である黒魔導師のヴァルプ、攻撃役と支援役を兼ねる魔導剣士であるシオンと盗賊のリリグリム、そして回復役のアリスレインが揃（そろ）っている。ただ全員、防御力がない。絶対に一人は白騎士のような全員の盾になってくれるメンバーが必要なところだったのだ。

渡りに船、ではあるのだけれど。

「……ノーランドさんは、どうして応募されようと思ったんですか？」

口にしようと思っていたそのままのことを、アリスレインが尋ねていた。

試すというよりも、純粋な疑問からのようだった。彼女が気になるのも理解はできる。

葬送をした葬送士は、穢れから魔物をおびき寄せる。真実はともあれ、そう噂されている。

白騎士は魔物からパーティを守るのが役目だ。パーティに欠かせない職業と言ってもいい。魔物の攻撃を一手に引き受けるという、ただでさえ危険な役目だからだろう。パーティに魔物を集めるようなメンバーがいることを嫌う白騎士は少なくない。白騎士が嫌がるから、と。葬送士がパーティを追い出されることだってある。

パーティにおける水と油。

だからこそ、アリスレインは気になっているのだろう。

「大丈夫さ、レディ。そんなに不安そうな……いや、不思議かな？　不思議な生き物を見るような目をする必要はないよ。そうだね、不思議な生き物という意味では、ボクも君と同じなのさ」

「同じ？」とアリスレインは更に首を傾げる。

「同じさ！」とノーランドは大仰に頷いた。

「ボクはね――魔物に襲われたいんだ！」

水を打ったように、部屋がしんと静まり返った。

魔物に、襲われたい？

何言ってんだこの人、となったのはたぶん全員同じで、それぞれが変なものを見る目で彼を見ている。ヴァルプは威嚇するように目を細め、リリグリムは変態を目にしたように――ようにというか、言葉通りなら事実だが――身を竦め、アリスレインでさえもぽかんと口を開けている。

「……ノーランドは、死にたいの？」

何だか最近、この確認をよくしている気がする。世の中どうなっているんだろう。

「おっと！」チッチッチとノーランドは指を振った。「それは誤解だ、シオン！　ボクは死にたいわけじゃない。ただ、死と接したいとは思っている。魔物に襲われ、盾を構える。ボクだって死にたくないから当然さ。ボクに苛烈な攻撃が降り注ぐ。魔物はボクを突破しなければパーティを崩せないと悟る。彼らも必死だ。ボクも必死だ。必死と必死の衝突。魔物の攻撃で盾に響く音、振動、盾を貫いて体に積もっていくダメージ……盾一枚を隔てて踊る、ボクと死との舞踏さ……！　そのダンスを踊っている時こそ、ボクは自分が生きていると実感できるんだよ！」

「なる……ほど……？」

筋は通ってるんだけど（いや、通ってるんだろうか？）普通じゃない答えに「はい、わ

かりました」とは言えず、首を傾げながらの反応になってしまった。いや、だって、誰でもこういう反応になるだろう。なんなんだこの人。

「なあ」と頭をポリポリ掻きながら、面倒くさそうにヴァルプが言った。

「要するによ、お前がドMだって話か？」

「――ああ！」

目から鱗が落ちたように、ポンとノーランドは手を打った。

「そうだね！　ボクは――ドMなんだ！」

また、水を打ったように静まり返った。

けれどその静寂は、我慢しきれないといった風に零れ始めた、アリスレインのくつくつという笑い声で破られた。

「あ、ご、ごめんなさ……ふふっ。あの……えっと、すみません。何だか、気が抜けちゃって……ふふっ」

笑って目尻に浮かんでしまった涙を、指で擦って拭う。

「……私、もっともっと、嫌がられると思っていました。……否定されると思ってました。その覚悟も、してました。でも――全然、違いました」

綺麗な青髪を勢いよく靡かせて、彼女がこちらを見る。

「シオンさん！　私、皆さんと冒険したいです！」

ずるい、と心の中で呟いて。

口からは「……わかったよ」と呟いた。

職業は綺麗にばらけて、バランスが取れている。葬送という行為にも、色々問題はありそうだけれど、理解がある。正直、これ以上を求めてもまず見つからないだろうから、受け入れるのがベスト。そう、自分でも思っていたのだけれど。

やっぱり、ずるい。

そんな満面の笑みを見せられて、どうして否定することができるだろうか。

◇

——前言撤回。

「駄目だこれ」

戦闘の最中、隠すことなくそう呟いた。

確かに、否定する材料はなかった。職業はそれぞれ適切に分かれていて理想的で、誰も葬送士を疎まない。この上ないくらいの集まりだった。

でも、冷静に考えて。

最初に警戒した通り、そんな変人の集団が、まともな冒険者なわけもなかったのだ。

「——『誘魔の光(ルアーフラッシュ)』！」

パーティ結成を決めてすぐ、酒場で親睦を深めるでもなく「実力も見せねぇと駄目だろ?」というヴァルプの提案でやって来た一層の森で、魔物の群れが見えた瞬間にノーランドはそう叫んで突っ込んでいった。

初戦闘で、あの数の魔物といきなりやるのはよそう、そう声をかける暇もなかった。

おまけに、なんだ、あのスキル。

いやまあ、誘魔の光それ自体は白騎士の基礎スキルなのだけれど——なんだ、あの色と光量。

スキルの発動と同時に、ノーランドの金色の鎧は光に包まれた。七色の光に。頭のてっぺんからつま先まで光に包まれて、それが絶えず色を変化させながらテラテラと輝いている。離れていても目が痛いくらいの眩しさで。

当然、魔物の群れも気がついて、その突撃してくる闖入者に牙を剝く。森ネズミの群れだ。ネズミと言っても地上の猫以上の大きさがあって、この一層では一番よく目にする獣型の魔物だった。一体一体は決して強くはないのだけれど、群れで移動してすばしっこい面倒な相手だ。

ノーランドは盾を構えて、五匹の森ネズミたちと衝突する。

「おおう！　素晴らしい！　来たまえ！　そう！　その調子だ！」盾をくぐり抜けた森ネズミの一匹が、潜り込んで彼の腕を嚙んだ。「おうふっ♥」反対側からもう一嚙み。「おうふっ♥　おうふっ♥」

あの、恍惚の表情で喘ぐ金髪イケメン騎士が、自分たちの仲間だと認めたくなかった。

悪夢のような光景だ。

「アッハッハッハ！　なんだあれ！　きっしょい光出しながら、きっしょい声出してんぞ！」

　爆笑するヴァルプの声に、はっと我に返る。

「いや、助けに行かないと！」

　森ネズミとはいえ、あの数だ。ダメージは蓄積する。

「リリグリム！　おれと一緒にサポートに——って、あれ？　リリグリムは？」

　防御力の低い魔導師のヴァルプを最前線に突き出すわけにもいかない。前衛職でもあるシオンとリリグリムで森ネズミ一匹の注意を引こうと思ったのだけれど、彼女の姿がどこにもなかった。

「あの、シオンさん」

　最後尾にいたアリスレインがそっと手を挙げる。

「……ここに」

「ぴゃっ！」

　アリスレインが足元まである葬送士の装束を手で持って、膝の高さくらいまでたくし上げる。すると、その足の間で、丸くなっているリリグリムがいた。外の光に晒(さら)されて驚いたのか、アリスレインの脚に縋(すが)り付いている。

「……何してんの？」

「……リリちゃん、怖いそうです」

はあ？

いや、確かに、自己紹介で怖いけど頑張るとか言っていた気がするけど、え？　そういうレベルで怖いのか。そうか。なるほど。いやでも、それは、冒険者として、どうなんだろう。無理なのでは？

「おうふっ♥　おうふっ♥　おうふっ♥」

いや、考えてる場合じゃない。

「あーもう！　おれが援護に入るから、ヴァルプは隙を狙って攻撃して！」

ヴァルプの返事は聞かず駆け出した瞬間に、背後から魔力の気配が迸（ほとばし）った。

「いっくぞ、オラァ！」

ヴァルプが指差すように右手の人差し指だけを伸ばし、ノーランドに纏（まと）わり付く森ネズミに向ける。魔力が凝縮され、目に見える焔（ほのお）となって彼女の指先に現れる。空気を灼（や）くその火球は、巨大な炎の花のようにも見えた。

「《第一指（ファースト）、解禁（リリース）》――『紅焔（ブレイズ）』！」

振り返っていなかったら、丸焦げになっていたのはシオンだった。

顔の目の前を、前髪を若干焦がしながら、特大の火球がすっ飛んでいった。明らかに過剰な高火力の魔法が、ノーランドに襲いかかる森ネズミを直撃して炎上させる。あまりの火力に、一匹どころじゃなく数匹まとまって炎上している。笑い事じゃない。もし当たっていたらああなっていたのは自分だ。

「どこ見て魔法撃ってるんだよ！」

「オラオラオラ、燃えろクソが！」

もう聞く耳すら持っていなかった。

目の血走ったヴァルプは、お構いなしに魔法を乱射する。

「ヴァルプ！　ヴァルプってば……！　威力もっと抑えて！　あれじゃあノーランドに――！」

「シオン！」

これまでになく力強い声で、ノーランドは叫んだ。

「構わない！　むしろすばら――おうふっ♥」

「あ」

言っていた側から、ヴァルプの魔法が直撃した。しかも顔面に。

流石のヴァルプも声を出して一瞬固まったのだけれど、その膠着は一瞬の内に全員揃ってドン引きに変わった。魔法が直撃した煙が晴れると、ノーランドは例の気色の悪い恍惚とした表情で佇んでいた。

体の周囲には《魔法障壁》が見て取れる。いつの間にスキルを使ったのか。どうやらノーランドは、とにかく防御に特化してスキルを習得しているらしい。

若干焦げた感じのある前髪を、ノーランドは満足そうに掻き上げた。

「……最っっっ高だよ、ヴァルプ♥　さあ、魔物を倒してくれたまえ！　ボクに構わず、諸共（もろとも）にやるんだ……！」

「アッハッハッハ！　お前、クソ面白いな！　死ぬんじゃねえぞ！」

聞く場面次第ではえらく格好良さそうな台詞（せりふ）を言ったノーランドはただのドMの変態で。効果がないとはいえ、あれだけ容赦なく攻撃を続けられるヴァルプはドSなのだろう。二人は相性ぴったりなのかもしれないが、巻き込まれたこっちの身にもなってほしい。

次々放たれる魔法。燃えさかる森ネズミと森の木々。そして悦（よろこ）ぶノーランドと愉（たの）しむヴァルプ。地獄絵図だ。

ふと、アリスレインと目が合った。

「あ、あはは……凄（すご）いですね」

あはは、じゃないって。

どうすればいいんだよ、これ。

七色に輝く変態白騎士と、狂乱する放火魔黒魔導師と、ぷるぷる震えている盗賊。

現実だと直視したくなくて、目を閉じて頭を抱えるしかなかった。

幸せは失われないものだと信じていた。

ベッドの側の窓から見える牧場の景色、香る飼い葉の匂い、馬の嘶（いなな）きや鳥の囀（さえず）り、父と母の話し声。そうした幸せの欠片（かけら）は、四角く囲われた窓から見えるだけの世界からでも毎日、彼女の心に降り積もっていた。

少女の名前はルーシーといった。大陸最大の王国、魔導王国領の外れ、王都の中心からは遠く離れた牧場に生まれた一人娘だった。今年で九歳を迎える彼女は病弱で、生まれてからの大半の時間を牧場の一室、ベッドの上で過ごしていた。

「……けほっ」

何もしていないのに、また咳（せき）が出た。

馬はヒヒン、羊はメェメェ、牛はモウモウと鳴くように、自分のお腹（なか）の中にはけほけほと鳴く小鳥を飼っているのだと思うことにしていた。

雌の小鳥で、目立ちたがり屋で、時々相手をしてあげないと鳴いてアピールをしてくるのだ。構って構って、と。そう思えば喉の痛みも、胸のむかつきも、何だか可愛（かわい）いものだと受け入れることができた。

ベッドの側にあるコップを手に取り、水をほんの少しだけ嚥下（えんげ）する。

きっと小鳥は喉が渇いたのだ。

予想は当たって、咳はいつものように酷くなることはなかった。安堵に胸を撫で下ろし、窓の外を見る。馬の世話をする父と目が合った。小さく手を振る。返ってくる。咳き込む姿は見られなかったらしい。大丈夫、元気だよと伝えられたのならよかった。

「ルーシー？」

「どうしたの、お母さん」

母が部屋の入口から顔を覗かせていた。

「今、お父さんに手を振ってたの」

「……そう。林檎をもらったから、あなたも食べなさいな」

「凄い、真っ赤ね」

「ええ」

頷いて、母はベッドの横の椅子に腰を下ろした。林檎は二つあった。片方の林檎を手に取り、小さなナイフで器用にくるくると皮を剥いていく。白い果肉が露わになって、果汁が母の指を伝って膝の上に置かれた皿に落ちる。剥かれた皮も、赤い紐のように溜まっていく。

「はい、ルーシー」

「ありがとう」

渡された一切れを手に取ると、果汁が指についてペタペタとした。舐めると甘く、爽やかな香りがする。我慢できなくなって、果肉に齧り付く。シャクシャクと小気味のいい音が口の中に響いて、甘みがしっとりと広がる。

「美味しい？」

「うん」

頷いて答えると、母はもう一つの林檎も剝こうとしたけれど、それは断った。二つも一度に食べられそうにない。そう、と呟いた母の横顔が悲しげで、その手を取った。渡された皿の上の林檎を一切れ手に取る。

「あーん」

ぱちぱちと目を瞬かせてから、母は微笑んで受け入れた。

「美味しい？」

「ええ、とっても」

「お母さん」安心させられるように、作り慣れた笑みを浮かべた。「私なら、大丈夫だから。ここから見てるから。お仕事、頑張って」

けれど、作った笑顔なんて何も意味がなくて、母の顔はくしゃりと悲しみに歪む。

表情を見られないようにしたかったのだろう。誤魔化すようにルーシーの背中に腕を回して、頰をそっと寄せる。しばらくそうして体温を残してから、母は部屋を去って仕事に戻っていく。祖父母が亡くなってしまった今、主な働き手は父と母、二人だけの牧場だ。何の力にもなれないルーシーのところにいたら、仕事がどんどん溜まってしまう。

母の気配が遠くなってから、また、窓の外を見る。

夜空の星を求めるように。

手を伸ばしてみても、四角く区切られた空は遠かった。

その日は珍しい日だった。

市場がある日でもないというのに、一日中仕事に精を出している父が外出したのだ。

どうかしたのかと尋ねても、母は曖昧な笑みを浮かべて誤魔化してくる。「宝物を持ち帰ってくるかもしれないわね」なんて、そんな言葉に騙されるほど小さな子どもだと思われているのなら心外だった。

けれど。

母のその言葉は、嘘ではなかった。

父は夕方に帰ってきて、母と一緒に部屋にやってきた。いつもは鍬を持つ両手が、それこそ大切な宝物を抱きかかえるように、黒いモサモサとした塊を抱えていた。

モサモサは、よく見ると小さく震えているようにも見えた。

「……お父さん？　それは？」

返事は父ではなく、彼がしてくれた。

父の方に向けていた顔をこちらに向けた子犬は、きゃん、と高い声で鳴いて返事をした。

父がベッドの上に置くと、彼はもそもそと覚束ない足取りで近づいてきた。

「えっ……わ」

そっと手を伸ばすと、柔らかな毛に触れた。最早おっきな毛玉だ。温かく柔らかなのに、硝子のように繊細で、今にも壊れてしまいそうな体に指が届く。甘えるように彼は手にじゃれついて、そのままお腹のところに収まった。毛布とルーシーの手とお腹に囲まれて、そこが一番温かかったのかもしれない。

「もう懐いてしまったね」

嬉しそうに父は笑った。そんな笑顔を見たのは久しぶりのことだった。

「この子はどうしたの……?」

「もらってきたんだ。君のためにね」

「私の……ために?」

驚いてしまって撫でる手を止めると、彼はぐいぐいと鼻で押して催促した。

温もりを撫でながら父を見る。

「私たちはね、知っていたよ」

父は母と目を合わせてから、またルーシーを見た。真っ直ぐな瞳だった。

「ルーシーは動物が好きだろう?」

「うん」

「ルーシーは外も好きだろう？」

「……うん」

「だから時々、手を伸ばしていただろう？」

こうして、と父が窓の方に向けて手を伸ばす。

見られてしまっていたという羞恥と、気づいてもらえていたという喜びが、綯(な)い交(ま)ぜになって上手(うま)く消化できなかった。

涙声になってしまいそうで、少し遅れて頷いた。

「それなら……その子を愛してあげなさい。犬は愛情深い動物だ。君が愛情をもってその子に接するなら、その子もまた君を愛してくれる。その子はきっと逞(たくま)しい成犬になって、外を力強く走るようになるだろう。そして愛する君のところに戻ってくる。外が大好きな君のために、君の分まで世界を駆け回って、大好きな外のお日様の匂いを連れて、戻ってくる。元気がある時には、彼に助けてもらいながら散歩をしたっていい。……ルーシー」

優しい呼び声だった。

「君は自由だ。窓の外は、決して、遠い世界ではないんだよ」

つい、窓を見てしまう。

この四角い世界の遠さを。

父も、母も、知ってくれていたのだ。

知らず溢(あふ)れた雫(しずく)が、ぽとりと彼の鼻先に落ちてしまった。

くん、と彼は鳴いてこちらを見上げた。どうしたの、と問いかけられたようだった。薄ぼやけた視界の中を彼はよじよじと登ってきて、顔を近づけると小さな舌で鼻先を舐めてくれた。余計に溢れてしまいそうで、鼻を啜り上げて必死に抑えた。

「……私ね」

「ああ、なんだい」

「頑張って、いっぱい、この子を愛してあげる」

「それがいい」

「それできっと……この子が大きくなったら、一緒に散歩をするの。もし私が疲れてしまって歩けなくなったら、この子の背中に乗せてもらう。そうお願いしても聞いてくれるように、愛してあげるの」

「それには目一杯の愛情が必要だね」

「うん。……でも、きっと、大丈夫」

「大丈夫？」

「……大丈夫」笑顔で、父と母を見た。「愛してあげる方法は、私はよく知っているから」

こんなにも、愛してもらっているのだから。

お腹の上で丸まった彼を抱き上げて、頬に寄せる。

小さな灯を直接包んだような温もりと、いやいやする柔らかな肉球の感触が頬を押してきて笑ってしまう。

こんな幸せが、いつまでも続けばいいと、そう思っていた。

第2章 優しい冒険者なんていない

See you again even if you metamorphose.

1

冒険者がパーティを組むようになったのは一層のゴブリンのせいだ。

彼らは頭がいい。複数匹の集団で戦闘（ゴブリンにとっては狩りなのだろうが）を行い、倒した冒険者から装備を奪って武装もする。多勢に無勢では分が悪いからこそ、一匹狼な冒険者たちも徒党を組んで戦うようになった。

ただ、パーティを組んで適切に戦うことができるのなら、一層にゴブリン以外の大きな脅威はないはずだった。色々な魔物はいるが、厄介なのは狼の魔物であるサーベイジウルフくらいのもので、森ネズミのような他の魔獣は大した問題にならない。

そのはずなのに。

パーティ結成後にダンジョンに突撃してから、三度行ってみた。

結果は散々だ。

毎回敵も味方も大騒ぎになって、一切、微塵も、何の成果も上げられず撤退してきた。

このままではまずい。

本当にまずい。

どれくらいまずいかというと、日銭すら稼げていない。これなら一人で薬草採取でもしていた方がマシだ。今はまだこれまでの貯蓄でどうにかなっているが、遠からず明日の宿代や食事すら危うくなる。

危機だ。

生活の危機だ。

「あのさ、みんなパーティって何のために組むかわかってる？」

第七区でも指折りの安酒場「自由の渇き」、そのボロボロのテーブルに集まった全員の顔を見回す。

ヴァルプは頬杖をついて木の実を齧っていて、まだ酒の飲める年齢じゃないリリグリムは、彼女の顔ほどもあるジョッキからミルクを飲むのに必死になっている。話なんて聞いちゃいない。

ノーランドは一応真剣に考えてくれているようだが、頭の中身が明後日の方向にすっ飛んでしまっているので「これはまた哲学的な難題だね……なぜ、パーティはあるのか。冒険者がパーティを組むから『パーティ』という概念はあるとも言えるし、『パーティ』という概念がまず先にあるから、我々は仲間になろうと思えたとも言える。パーティが先か、冒険者が先か……難題だ。悩み過ぎて頭がキリキリと痛む……ああ！　まさか、シオン！君はボクをそうやって苛めようとしてくれているのかい！」とか自分勝手に馬鹿なことを言っている。そんなわけがあるか。

困ったことに、意見を口にするのは一人だけなのだった。

まともなものかどうかは、ともかくとして。

「はいっ！」

背筋をピンと伸ばして、更に右手は指先までピーンと伸ばして、アリスレインはこちらが声をかけるのを待っていた。

「……どうぞ」

「パーティを組むのは、みんなで協力して魔物と戦うためだと思います！」

おおー、とまばらな拍手が三人から注がれる。

「正解だけど」

「ほんとですか！」

「正解して当たり前だから、そんなに喜ばないで」

「……しゅみません」

アリスレインはわかりやすくしゅんと小さくなる。

くいっ、と袖を引かれた。リリグリムだった。

「……苛めるの、駄目」

「苛めてるわけじゃないって」

アリスレインが優しく接するから、彼女はすっかり懐いていた。

ちなみにノーランドのことは「でっかくてビカビカ光るから吃驚して嫌」らしい。気持ちはわかる。

「クソシオン。お前、毎回まだるっこしいんだよ。何が言いてえんだ。結論から言え」

木の実を指先から出した炎で炙りながら、ヴァルプはこちらを睨む。

「それ、焦げて苦くなるだけでまずいと思うよ」

「うるせ。その苦いのが美味ぇんだよ、ガキが」

「アリスレインの言葉が正解だとして。協力して戦うことがパーティの条件なら……おれたちは今、パーティじゃない」

「協力してんじゃねえか。毎回仲良く一緒にお手々繋いでダンジョンに潜ってんだろ？」

そう言って木の実を齧ったヴァルプは顔を引きつらせた。

ほら、やっぱり。どうせ苦かったのだ。

「一緒に潜ってるだけ、の間違いじゃない？　魔物に会ったら後はもう個々で好き勝手にやってる。そういうのはパーティじゃなくて、寄せ集めっていうんだよ。烏合の衆でもいい。ゴブリンどころか魔獣すらまともに倒せてない。ダンジョンに騒ぎに行ってるだけだ。これじゃあパーティを組んでる意味もないし……みんなだって、これ、厳しいでしょ？」

銅貨を一枚取り出してテーブルに置き、指で叩いて示す。

うぐっとヴァルプが呻く。それはそうだろう。肉が好きなくせに、外で買ってきた木の実を持ち込んでひもじく齧っている時点で金欠なのは誰でもわかる。というか、駆け出しの一層で戦っている冒険者の懐事情なんてそう変わらない。まともに戦闘できず、戦利品を獲得できていない冒険者なら尚更だ。

　このパーティは今、間違いなく全員が超貧乏だ。

「シオンには」意味もなくキメ顔でノーランドは言った。「何か、策があるのかな？」

「策なんて上等なものは必要ないよ」

「ほう？」

「ちゃんと『協力』しよう」

　別に小難しいことを言いたいわけではなかった。

「今、三つ問題があるんだよ」

「私でしょうか……！」

　思い詰めた表情で、アリスレインは勢いよく立ち上がった。問題のある子は誰でしょうという問いかけで、どうして立候補してしまうのか。

「いや、君は……なんだろな」

「はい！」

「頑張ってるのはわかるから、早く戦闘に慣れましょう……っていう感じかな」

　アリスレインのことは、どうにも問題にし難いのだ。

　葬送士だからではなく、彼女自身の行動の問題だ。他の三人とは違い、アリスレインは全力でパーティのために戦おうとしている。仲間が初めてできて嬉しいからなのか、ちょっと過剰なくらいに。

けれど、彼女には経験がない。戦うといっても、職業にはそれぞれ役目がある。例えば一昨日(おととい)のアリスレインのように、葬送士は杖(つえ)で魔物に自ら殴りかかっていく必要はない。「お手伝いしようと思って」という気持ちはありがたいが、そういうのは前衛職の役目だ。あと。何もないところで戦闘中に転ばれるとサポートが大変だから本当にやめてほしかったりするが、まあ、それでも、頑張っているのはわかる。彼女は頑張り続けている。そして、ぐるんぐるんと全力で空回りし続けている。

「が、頑張ります……」

「……頑張って」

それ以上の言葉を伝えようがなかった。

頑張ってほしい。せめて、手がかからないくらいには。

それさえできれば、アリスレインは他の三人よりはやる気の面で遥(はる)かにマシなのだから。

「まず、ノーランド」

仕切り直しに咳払(せきばら)いをしてから指で差すと、ノーランドは何だか嬉しそうに笑った。

「『誘魔の光(ルアーフラッシュ)』が強烈過ぎるよ。酷(ひど)い時なんて、目標以外の魔物も突っ込んできて敵の数がとんでもないことになってるでしょ？　あれじゃまともに戦闘できない」

「ボクの美しい輝きが仇(あだ)となるとは……これは一本取られてしまったね！」

誰も取ってない。取りたいとも思わない。

「次にリリ」

「ぴゃふっ!?」

「いや、そんなに驚かなくてもいいんだけど……リリは、そうだね。言葉は悪いかもしれないけど……そもそも、戦ってないよね。うん。アリスレインのスカートの中で丸くなってるだけで。ノーランドみたいに邪魔にはなってないけど、申し訳ないけど戦力にもなってない」

「ぴゃい……」

　鳴き声と返事の間のような声だった。

「おい、クソシオン。リリをゴミだってか?」

「ゴミなんて言ってないでしょ……それに、一番の問題は君だし」

「あァ?」

「ヴァルプの魔法は攻撃の要だけど、一番の危険要因にもなってる。君、魔物と見たら所構わず魔法を乱射するだろ?　誰かが射線上にいてもお構いなしに。君が攻撃する度に、こっちは神経を磨り減らさなくちゃいけない。挙げ句の果てに、君の攻撃に驚いて、ノーランドが注意を引いてくれてた魔物も我に返って逃げ出したりする。その先にアリスレインがいたりするからもう毎回大騒ぎだ。ほら。これじゃあ協力なんてできるわけがないし、魔物を倒したいっていう君の本来の目的からも効率は悪くなってる。冷静に考えてみてよ。これ、パーティを組んでる意味が――」

「だあああああああもう!　うっせえ!」

火力を増した炎で、木の実が一つ燃え滓に変わる。勿体ない。

「ネチネチネチネチうるっせぇな！」

「ネチネチも何も、本当のことしか言ってないけど」

「つーかよ！　このパーティのリーダーお前だろ？　お前がきっちり指示を出さねえからそんなことになってんじゃねえのかよ！」

「え？　おれがリーダー？」

ぐるりと見回してみると、他の全員が「なんで疑問に思っているのかわからない」という顔をしていた。

「いや、え？　そもそもこのパーティはアリスレインが」

「……シオンさん」

これまでで一番と言えるくらいの真剣な目をして、彼女は言った。

「私をリーダーにして、いいんですか？」

即座に首を横に振ってしまった。無理だ。

それを自分自身から切り出すのはどうかと思ってしまうけれど、確かに彼女に任せるのは不安過ぎる。毎日人助けのクエストばかり受けて一文無しだとか、そんなことになってもおかしくない。

「ネチっこく面倒くさいご託を並べてくれやがったんだ、お前が責任持って統率しやがれ。ちなみに、俺は構わねえぜ？　あんだけ今は効率が悪いとか言ったんだ。お前が指示すれば俺にもっと魔物を殺させてくれんだろ？」

「……リリは、お姉ちゃんが、いいなら」

「ボクがやってもいいんだけれど、今は魔物とダンスするのに忙しいからね！　ボクが一番魔物に攻撃されるようにしてくれるなら、それで構わないよ！」

「私は最初からシオンさんがリーダーだと思っていました！」

全員好き勝手を言っているのに、どうして結論は全会一致なのか。

すっかりそれで決定というような雰囲気ができあがっていて、全員の視線を一身に受ける羽目になってしまっている。

あれ、なんだこの状況。

どうしてこうなった？

「……悪いけど、リーダーは引き受けられない。そんな柄じゃないよ」

「なんだよお前」ぷぷっとヴァルプが指差して笑う。「ビビってんのか？」

「ただ」もしかしたらこれは、ちょうどいいタイミングなのかもしれなかった。「……確かに。おれも好き勝手言ったとは思ってる。だから、リーダーは引き受けられないけど、一つ、条件を付けていいなら、おれが戦闘中に指示を出すよ」

「条件、ですか？」

「そんなに難しいことじゃない」

怪訝（けげん）そうなアリスレインに軽く答える。変に警戒されてもいけない。

「指示は出してもいい。でも、戦闘中、緊急の事態が起きたりして命が危ういと思ったのなら——まず、自分の命を最優先にしてほしい。……何より、誰より、自分のことをね。そのためなら、おれから出された指示を無視してくれたって構わない。それが指示を出す条件」

怪訝そうにシオン以外の全員が顔を見合わせた。

首を傾げながら「なあ」とヴァルプが問いかけてくる。

「んなの、当たり前じゃねえのか？　自分の命をなんかの後回しにしろとかなら、条件にする意味もあるかもしれねえけどよ。自分の命が最優先なんて、言われなくたってそうするぜ？」

「わかってる。単なる保険だよ。おれも戦闘で指示を出すような立場だったことはないから、普通に間違えるかもしれないってこと。それで後から恨まれても困るしね」

「んだよ！　だったら最初からそう言えや、このクソシオン。『おれの指示が馬鹿かもしれないから、いつも注意していてください』って頭下げてよ！」

ゲラゲラと笑って、ヴァルプは麦酒を流し込む。今度は魔法で炙ることなく木の実を齧っていた。

「他のみんなも、それでいいなら……やるけど」

「……リリは、お姉ちゃんが、いいなら」

「ボクも構わないさ！　ボクという楽器を楽しんで奏でてくれるといい。魔物に叩かれる度、ボクは虹色の声で歌ってみせよう！」

「いや、全然聞きたくないんだけどさ」

「そうなのかい!?　こんなに綺麗だというのに！」

ラーラーと歌い出し、ノーランド劇場が始まる。近くの席からうるせえと空のジョッキを投げつけられているが、一切意に介さずむしろ喜んでいる。ここまで自分に自信を持てることがいっそ羨ましい。おまけに失敗して馬鹿にされたとしても、それはそれで彼にとってはご褒美だ。無敵じゃないか。

ふと視線を感じて顔を向けると、アリスレインがこちらを見つめていた。大きな瞳で観察でもするように、ジッと視線が向けられている。

「あの」

一瞬、言い淀んだものの、覚悟を決めたのか視線を逸らさずに彼女は言った。

「何か、あったんですか？　昔リーダーをして嫌なことがあった……とか」

普段はそんなところは全くないというのに、変なところで勘が働くのも困る。

彼女には嘘ばかりついている気がする。

「……別に、そんなことはないって。リーダーなんてやったことないし。さっき説明した通りだよ。おれだって経験はないから、ちゃんと自分の身は自分で守ってもらいたいだけ。冒険者なら当然のことでしょ」

「それは、そう……ですけど。シオンさん、無理されてませんか？　本当に嫌なら私が

「――」

「あ、いや、それは結構です」

真剣に語りかけてくる彼女の言葉を避けて、わざとふざけた態度で食い気味に否定する。

「も、もう！　私、本気で心配してるんですよ！　それに、私だって頑張れば、なんとか後ろから指示を出すことくらいは……！」

「あ、いや、それは結構です」

「それやめてください！」

彼女がぷんすかと怒る。

わざとらしくなり過ぎないように、ほどほどに、けらけらと笑って、彼女の心を躱す。

真正面から受け止めるには温か過ぎて、見て見ぬ振りをするには眩し過ぎたから。

君が一番不安だとは、口には出せなかった。

2

幾つかの戦闘時の約束事を設けて、再びダンジョンに潜った。

パーティでの戦闘の練度は、全員で何度も戦うことでしか向上しない。

幸い――相手がまだ所詮は魔獣ということもあるけれど――結果はすぐについてきた。

まずは基本の陣形を作った。探索中はシオンが先頭に立ち、斥候の役を務める。魔導剣士に偵察系のスキルはなく、本来は盗賊のリリグリムの方が適任なのだけれど、そこは仕方がない。その後ろにはノーランド、リリグリム、ヴァルプ、アリスレインと続く。これだけでも、好き勝手に探索していた時よりもずっとやりやすい。

気配を消して、悟られないように後ろに手を伸ばして「止まれ」と合図を送った。

目の前の樹にそっと近づき、その向こうを覗く。森ネズミの群れだった。全部で四匹いる。彼らは円を描くように頭を突き合わせていた。どうやら何か仕留めた獲物を捕食しているところらしい。

森ネズミに見張り役を立てるような知能はない。四匹で全部だろう。

これなら大丈夫。

合図を変えてみんなを呼び、小声で話す。

「森ネズミが四匹。三匹と一匹でいこう」

「任せたまえよ」

ノーランドと先頭を入れ替わり、彼はそのまま森ネズミに突っ込んでいく。

駆けるノーランドの鎧の音に気がつき、森ネズミたちが一斉に牙を剝く。彼は気にすることなくそのまま突撃し、前方に掲げた盾で群れにタックルする。「さあ！　かかって来たまえ！」という彼の挑発に呼応したわけじゃないだろうが、森ネズミたちはキーキー鳴いて飛びかかる。「おうふっ♥」とノーランドの嬌声が聞こえたら今度はこっちの番だ。

ノーランドにお願いしたことは一つ。

あの七色に光る挑発スキル「誘魔の光（ルアーフラッシュ）」の禁止だった。あれを使われるとその場にいる全ての敵の注意が彼だけに集中してしまい、密集し過ぎて逆に攻撃ができなくなる。注意を引く力が弱くなったとしても、スキルなしで突っ込んでもらった方がパーティとしては有益だった。

想定通り、森ネズミの数匹がこちらに気がつく。スキルを使っていない分、ノーランドに強く気を取られていないからだ。

「おおっと！　君たち三人はボクのものだよ♪」

こちらへと駆けてこようとした数匹を、ノーランドが盾で牽制（けんせい）して止める。すり抜けたのは一匹で、こちらに真（ま）っ直（す）ぐに駆けてくる。これでいい。

「――ふっ！」

ショートソードを横一閃（いっせん）して、森ネズミの足を止める。それも一瞬のことで、次の瞬間にはバネが弾（はじ）けたように森ネズミは飛びかかってきている。ギギギと、目の前に迫る前歯を剣の腹で受け止める。

少し重いけれど、それだけだ。

正面に思い切り踏み出して、森ネズミの柔らかい腹を蹴飛ばす。

「ヴァルプ！」

声をかけた瞬間に、目の前の森ネズミをヴァルプの魔法が直撃した。

焔（ほのお）に全身を灼（や）かれた森ネズミは、キーキー鳴きながら前後不覚になって駆けていく。つくづく運のないことに、その先にいるのこそがヴァルプだった。「うぜぇ」の一言と共に二発目の魔法が叩き込まれて、森ネズミは物言わぬ炭の塊に変わった。

こうなったらもう後は簡単だ。

注意を引きつけてくれているノーランドから、更に一匹を引き離す。ノーランドからの距離を離して、ヴァルプが魔法を撃ち込める余地を作る。なんならシオンがそのまま倒してしまうこともある。三度繰り返して、戦闘は終了した。一層で最弱の森ネズミ相手とはいえ、上々の結果だった。

やっぱり戦力は整っているのだ。問題児がシオンの指示に従ってくれるというのなら、これくらいの結果は当たり前と言えば当たり前だった。

戦闘終了後、アリスレインが葬送をして、森ネズミたちの亡骸は魔力の粒子である魔素へと散って、消滅した。

「今の魔獣に人の気配があったの？」

「いえ、そういうわけではないです。ただの魔物さんです」

どこか少し寂しそうに、アリスレインは微笑んだ。

「なら」

「でも」

何を言うつもりなのか、悟られたようだった。

言葉を遮って両手を握りしめたアリスレインに、もう寂しそうな様子はなかった。

「だからといって、送らないのは違うと思うんです。人だって動物だって、ずっとこんな地の底に囚われていたら可哀想だと……私は思います。人だけを送るんじゃなくて、みんなを送ってあげたいです」

「……まあ、文句があるわけじゃないよ」

お人好しが過ぎる、というのが本音だったけれど、言葉にする必要もない。

つくづく、彼女は冒険者には向いていない性格だ。

「体調は？」

「大丈夫です！」ぷいっと彼女はピースサインを作る。「負荷がかかるのは人の魂を送った時なので！」

「おっ」とヴァルプが地面から何かをつまみ上げる。「麦酒があるぜ」

どうやら残留物を見つけたらしかった。

森ネズミの体はアリスレインに葬送されたことで魔素となって消えていったが、仮にされていなかったとしても、時間が経てば死んだ魔物はやがて魔素に還っていく。

けれど、稀に体の一部が魔素へと還らずその場に残ることがあり、それらは残留物と呼ばれていた。魔物を倒すことでしか得られない残留物は、武器や防具の素材、魔法の触媒などとして使われることが多く、売り払えば収入源にもなる。

落ちていたのは森ネズミの牙と爪。

そもそも森ネズミの素材の価値は低いけれど、爪はその中でも一番価値のない素材だった。一つでは値段が付かず、五つで銅貨一枚が精々だ。

一方で牙の方は残留することが結構珍しくて、爪に比べれば価値がそこそこ高い。買い取りの相場は銅貨五枚になる。これは大体どこの酒場でも麦酒をジョッキで一杯飲める値段だった。冒険者が一層で「麦酒拾った」と言ったら、森ネズミの牙を拾ったということなのだ。

見つかったのは牙一つに爪が三つだった。

銅貨五枚半というところだろうか。五人で割ったら銅貨一枚だ。やっぱり森ネズミでは稼ぎにならない。

「次、行こう」

声をかけて、隊列を戻して探索を再開する。

十分ほど歩いて、次の獲物を見つけた。正確には、見つけて、見つけられた。双方同時だった。

遠吠(とおぼ)えと共に、四匹のサーベイジウルフが駆けてくる。

「ノーランド！　ごめん、気づかれた！」

今回は引かなかった。もう見られているから意味がない。「問題ないさ！　任せたまえ！」その場で剣を構えている間に、ノーランドが飛び出して狼(おおかみ)に突っ込んでいく。

が、彼らは森ネズミほど馬鹿じゃない。二手に分かれる。二匹はノーランドに向かい、もう二匹がシオンの方にやってくる。後ろにいるヴァルプやアリスレインにも当然気づいている。

とはいえ、そこから更に二手に分かれて一匹にはならない。彼らは単独で狩りをすることはない。二匹は真っ先に目の前のひょろっとした魔導剣士を仕留めることにしたらしい。唸りながら距離を詰めてきて、一匹は正面に、もう一匹は背後にじりじりと回ってくる。集団で獲物の死角を押さえて、無理なく狩る。彼らのその習性は当然わかっていた。

だから、先手を打った。

「——リリ！」

「ぴゃい！」

と、『影潜み』を解いたリリグリムが、アリスレインの影から飛び出す。

サーベイジウルフにとっては、いきなりリリグリムが現れたように見えただろう。飛び出した勢いのまま、無警戒でがら空きのウルフにリリグリムはスローイングナイフを投擲する。ウルフのギャンという痛みの滲んだ鳴き声が木霊する。

リリグリムは止まらない。

「こ、こここ、こっちに来ないでくだひゃい、くだひゃい、くだひゃい、くだひゃい——っ!!」

叫んだ数だけナイフが飛んで、更にウルフの全身に突き刺さっていく。一つ一つの威力は小さくても、数が多過ぎる。

気がつけば、ウルフの鳴き声なんてもう聞こえなくなっていた。

「……あ、あれ？　狼さん、もう死んでますか……？」

「大丈夫！　リリ、今度はこっちに入って！」

「ぴゃい！」

返事と共に、リリグリムは再び影潜み（ダイブ）を使う。今度はシオンの影の中へと。

彼女の使っているスキル、影潜み（ダイブ）は、気配を消して、影に隠れるように背後に近づくスキルだった。本当に姿が消えているわけではないのだけれど、背後の死角に入り、気配を消すことでまるで影に潜んだような状態になる。

本来は敵の背面に忍び寄って、いきなり一撃を食らわせるスキルなのだけれど、リリグリムは「敵に近づく」という思考を持っていなかったから（そんな怖いことを彼女が好んでするわけもない）、敵に接近するための『影足（ステルス）』のような気配遮断スキルは当然覚えていなかった。

だったら、と考えを変えて、敵ではなく味方の影に潜んでもらうことにしたのだ。

遭遇して姿を見られてから影潜み（ダイブ）したのでは敵も警戒する。けれど、最初からいなければ――こういう風に、急襲することができる。

残った一匹のウルフに剣を突きつける。目の前の剣と、その更に背後にいるはずのリリグリムからの不意打ち。その両方に警戒していたのだろう。

「『紅焔（ブレイズ）』！」

ヴァルプの一声で、ウルフの体が激しい炎に包まれる。

ただ、森ネズミとは違ってこれだけでは死なない。一気に接敵して、炎を消そうとジタバタと悶えているウルフの首に剣を叩き込む。首を落とすところまではいかなかったけれど、ほぼ完璧に入った一撃は急所を切り裂いていた。血が激しく噴き出して、ウルフはそのまま崩れ落ちる。

「おい！　ノータリン！　いつまでも一人で愉しんでんじゃねえぞ！」

「おっと！　これは失礼、そろそろ君にも分けてあげよう！　『盾撃』！」

ヴァルプのかけ声で、ずっと攻撃を受け続けていたノーランドが反撃に転じる。『盾撃』は盾で殴りつける攻撃スキルで、もろに食らった二匹のサーベイジウルフは面白いくらいに吹っ飛ばされていた。殴りつけた勢いのままにノーランドが体を捌いて横に流れると、そこに射線が開いた。

「――あばよ。『紅焔』！」

向けられたヴァルプの人差し指から風が吹くように魔力が駆け抜けて、空中を灼いていく。その先にいたサーベイジウルフたちが一気に燃え上がる。

それでも彼らはその身を焦がしながら突っ込んでこようとするが、「おっと！」とノーランドが再び『盾撃』を叩き込む。吹き飛ばされた先ではとどめの魔法が襲いかかる。

動いているサーベイジウルフはもういなかった。

念のため周囲を見回すけれど、他に敵がいる様子はない。

戦闘終了――と、思ったのだけれど、不意に小走りでアリスレインが近づいてくる。

「どうかした？」

「あ、あの！」

「他に魔物でもいる？」

「あ、いえ、すみません……そういうことではないんですけれど」

申し訳なさそうに背中を丸めたものの、すぐに自分自身を鼓舞するように胸を張って、彼女はいつものように力一杯に拳を握った。

「あの、私ももっと、魔法使った方がいいですよね！」

「いや、それは駄目でしょ」

みんなが戦っている姿を見て興奮でもしたのか、妙に肩に力の入ったアリスレインを一蹴する。何言ってるんだ、この葬送士は。

「駄目、なんですか……？」

「駄目だよ。このパーティで回復できる手段を持ってるのは君だけなんだから。魔力は無駄遣いしないで、さっきの戦闘みたいに基本的には後ろにいて、戦況をよく見ていてくれればいいよ」

アリスレインは回復魔法以外にも、魔物の魂に働きかける行動阻害の魔法も使える。確かに、それを頻繁に戦闘で使ってもらえたのなら楽だろうけれど、魔力には限りがある。何か不測の事態で大怪我（おおけが）をしてしまった時、アリスレインの魔力が切れていて回復できなかったらどうしようもない。

「そ……そう、ですか……。……わかりました。あ、えっと……私、送りますね」

期待していたような答えではなかったのだろう。彼女はしょんぼり呟いた。

アリスレインが送りやすいように、全員でサーベイジウルフの死体を一箇所に集める。別にそこら中に散っていても問題はないのだけれど、終わった後に残留物を確認するのはこうした方が手っ取り早い。

深呼吸を一つしてから、アリスレインは扇ぐように杖を振るった。ウルフたちの体が崩れ始めて、魔素の粒子が光の粒のように美しく宙を舞っていく。

「……こいつ、マジで全部送るんだな」

誰にも聞かせるつもりはなかったのだろうけれど。

ぼそりと、ヴァルプがそう呟いたのが聞こえた。

リアクションは取らなかったが、その呟きには同意だった。心のどこかで、「全部の魔物を送りたい」なんて言っていてもどうせそんなことはないんでしょ、と思っていた。違った。彼女の本気を見誤っていた。

光が舞って葬送が進められている間に、全員の状態を確認する。あれだけ攻撃を受けていたノーランドに怪我はないようで、他のメンバーにも当然怪我人はいなかった。

葬送が終わり、サーベイジウルフたちは姿を失った。

おっ、と声を上げてヴァルプが何かを拾い上げていて、リリグリムがちょこちょこと近づいていく。アリスレインとノーランドも他のサーベイジウルフの残留物を確認している。

「……やればできるじゃん」

思わず、独りごちてしまった。

ちょっと指示というかルールを決めただけで、思っていたよりも、ずっといい。

ゴブリンを除けば一層では一番厄介と言ってもいいサーベイジウルフを相手に、ここまであっさりと戦えるようになるとは。

吃驚するくらいに、完勝だった。

この調子なら、すぐにゴブリンとだって戦える。

そう考えていたのだけれど、想像していなかった形でその予想は崩れた。

指示を出して戦闘をするようになってから、五回目くらいのダンジョンでのことだったと思う。怪我人もなく、戦利品も上々。これなら気分よく地上に戻れると思った時だった。

地上に続く魔法陣のある拠点に戻ろうとしたところで、「シオンさん！」とアリスレインに呼び止められた。彼女は妙に思い詰めた表情をしていた。

「何かあった？」

「えっと……あったのではなくて、何もないと言いますか」

「何もない？」

　何もないことはなかった。最後に戦ったのはサーベイジウルフで、全員が前よりも更に上手（うま）く立ち回ることができていた。戦利品だって牙や爪といったものがしっかりと残留物（ドロップ）として手に入っている。これなら結構な値段になってくれるだろう。

　だが、そういうことではないらしい。

　意を決したように、彼女は顔を強張（こわば）らせて言った。

「私、何もしてないんです！」

　まるで罪の告白でもするかのように彼女はそう悲壮に叫んだのだけれど、ますますよくわからなかった。「……どういうこと？」

「その……ですね。皆さん、戦闘でどんどん協力して、上手に戦うようになっていらっしゃるじゃないですか」

「なっていらっしゃるって、君もその一人でしょ」

「あ、ありがとうございます……」照れたように頬を掻（か）いてから、ハッと彼女は我に返った。「って、そうじゃなくてです！　私、後ろの方でずっと立っているだけで……何もしてないです。協力するのがパーティだって言ったのは私なのに……」

「えーっと……つまり、突っ立ってるだけで、何の役にも立てていないってこと？」

「……はい」

　彼女はしょんぼり肩を落として頷（うなず）いた。

「だから……やっぱり私にも、戦闘で回復以外の魔法も使うようにとか……そういう指示を出してもらえないでしょうか」

「指示なら出してたでしょ。後方の安全な場所を取って、戦況をよく見ててって。別に意地悪で言ってるわけじゃないよ。前も言ったけど君しか回復魔法は使えないんだから。魔力はできる限り温存しておかないと、おれたちも困る」

「それは……そうだと思うんですけど」

回復役の仲間が暇をしているというのは、パーティにとってはこの上なくいいことなのだけれど、どうやら彼女は疎外感を覚えてしまっているらしかった。とはいえ、彼女に杖で殴って前線で戦ってもらったって、何の足しにもならない。

どうしたものか。

実は一つ、そろそろ彼女に話そうと思っていたことはあったのだけれど。

「……指示は、なんでもいいの？」

「は、はいっ」

「いや、たぶん、君が想像してるのとは絶対に違うと思うんだけど」

「大丈夫です！」

いや、聞く前からそんなキラキラと期待を込めた目をされても困る。間違いなく、今よりも気落ちするのが目に見えているのに。

「じゃあさ」

「はいっ！」

「今、ちょっとした擦り傷でも回復魔法を使って治してくれてるでしょ？」

「それが役目ですから！　あ！　もっと注意した方がいいでしょうか！」

「逆だよ、逆」頭を横に振って否定する。「それも、やめよう」

アリスレインは生まれて初めて聞いた言葉を確認するかのように、やめる？　と繰り返した。ほら、やっぱりこうなった。まるで石像のような顔だ。

「さっき言ったことと同じ。ちょっとした傷なら戦闘に支障なんてないんだから、回復魔法を使う必要なんてないよ。その分、君は魔力を温存しておいてほしい」

「で、でも、万全の状態で戦わないと」

「当然、腕が上手く動かないとか、そういうまずい怪我はすぐに治療してほしいけどさ。でも、今やってくれてるのは大抵そういう時じゃないでしょ？　例えば、リリが転んで擦り剝いちゃって泣いてるのが可哀想で魔法使ったりとか。……いや、うん、気持ちはわかるよ？　なんかこうリリが怪我してると、回復してあげたくなるのは。でもさ、それではいほい回復してたらキリがなくなっちゃうからさ。そういうのはよして、ちゃんと魔法の使いどころを考えてほしい……っていうのが、今お願いしたいことかな」

「…………………はい」

返事は蚊の鳴くような声だった。

別に怒ったつもりではなかったのだけれど、気をつけます、ごめんなさい、とアリスレインは目を伏せる。どこか覚束ない足取りで、先に進んでいく。

ぽん、と不意に肩に手が置かれた。

金色の髪を掻き上げて、ノーランドが意味ありげに微笑(ほほえ)んでいる。

「シオン。君はなかなかどうして、付き合ってみるといい性格をしているね」

「まあ、別に善良な人間ではないけど、間違ったことを言ったつもりもないよ」

「君が間違ってるなんて言ってないが、心当たりがあるのかい？」

「……ないよ」

「ふふ、君もなかなか意固地だね。ただ、間違っていないことが正解というわけでもないだろう？　ボクならああいう感じに責めてもらったら喜ぶけれど、彼女に相応(ふさわ)しい言葉だったかはどうかな？」

「優しく接しろって？　そういう世界にいたいなら、冒険者なんてやめた方がいい」

「それも正論だね。正論ばかりだ。正論で世界が救えればいいんだが」

また意味ありげにふふんと笑って、ノーランドは肩を竦(すく)めた。

「頑張ってくれたまえ、リーダー」

好き勝手に言い残すと、彼も拠点の方へ向かっていった。気がつけば最後尾になっている。

「……だから、リーダーじゃないって」

◇

翌日、アリスレインは臭かった。

語弊があるように聞こえるかもしれないが、語弊はない。

ただただ臭かったのだ。

「私、今日はお弁当を作ってきたんです！」

集合場所にしている中央塔前の広場で、やたら食欲をくすぐるいい匂いを漂わせているアリスレインに尋ねると、彼女はできたてほかほかの弁当を取り出した。頑張って早起きしたのだと、もの凄くいい笑顔で。

「あのさ」

「はいっ！」

「動物ってさ、嗅覚が鋭いって知ってる？」

「は、はい？　犬さんとか、ですよね」

「そう。その通り。……じゃあさ。ちょっと考えてみてほしいんだけど。その匂い漂わせて一層の森に行ったら、サーベイジウルフとか森ネズミとか、寄ってくると思わない？」

「……あっ！」

あっ、じゃないよ。

――そんなやり取りが、一回や二回ではなくしばらく続いた。

戦闘中になかなか役に立つことができないのなら、それ以外の場所で役に立とう。

そんな発想らしかった。戦闘終了と同時に、そうしないと叱られてしまう奴隷のような勢いで全員に飲み水を渡しに行ったりだとか。彼女は見ていて痛々しいくらいに甲斐甲斐しく、何か役に立つことを見つけようとしていた。

君だって戦闘に参加してるんだから、そんなことそれぞれが持ってる水を飲めばいい、とその時ばかりは怒ってしまった。

そしてアリスレインはしょんぼりする。

怒る。しょんぼり。怒る。しょんぼり。怒る。しょんぼり。

そんなことが続いて、いい加減これどうにかしないとまずいな、と考え始めていたある日、珍しく――というか初めて――ヴァルプから一対一で飲みに誘われた。もっとも一対一とは言っても、リリグリムがどこにでもついてきているのだけれど。

席に着いて麦酒を飲み始めるなり、ヴァルプは問い質すように切り出した。

「なあ、あいつ、どうなってんだよ」

「あいつ？」

「アリスレインだよ。お前の女だろ、あれ？　あいつ、元は奴隷かなんかでお前が買ったのか？　頑張るっていうのと、あの感じはまたちげぇだろ」

麦酒をヴァルプに吹きかけそうになって危なかった。

「……まず、訂正。アリスレインとおれはなんでもない。あと……聞いたことはないけど、奴隷出身でもないと思うよ」

「いや、だってさ。仮にそうだとしたら、最初にアリスレインから言ってきそうでしょ。言わなくてもいいのに全部オープンに、『奴隷の出身ですけど、一緒にパーティ組んでもらえませんか』みたいな感じでさ」

ヴァルプにも容易に想像できたのだろう。「……確かに」と目を覆って呟く。リリグリムもミルクを飲みながら、何度も強く首肯していた。

「じゃあ、あいつは素であれなのかよ」

「たぶんね」

もちろん、彼女にだって何か理由はあるのだろう。

誰かの役に立つこと。

彼女は異様にそこに執着している感じはある。

別にそれは悪いことじゃない。人様の邪魔をしたいだとか、足を引っぱって笑いたいだとか、そういう迷惑に比べたら褒められたものだ。……正直、善意だからこそ強く言い難くて困る部分もあるのだけれど。

ありがた迷惑のアリスレイン。

二つ名として妙にしっくりくるから困ってしまう。

「ヴァルプってさ」

「あァ？　燃やすぞ？」

「聞いてないのにかよ」

「いや、まだ何も言ってないでしょ」

「言ってみろよ」

「燃やされるのに言う馬鹿はいないよ」

「言わなきゃ燃やす」

酷い後出しだった。何も言わなければよかった。

「いや、別に大したことじゃないんだけど。君って、思ったよりもまともで、いいやつだよね」

「…………………はァ？」

「だって、今もおれを誘ったのはアリスレインを心配してるからでしょ」

「……やっぱ燃やすぞ、お前」

あ、照れてる。

それとわかる程度には、普段と表情が違っている。

ただ燃やそうとしているのも本気なので、両手を挙げて降伏を示した。

「からかうとかそういうのじゃなくてさ。正直、ちょっと驚いてる部分もある。最初にパーティを組んだ時は、君が一番どうにもならないだろうと思ってたし」

今、それなりにパーティが上手くいっているのはヴァルプの力が大きい。

彼女の魔法はかなり独特で、詠唱の時間が極端に短い。似たような詠唱をしている人を見たことがない特殊な魔法だ。まるで魔物に隙を見せないためにあるかのように詠唱速度が洗練されていて、おまけに威力も高いから、純粋な攻撃専門のメンバーが彼女一人しかいなくても戦闘が上手く回っている。

　思えば、シオンに指示を出すように言い出したのだって彼女だ。

　口調が荒いだけで、頭の中身は実はかなり理性的なのではないか。それが、今現在の彼女に対する印象だった。

「クソシオン」麦酒をぐいっと呷る。「お前、お互い様じゃなかったら、今のマジで燃えてるからな」

「ありがとう……って言うのも変だけど、お互い様って？」

「俺も、お前が一番このパーティでクソなんだろうなって思ってたからだよ。ランク３ってだけで、クソ半端もんの魔導剣士だ。ランク３のくせにパーティ組んでねぇってことはわけありだろうしよ。ほぼ間違いなく使えねぇゴミだと思ってたからな」

「……お姉ちゃん、違う」

　不意に、ぷるぷると首を横に振ってリリグリムが口を挟む。

「『あの魔導剣士は絶対ゴミ』……って、言ってた。ほぼじゃなくて……絶対」

「あのさ。いや、まあ、別にいいか……ありがとう、教えてくれて」

　追い打ちはしなくてもいいんだよと言いかけたのだけれど、リリグリムが不思議そうにこっちを見たので気を削がれてしまった。

「その言い分だと、今は違う評価ってことでいいの？」

返事は舌打ちだった。

ただ、この舌打ちは肯定の舌打ちだ。顔を背けているけれどわかる。

「……お前、ちゃんと……にも……らな」

「え？」

あまりにも声が小さくて聞き取れずに聞き返すと、彼女は残っていた麦酒を一気に飲み干して、ジョッキをテーブルに叩きつけた。

そうしないと、ちゃんと言葉にする踏ん切りがつかなかったのだろう。

「……ちゃんとリリにも指示を出したからな、っつったんだよ！」

他のパーティだと、リリのこと諦めるやつばっかだったからな、と。

今度はもうこれ以上ないくらいにはっきりと恥ずかしそうに視線を逸らして、彼女は呟いた。リリはそこらへんのやつより全然デキるんだよ、とか。更にブツブツと何か呟いている。

正直、もう弄りたい。

弄くり倒してしまいたいのだけれど、そんなことしたらその瞬間にシオンは燃えることになってしまう。

「……んだよ、クソシオン」

「いや、なんでも」

「キモい目で見てんじゃねぇよ」

なんとか笑ってしまいそうになるのを必死に堪えた。

実は仲間思いで、妹煩悩って。

それはキャラと違い過ぎるでしょ。

3

それから二週間、一層の森にいる魔物退治に明け暮れた。

森ネズミ、サーベイジウルフ、ポイズンアント、死肉ツツキ、罠花、マボロシチョウ……何度も倒した森ネズミだけでなく虫や鳥、植物の魔物まで、一層の森林エリアで確認されている魔物はほとんど倒した。

戦闘を重ねる度に怪我は減り、地上に戻ってきて得られる報酬は増えていった。

少なくとも、ダンジョンから戻る度に酒場で打ち上げをできるくらいには、順調だった。

「そろそろ、廃街の方に行ってみない？」

ダンジョンから戻ってきて「自由の渇き」で夕食を取り、麦酒を飲み始めたところでそう提案してみた。

誰からも否定的な反応はなかった。唯一、リリグリムはビクビクと怖がっていたけれど、彼女の場合は「明日は晴れだよ」と言ったたって怖がるのでそういうものだ。

「ただ調子がいいから言ってるとか、思いつきじゃないよ。森の方の魔物はちゃんと実力で倒せるようになったし……最初の頃に比べたら、パーティとしてまともに戦闘もできるようになった」

「今のボクらなら、ゴブリンとも踊れる。そういうことかい？」

白い歯を覗かせながら、ノーランドがパチンと指を鳴らす。

「俺は別に魔物を殺せるならなんでもいいぜ。さっさと次の層にも行ってみてえしな」

「……リリは、お姉ちゃんが……いいなら」

ノーランドはキザったらしく、ヴァルプはかったるそうに、リリグリムはいつも通りの姉任せな言葉で、三者三様に肯定する。二人はともかく、リリグリムは怖いから嫌だと言ってもおかしくないと思っていたのだけれど、彼女もこれまでの戦闘で自信をつけているのかもしれなかった。

もう一人、まだ返事のない彼女へと視線を向ける。

「私も……賛成です」

ゆっくりと、アリスレインは頷いた。

「葬送士としても、目一杯頑張りたいですから」

彼女の言う「葬送士として」という意味は、普通とは違う。回復を頑張るという意味ではなくて、葬送士の本業である葬送を頑張るという意味だ。ダンジョンで死んでしまった人が魔物に成り果てる時、やはり狼のような獣になるよりも、ゴブリンのような人型の魔物になることがほとんどらしい。

ある意味、彼女にとってのダンジョン攻略は、ここから始まろうとしているのかもしれなかった。

「ゴブリン、嫌になってたりしない？」

彼女と出会った時、襲われていた相手だ。あの時、シオンが偶然いなかったのなら、彼女はあのまま死んでいただろう。トラウマになっていたって何もおかしなことはない。

彼女は僅かに目を伏せてから、こちらを見つめ返した。

「シオンさんが大丈夫だって言うなら、私は、信じます」

そういう言い方はズルい――と。

口にしかけた言葉は、けれど声にならなかった。

それよりもずっとうるさい声にかき消されたからだ。

「――おいおいおい？　なんか聞き覚えの声がすると思ったら、クズが随分と信用されてるじゃねえか」

顔を見なくても、背後からかけられた声だけでわかった。

「……フェリックス」

シオンの肩に殴るような勢いで手を置いて、ギリギリと握りしめてくる。振り払おうとしてもビクともしなかった。膂力が違い過ぎる。あと、吐息が酷く酒臭かった。泥酔しているらしい。

パーティにいた頃も、よく見た光景だった。

フェリックスは酔っ払うと、手近な格下の冒険者に絡んで馬鹿にする。とにかく人を貶すことが好きなのだ。そして人が困ったり、泣いたり、苦しんだりするのを見ることはもっと好んでいる。大抵はシオンがターゲットになっていたけれど、時々今のように知らないパーティを相手に絡み出すこともあって最悪だった。

本当に、最悪だ。

「噂の葬送士連れの害虫駆除業者がどんなやつらかと思ったら……お前かよ、クズ」

「害虫駆除業者？」

「知らねえのか」ギリギリと肩に置かれた手に力が込められる。「お前らのことだよ。毎日毎日、一層で動物や虫と遊んで、送って綺麗にお片付けまでする変な害虫駆除専門のパーティがいるってよ。なあ？」

フェリックスが声をかけると、後ろにいたネヴィルとグレゴリが肯定する。どちらの声も嘲りに満ちた嫌なものだった。

「つーかよ、店に葬送士連れ込むんじゃねえよ。穢れんだろうが」

アリスレインの顔が驚愕したように引きつる。

彼女の反応とは反対に、フェリックスは愉快そうにニヤリと口角を上げた。

「っていうか、お前、よく見たらあの時の葬送士か。よお。よく生きてたな」

「……あ、あの」

尋常じゃない様子で、アリスレインは言葉を探していた。

結局何も見つからず、すぐに堪えるようにきゅっと唇を噛み締める。

何か、変だ。

「仲間に話してねえのかよ」

フェリックスはとっておきの面白い話を語るように、口を開いた。

「シオン、お前をクビにした次の日だ。俺らが潜ったら一層の入口でビビって固まってる葬送士がいてよ。無視したら可哀想だろ？　なんでも魔物を送りてえって話だったからよ、これも何かの縁だってことで一緒に連れて行ってやったんだよ」

「……それで？　連れて行った、その後は？」

「後もクソもねえ。ちょうどはぐれゴブリンがいたから、ご対面させてやって、それで終わりだ。別に仲間でもねえんだ。葬送士なんかがどうなったって気にしねえよ。それに、そいつも大騒ぎで感動のご対面を楽しんでたしな、俺らもたまにはいいことするもんだろ？　ゴブリンも俺らより女のケツに一直線で、結構見物だったぜ。お前ももう少し使えるやつだったら一緒に楽しめたのにな」

フェリックス、ネヴィル、グレゴリの下卑た笑い声が響く。

アリスレインはまだ強く、唇を噛み締めている。

この汚い声を、一秒でも早く黙らせたかった。

「どんな馬鹿でも、葬送士を一人にしたらどうなるかなんて、わかるだろ」

泥に汚れた葬送士の衣装、逃げる最中で負った擦り傷、切り傷。

あの日の彼女の姿を思い出すほど、腹の底からざわざわと、怒りが沸騰するようにこみ上げてくる。

どうしてこんなやつらが笑っていて、彼女の方が俯いているんだ。

「あ？」

と、フェリックスが睨めつけてくる。

「今、何つった」

「お前を馬鹿だって言ったんだよ」

「……おい」

しまった。

思った時には遅かった。

脱臼してしまいそうなくらいの肩の痛みと、浮遊感。視界が天井を仰いでそのままぐるりと回転し、けたたましい音と共に背中と後頭部に鈍い痛みが走る。肩にかけられていた右手に、そのまま椅子ごと引き倒されたらしい。

寝転がっている暇はなかった。

伸びてきた右手に胸ぐらを摑まれて、無理矢理に起き上がらされる。つま先立ちのような状態で、フェリックスと向かい合う。

「新しい仲間ができたからって調子乗ってんのか？　あ？」

「……別に、そんな……つもりは、ない」

ぎりぎりと首元を締め付けられるせいで話し難い。

「や、やめてください！」

アリスレインが叫んでいるが、フェリックスは一顧だにしなかった。

酒と怒りで血走った瞳は、シオンをブレることなく睨んでいる。

「そりゃそうだよな。ゴブリンすらまだ狩れねえクズパーティが、そんなイキるわけねえよな。じゃあ、さっきのは聞き間違いか？　なんて言ったか、忘れちまったな。なあ、クズ。チャンスだ。もう一回言ってみろよ」

「おい、クソ野郎」我慢の限界だったようだ。麦酒のジョッキをテーブルに叩きつけて、ヴァルプが凄む。「お前こそいつまでそこでイキってんだよ？　あァ？」

「なんか言ったか、そこの変な髪」

あ、やばい。

瞳孔が開いているようにすら見えるぶちギレた目で、ヴァルプは薄く笑った。

冒険中、何度か見た。連携が乱れてリリグリムが魔物からの攻撃を受けてしまった時だ。いつだってヴァルプの魔法に容赦はないのだけれど、あの目の時は火力が強過ぎて、魔法が解けると同時に魔物が魔素に還っているような有様だった。

「俺の髪を馬鹿にしたやつは、死ね」

そう言って、ヴァルプは右手の人差し指をフェリックスに向けた。

「――ノーランド！」

視界の端では、ノーランドがヴァルプの腕に手を伸ばしている。こっちはこっちで、叫ぶと同時に右手を思いっきり振って、フェリックスの顔を殴りつける。といっても、フェリックスだって伊達に冒険者をやっていない。想定通り、フェリックスは体を仰け反らせて拳を避けた。

その避けた空間、今まさに右拳が通り抜けた場所を、ヴァルプの魔法の炎が通り抜ける。

いや。

最悪の事態は避けたつもりだったけれど、これはこれで、そのまま炎が店内に飛んでいったらまずい――。

今更どうこうできるわけもなく、時がゆっくりと、一秒一秒が静止しながら流れたようにも感じられたその一瞬は――炎が右手に握り潰された瞬間、現実に戻ってきた。

炎を握り潰したこの酒場「自由の渇き」のマスターは、蚊でも潰したように平然とした顔で掌を一度眺めてから、全員を睥睨した。豊かな白髭を一撫でする。その動きだけでも、鍛え上げられた腕の筋肉や胸筋が盛り上がっている。

岩が動くように、悠然とマスターは口を開いた。

「全員、今ここで俺に殺されるか。店から出て行くか。どっちか選べ」

◇

酒場は基本的に、実力のある冒険者が引退して開くのが通例になっていた。そういう法律があるわけではないのだが、今この王国にある酒場は大抵そうなっている。ちなみにさっきの酒場「自由の渇き（フリーダム）」のマスターも例に漏れず元冒険者で、かつては七層まで攻略したことのある猛者だった。

理由はもちろん、さっきみたいな喧嘩（けんか）が起きないよう、店内では喧嘩御法度というルールを力尽くで周知させるためだ。中には喧嘩を推奨して、賭けの胴元をやる酒場もあったりするが、それは特殊事例だ。大抵の冒険者は酒場でくらい酒だけを楽しんで、冒険の疲れを癒やそうとする。

もっとも、そうは言ってもこんな風に喧嘩は起きるのだけれど。

フェリックスたちは水を差されて白けたのか、あの後は絡んでくることもなく、そのまま別の店へと入っていった。むしろこっちのヴァルプが怒り狂ったままで、全員で取り押さえるのが大変なくらいだった。

「なんで俺らが店を追い出されなくちゃいけねえんだよ！　あァ!?」

「だから、魔法使ったからだって。酒場は喧嘩御法度。冒険者なら常識でしょ」

「……おい、クソシオン。元々はお前のせいだろうが。助けてやった礼の一つもなく、俺のせいにするってのかよ？」

「助けられてないし、お礼は言わないよ」

「よーし、クソがよく言ったな。水には流さねぇぞ」

「——ごめんなさい！」

ヴァルプが魔法を発動させようと向けた右手と、シオンとの間に割り込んで、アリスレインはもの凄い勢いで頭を下げた。「私が……葬送士だから、こんな、嫌なことに巻き込んだんです。私のせいです。……本当に、ごめんなさい」

そう言って、地面に頭がつきそうなくらいの勢いで彼女は頭を下げる。

「……チッ」

何か口にしかけて、結局ヴァルプは舌打ちしかしなかった。

そのまま踵を返し、肩を怒らせながらどこかに行ってしまおうとする。

とてとてとリリグリムが続こうとする後ろ姿に、「ちょっと待った」と声をかけた。

ヴァルプは全然止まらなかったけれど、ノーランドが気を利かせて止めてくれた。ありがたい。今にも攻撃魔法が飛んできそうな瞳で、ヴァルプはこちらを睨んでいる。

近づこうとはしてこないけれど、まあ、話が聞こえればそれでいい。

ダンジョンでのこともある。

これは、早く解決しておいた方がいい問題だ。

「あのさ」と声をかけると、アリスレインはゆっくりと顔を上げた。

伏し目がちで、いつもの明るい様子はどこにもない。

「今、なんで謝ったの」

「それは……その、私が葬送士じゃなかったら、あんな文句を言われることも……あんなことをされたりもしなかったはずですから」

「君は何も悪くないだろ」

「でも……葬送士ですから。仕方ないです」

「仕方ない？」

ダンジョンに一人で置き去りにされて、殺されかけて、仕方ない？

そんな仕方ないなんて、あるものか。

「君さ、普段からそうだけど、なんで時々やたら卑屈になるの？　葬送士だから？　葬送士ってそんなにゴミクズみたいなものなわけ？　ダンジョンに一人で置き去りにされて、殺されかけてもそれで仕方ないってこと？」

「ち、違います！　葬送士だから悪いなんて……そんなことは、ないです。でも、私は……皆さんにも迷惑かけてばかりですから。ダンジョンでも、何も、できてなくて。皆さんみたいに役に立てていなくて……それなのに、ダンジョンの外で、これ以上、迷惑をかけるのは……」

「それ、おれたちが君を鬱陶しく思うようになるとでも言いたいわけ？」

彼女は答えなかったが、違うなら否定するだろう。

なるほど。色々合点がいった。

彼女があれこれしていたのは、初めて組んだパーティで、自分も役に立ちたいから張り切り過ぎているのだと思っていた。違ったのだ。彼女は恐れていた。百以上のパーティにお断りされたように、このパーティからも追い出されてしまうことを。

役に立たない仲間はパーティを追い出される。別にそれは珍しいことじゃない。彼女の考えは間違っていない。

けれど、それは酷く、腹立たしかった。

「それでやたら卑屈になったり、ダンジョンに潜る時に身銭を切って弁当を用意してきたりしたわけ？　戦闘が終わった瞬間に、水を取り出して『喉渇いてませんか？』って聞いたりとか？　それは何？　補填？　自分が至らないのを補うためなの？　君さ……馬鹿じゃない？」

馬鹿、と言われたのには流石にカチンときたらしい。

「わ、私だって！　できることを頑張ったんです！」

彼女はそう叫んでから、後悔をわかりやすく顔に出して「……すみません」と意味もなく謝罪した。

本当に、意味のない謝罪だ。

「君、やっぱり馬鹿だよ」

「……馬鹿じゃないです。……じゃないと、思います」

「だったら、おれたちのことを馬鹿だと思ってるかだ」

「そんなこと思ってないです！」

「あのさ……おれたちだって、君が頑張ろうとしてるのは知ってるよ」

治療が主な役目になる職業のメンバーは、パーティが上手くいっている時ほど評価が低くなってしまいやすい。

今の彼女みたいに、やることがなくなるからだ。

怪我をしなければ治療なんてする必要がないんだから、普段はメンバーに要らないんじゃないか、とか。そんなことを言い始める馬鹿なやつだっている。例えばフェリックスは典型的なそのタイプで、無駄なメンバーを入れたくないと（報酬の取り分が減るからだ）回復魔法が使える仲間を入れようとしなかった。全員で総攻撃し続けて力押しで進むなんて、そう長くは続かないというのに。

アリスレインの場合、それが葬送士であるということにも結びついて、自己評価の低さに繋がってしまっているようだった。今のパーティメンバーは全員癖があるけれど、困ったことに実力はある。後ろからただ仲間が戦っているのを眺めているというのは、彼女にとっては辛いことだったのかもしれない。

けれど。頭を冷やして考えれば、アリスレインに出番が回ることなんてない方がいいのだと、わからないものなのだろうか。どんな魔法も、即死するような致命傷は回復できないし、死者を蘇らせる魔法だって生み出されていない。死んだらお終いだ。

「でも実際……私がしてるのは葬送だけで、戦闘中は何も」

「それは、嘘でしょ」どうして、そんなに自分で自分を下げようとするのか。「おれがそう言ったからなのかはわからないけど、戦闘中、ずっと細かく立ち位置を変えてるでしょ」

「はい？」

「もし誰かが怪我をしたり、しそうになったりしたら、魔法がすぐに使えるように立ち位置をずっと変えてる……というか、変えるようになったと思ってるんだけど、違う？」

「……ど、どどど、どうして、わかるんですか!?」

「指示を出すんだから、できる限りみんなが何をしてるかは見てるよ」

戦闘中、仲間を回復するのが役目の人間は、どうしても棒立ちになってしまうことが少なくない。もしくは安全圏にいようとパーティから離れ過ぎたりもする。アリスレインも最初は棒立ちになっていることが多かったけれど、最近ではそんなことは全然ない。

だからこそ移動の時に転んでしまったりもするけれど、それは今は目を瞑ろう。

「だからさ……君が頑張ってるのは、わかってるよ。あんな弁当とか用意しなくたって、君だって、ちゃんと役割を果たしてる。ずっと集中して戦局を見て、回復が必要かどうか判断するのだって、楽じゃないでしょ？　楽だったら別にそれはそれでいいんだけど、おれだったら楽じゃない。しんどいし、面倒くさいし、手を抜きたくなる。でも、君はそうじゃない。馬鹿みたいにいつも集中してる。集中し過ぎて木の根っこに躓いたりするくらいにはね。……それはさ、君が思ってるほど、簡単なことじゃないよ」

信じられないものを見るような彼女の視線が次第に揺らいで、眉間にくしゃくしゃと皺が寄り、ぎゅっと両手を握った。

「……怖かったんです」

涙を堪えようとしながら言葉を紡いだ分、勢いがついてしまったのかもしれない。涙の塊が両目の端に見えてからは凄かった。ぼろぼろと大雨が降り出したように、大粒の涙が零れ落ちる。

泣き声もなく涙を溢れさせたアリスレインの瞳は、宝石のように輝いて見えた。

「……『大義が為、己を捨て、僕として仕えよ』」

涙を流したまま、彼女は呪文のようにそう呟いた。

「何、それ？」

「……私たちが教えられる、葬送士の心構えです。葬送士っていうだけでパーティに入ることすら難しいですから。どんなことも我慢して魔物を送る大義を果たせっていう……そういう意味です。実際、役に立たない葬送士は簡単にパーティから捨てられてしまいます。どんな形でも役に立てって、ずっと……言われてきました。それが当たり前だと、思ってたんです。ただでさえ、私は葬送をしたいって……皆さんに無理を言っていますから」

葬送士の不安は、彼女にしかわからない。

実際、葬送士を人として見ていない、葬送士相手なら何をしてもいいと思っているフェリックスたちのような人間が当たり前にいる中で生きていれば、そういう気持ちになるのも仕方ないことなのかもしれない。

でも。

「やっぱりさ」

だったら。

何度だって、言わなくちゃいけないだろう。

「君、馬鹿だ」

「……馬鹿はシオンさんです。どうして、そんなに……優しくしてくれるんですか」

「優しくしてるとかじゃない。優しい冒険者なんていない」

そんなのは魔物まで救おうとしてる君くらいだ。

「違うん……ですか？」

がしがしと頭を掻く。

ああもう。

なぜ、こんな小っ恥ずかしいことをわざわざ口にしなくちゃいけないのか。

「ただ、君を仲間として認めてるだけだよ」

アリスレインは恐る恐る、ヴァルプやリリグリム、ノーランドの顔を見る。

ヴァルプは不満げに顔を背けているけれど、あれはたぶん照れ隠しだ。違うなら違うと文句を言うだろう。ノーランドはニカッと歯を見せて笑っているので言うまでもないし、リリグリムも事態をちゃんと理解しているかはわからないけれど微笑んでいる。

なんだかんだで、全員、冒険者だ。

信頼していなかったら、背中なんて預けるわけもない。

「そんなの……余計に嬉しいじゃないですかぁ」

そう言った彼女の顔を見て、思わず吹き出してしまった。

「泣くのと、笑うの、どっちか一つにしたら？」

「無理ですよぅ」

ぐずぐずと文句を言う顔が変で、また笑ってしまいそうになる。

「でも……すみませんでした」

「……今まで色々散々話してきて、まだ謝るの？」

「い、いえ！　これは本当にその……私、シオンさんに嘘をついてしまっていたので」

「嘘？」

何のことだかさっぱり思い当たることがないけれど、アリスレインは申し訳なさそうに目を伏せた。

「……私、シオンさんと会った時に、一人で潜ったって嘘をつきました。あの時、一人でダンジョンに来たわけじゃなかったんです」

そういえば、確かに彼女は自分はぼっちだと言っていた気がする。仲間が見つからず、それで一人で潜ったのだと。

別にさっきの話なら、彼女はフェリックスたちとパーティを組んでいたわけじゃない。その場で騙されて、連れて行かれて、置き去りにされた。そんなのは一人で潜ったのと別に大差はない。むしろ一人で潜るよりも質が悪いだろう。

「一つ、聞きたいんだけどさ」

「それ、隠していたっていうか……今まで黙ってたのは、君が言いたくなかったからなんだよね？」

彼女は申し訳なさそうな表情を更に険しくしながらも、確かにしっかりと頷いた。

「は、はい」

そうか。

「それなら、少し、安心したかな」

「安心……ですか？」

「君にもちゃんと、嫌だったこととか、人に話したくないこととか。そういうの、あるんだなと思っただけ。……でもさ、それ、別に嘘じゃないでしょ」

まるでピンときていない顔で、アリスレインは首を傾げる。

本当に意味がわかっていないらしい。

「人に話したくないことも、隠し事も、誰にだってあるよ。おれにもあるし、ヴァルプやリリグリム、ノーランドにだって、きっと話してないことはあるよ。仲間だからって、なんでもかんでも必ず打ち明けなきゃいけないわけじゃない」

何より、嘘をついているなんて言い始めたら、それを謝らなければいけないのは彼女じゃなくてこちらの方になってしまう。

いつか、謝る時もくるのだろうか。

「ただ君の場合のそれは、隠す必要ないけどね。ふざけんなって文句を言うぐらいでちょうどいいよ。葬送士だから、とか。そういうの関係ないから。とりあえず、後でグランドギルドには情報を流そう」

「そんなことして、いいんでしょうか」

「いいんだよ。むしろ、あんなクズに引っかかる人が減るなら万々歳だ」

フェリックスたちの素行が悪いのはグランドギルドだって把握しているだろうが、具体的な行動がわかれば対応も明確になる。例えば、彼らがグランドギルドを通してパーティメンバーを募集したって、もうまともな人間は紹介されなくなるだろう。

彼らに罰則が下るようなことはきっとない。でも、自らの身から出た錆で、この先仲間が見つからなくなるくらいの罰はあってしかるべきだ。

「おれたちに必要なのは『仲間』で、『僕』じゃない。それはわかるよね？」

「……はい」

「君は僕なんかじゃなくて、アリスレインだ。おれは、パーティの仲間が馬鹿にされたり、理不尽な目に遭うのは嫌だけど……君自身が、受け入れちゃってたら、怒ってる方が馬鹿みたいになっちゃうでしょ？」

「………………はい」

「だから、さっきみたいなこと、仕方ないなんて受け入れることはないよ。君が黙って、抱え込むこともない。おれに魔物の葬送は必ずするって頑固に言い張ってる時みたいにさ。

——嫌なことは嫌だって、言わなきゃ駄目だ」

「…………ひゃい」

涙声で掠れた返事をして、彼女は堰を切ったように泣き声を上げた。

とはいえ、このままいつまでもぶぇぇぇぇと滝のように泣かれていても困る。

だから、宣言してしまうことにした。

「明日は、ゴブリンと戦いに行こう」

◇

いつもよりも念入りに準備をして、朝早くからダンジョンに潜った。

森ネズミの群れとは何度か戦闘することになったけれど、遭遇した魔物はそれぐらいで、手傷も消耗もほとんどなく森林地域を抜けた。

廃街地域と森林地域は突然川のように切り替わるわけではなくて、少しずつ、その気配が置き換わっていく。森の端に近づくほど木々に呑まれた煉瓦の壁や、苔生した柱のような文明の残骸が姿を見せ始め、時には魔獣の縄張りを示す爪跡が残されていたりもする。

徐々に街並みは形を取り戻していく。といっても、廃墟であることに変わりはない。天井のない野ざらしの廃墟ばかりで、森ゴブリンたちはその廃墟を根城としていた。

いきなり深部まで進行するつもりはさらさらなく、森の様子がまだ色濃く残るくらいの境界線上からゴブリンを探す。魔獣から襲われる心配はあまりなかった。ゴブリンは彼らにとっても天敵だ。

しばらくして、そのゴブリンの集団を見つけた。

仲間たちを止まらせて、一人で先行した。

ゴブリンたちの数や、武装の有無を確認しようとしたのだけれど、それ以上に気になる光景が広がっていた。

……なんだ？

ゴブリンは三匹だった。全員同じくらいの体躯で、石の粗末なナイフを持っていた。それと、彼らに衣服を着るという意識があるのかはわからないけれど、ボロボロの布きれだけは身に纏っている。人間から装備を奪う知能があるのだから、衣服というよりも装備という感覚なのかもしれない。

気になったのは彼らの格好ではなかった。

二匹は向かい合って何かを話していた。いや、話しているのかどうなのかわからないけれど、ゴブリン語でグギャグギャと会話をしている。周囲を警戒している様子もないし、あまり戦闘を経験していないゴブリンたちのように思えた。

問題はもう一匹だ。二匹から少し離れたところにいて、驚いたことにサーベイジウルフと向かい合っていた。ウルフが彼らに敵対している様子はなく、ゴブリンも武器を構えていない。ゴブリンはまるで人が犬を撫でるように、ウルフの頭を撫でている。ウルフの方も嫌がった様子はない。

……まさか、飼ってる？

ゴブリンがサーベイジウルフを使役するなんて聞いたことがないけれど、あの懐き方は飼っているようにしか見えない。子どもの頃に拾って、そのまま一緒にいるとか、そういうことだろうか。

おまけに今気がついたけれど——あのゴブリン、光ってる。

他の二匹は違うけれど、サーベイジウルフと向かい合っているゴブリンは体の周りに仄かな光が見えた。強い個体だ。

冒険者の装備を奪っているわけでもないし、全体としては敵の練度は低そうではある。

けれど、あの強い個体のゴブリンとサーベイジウルフが気がかりだ。

どうするか、一度みんなのところに戻って相談しよう。

そう思って一歩足を引いたのが失敗だった。


——パキッ。


踵の下で、折れた枝が乾いた音を立てていた。

真っ先にサーベイジウルフが顔を上げた。目が合う。続いて強個体のゴブリンがこちらを見る。駄目だ、気づかれてる。武器を構え、強ゴブリンは他の二匹にも促す。

来る。

「ノーランド！」

「おや、偵察失敗かい？」

「失敗した！　敵はゴブリン三体と――」

一瞬、視線を仲間の方に向けていた間にサーベイジウルフの姿が消えていた。……逃げた？　隠れた？　わからない。わからないが、ゴブリンたちは三匹でこちらに向かってきている。ウルフなら戦えるし、どうせ一匹だ。まずはゴブリンをどうにかしなくては。

「サーベイジウルフが一匹いたんだけど、消えた！　ノーランドは先行してるゴブリンは必ず止めて！　あいつ、たぶん強い！　できればそいつともう一匹受け持ってほしい！他のみんなはいつも通りに！」

返事はなく、ウインクだけを返してノーランドが追い抜いていき、シオンはその後に続く。

ノーランドは指示通り、光を纏っていた強ゴブリンと、その後に続いていた二匹の内の一匹を止めた。早速、盾にガンガンとゴブリンの持つ石のナイフがぶつかる音と、「おうふっ♥」というノーランドの気色の悪い嬌声（きょうせい）が漏れている。

もう一匹はそっちには目もくれず突っ込んできた。シオンのことすら見ていない。横をすり抜けてアリスレインやヴァルプに接近するつもりだ。

「《解かれし門より、雷火（ラインボルト）を満たせ》――『直雷（ラインボルト）』！」

シオンが左手から放った直雷はゴブリンには当たらず、ゴブリンの三メートルほど先の地面を抉り、土煙を巻き上げた。これでいい。驚いたゴブリンは想定通りに足を止めていた。土煙に乗じて一気に接近し、ショートソードを上段から振り下ろす。

「グギャッ！」

「……流石に、そんなに弱くはないよね」

手に返ってきたのは石ナイフの鈍い感触で、ゴブリンの肉を裂くものではなかった。でもゴブリンも不意を衝かれたらしい。体勢を立て直すように一歩引いていく。逃してはいけない。すぐに距離を詰めて、剣を二度三度と振り下ろす。ゴブリンの石ナイフに防がれるけれど、ゴブリンはそれで手一杯だ。

「リリ！」「ぴゃいっ！」

影潜みから飛び出したリリの投げナイフの投擲が、ゴブリンの腹をもろに直撃して突き刺さる。血が溢れる。赤い。魔物だって血は赤いのだ。

ゴブリンはたたらを踏んだ。逃さない。剣を真上から振り下ろす――と見せかけて、斜めに裂いた。重い感触に耐えて振り抜き、右肩から胸まで深く切り裂く。今度は間違いなく致命傷だ。「グギ……」と掠れた断末魔の声を残して、ゴブリンはそのままうつ伏せに倒れた。よし。

念のため首に剣を突き刺してトドメを刺す。

「シオン！」

次――と思った瞬間に、ノーランドの声が聞こえた。見ればすぐにわかった。ゴブリンが――あの強ゴブリンがノーランドを突破して、こちらに向かってきていた。「おれが時間稼ぐから、そっちの一匹をさっさとヴァルプと仕留めて！」

叫んでいる間にゴブリンはもう目前まで近づいていた。魔法は間に合わない。同じ手は使えない。飛びかかってくるゴブリンの石ナイフを剣で受け止めて、弾(はじ)き返す。さっきのゴブリンより重く感じるのは、やつが光っている個体だからだろうか。

「グギャ！　ギャ！」

「……っ！　この……っ！」

ゴブリンの右に左に跳ねるような攻撃を剣で弾き返してはいるけれど、自然とジリジリ後退してしまっている。先手を取れたさっきとは違って押されっぱなしだ。きつい。リリグリムに割り込むタイミングを指示する余裕もない。

だけど、あと二匹だ。

「『紅焔(ブレイズ)』！」

視界の端で炎が燃え盛り、ゴブリンの断末魔の叫び声が聞こえる。

向こうは片付いたらしい。目の前のゴブリンの手が、一瞬、止まった。その間髪を狙っていたわけではないのだろうけれど――アリスレインの光が射(さ)した。

魔物の魂に作用して、動きを止める『追憶』。

――そして。

また、あの光を見た。

すっかり忘れていた、あの強烈な光。

アリスレインと初めて出会った時に戦ったゴブリンにも見た、星の爆発のような閃光。

アリスレインの魔法を受けたゴブリンの動きが止まった瞬間、やつの身に纏われていた光が全て凝縮したように、鳩尾に光が煌めいた。

そこが急所だ、と。語りかけるような明滅。

以前は、そこを狙って倒すことができた。

そんな成功体験があったからだろうか。

油断をしていたわけではなかった。

殺れる。そう思った瞬間、目の前のゴブリンにトドメを刺すことしか頭になくなってしまった。視野が狭まった。

「——シオンさん！」

アリスレインの声がすぐ側で聞こえた。

ゴブリンの攻撃を受けてジリジリ後退している内に、随分距離が近づいたのか。それとも彼女が近づいてきたのか。

どうやら両方だった。

不意に、獣の荒い息づかいが聞こえた。すっかり忘れていた。

視界の端にその姿が映る。

低く這うように疾駆し、今にも飛びかかろうとするサーベイジウルフ。鮮明に景色が見える。どうなるかもわかる。ウルフが地を蹴る。鋭い顎門が喉笛を食い千切ろうとしている。ゴブリンに突き出そうとしていた剣を止めて、ウルフの牙を止めようとするけれど、手遅れだ。

死――。

そう、覚悟した。

けれど、違った。血飛沫が舞う。自分のものではない、血が。

「……アリスレイン！」

サーベイジウルフの牙は、間に飛び込んできたアリスレインの胴体を切り裂いていた。

アリスレインは飛び込んできた勢いのままに地面に倒れる。

「こいつ……っ！」

「グルッ……！」

アリスレインに邪魔されて、地面で体勢を崩していたサーベイジウルフに剣を突き刺す。

瞬時に引かれて脚しか刺せなかったけれど、更にもう一歩詰める。

ウルフは足を引きずりながら立ち上がり、まるでゴブリンを守るかのように唸っている。

逃すつもりなんて、こっちにだって毛頭ない。先手を取って踏み込み、足の怪我で回避できなかったウルフを、首の根元から叩き切る。

糸が切れたように、ウルフは字面に崩れ落ちた。

「グギャアアアアアアアアア――!!」

その叫び声は、サーベイジウルフのものではなかった。

ウルフの首から血が噴き出すと同時に、魔法による足止めが解けたゴブリンの絶叫が響いた。

思わず身が竦(すく)むような、この世の物とは思えない響き。その声に驚いて動きが止まった瞬間に、ゴブリンはもの凄(すご)い勢いで後退した。

こちらとしても好都合だった。

「退(ひ)こう！」

アリスレインは自力で立ち上がろうとしていたけれど、待っている余裕はなかった。荷物のように抱えて、全員で森林の方に走る。

その去り際。

もう一度、空気を震わせるような慟哭(どうこく)が聞こえた。

肩越しに見えた生き残りのゴブリンは、体を震わせながら、亡骸(なきがら)となったサーベイジウルフをまるで悼むように抱いていた。

幸せは脅かされないものだと信じていた。

ルーシーの元に子犬がやって来てから、あっという間に二年が過ぎた。ふわふわの毛玉が転がっているようだった子犬は、今ではもう立派な成犬となっている。ルーシーは彼に名前を付けた。三日悩んで、一度は決めたものの踏ん切りがつかず、また三日悩んで、結局一週間かかってしまった。

シェイド。

そう名付けた。母に聞いたところ、ルーシーという名前の由来は光という意味らしかった。それなら片時も離れないと決めた彼には、光と共にあるものの名が相応しいと思ったのだ。彼の黒く美しい体毛にもその名前はぴったりだった。

シェイドはとても賢い犬だった。彼の面倒を見ていたのは幼かった頃だけで、体が大きくなり始めてからはルーシーの方が面倒を見られることが多くなった。ルーシーが急に体調を崩せば、彼はすぐに両親を呼びに行ってくれた。それだけじゃない。彼がいれば、ルーシーは一緒に歩くこともできた。彼を散歩させてあげたい。その一心で、どんなに疲れても、体が痛んでも、歩けたのだ。

寝てばかりいたから体力はない。すぐにへばってしまう。熱も出る。そうしたらシェイドは背中に乗せてくれた。温かくて柔らかいお腹を貸して、昼寝をさせてくれもした。ついこの間までは自分が彼にお腹を貸して、彼はそこで丸まって寝ていたはずなのに。時間が経つ速さは目まぐるし過ぎて、何だか少し勿体なかった。

ただ、シェイドが大きく育つほど、小さく痩せこけてしまっていくものもあった。

父の背中だ。

「ルーシー。いいかい、今日は部屋から出ては駄目だ。お客様が来るからね。シェイドと一緒に、ここにいるんだ。いいね」

「お父さん、でも」

「いいから」父の目は怖いほどに真剣だった。「シェイド、頼むよ」

シェイドが鳴いて応えると、深く隈の刻まれた顔を緩めて、父は笑った。扉が閉められて、枯れ葉のようにすら見えるボロボロの父の姿が見えなくなる。

そして、薄汚い怒声が響いてくる。

おおおい！　クラウス！　かくれんぼか！　金を払わねえくせに俺らと遊びてぇとは、いい度胸じゃねえか！　あぁ!?

お客様だなんて、そんな風に呼べる相手じゃないことくらい、知っていた。

父の名を呼ぶ借金取りの怒号と、何か家の物が壊される音。

母の声が聞こえて、父の声も聞こえる。この家はもう古い。どうしても、大きな声で話していたら内容が聞こえてしまう。すみません、もう少しだけ待って頂けませんか。父の懇願する声が聞こえる。次は待たねえ、と。そう先月に男たちから言われた時も、父は同じことを繰り返していた。すみません。すみません。もう少しだけ、待ってください――と。その先月も、先々月も、もうずっと前から、そうだ。

祖父母が死んで人手が足りなくなった時、牧場は既に借金を抱えていた。全員が頑張って働く。それを前提に、お金を借りて、牧場を大きくしようとしたところだったのだ。

父も母もそうとは言わなかったけれど、わかっている。ルーシーのためだ。以前、診療に来た医者が言っていた。ルーシーの病気は治せるものだと。ただし、難病であり、民間の医療では治すことができない。最上級の回復魔法を行使できる白魔導師に依頼するしかないだろう、と。

当然、お金が必要だった。

幾らくらいかかるものなのでしょうか、と震える声で母が尋ねると、医者は答えた。目も眩むような大金だった。

そのお金をどうにかするために、こんなことになってしまったのだ。ルーシーのせいだ。この体が、病気が、自分だけでなく家族みんなを蝕んでしまった。借金だけじゃない。祖父母が体を壊したのも過度な労働のせいだ。どうして、こんな体で生まれてきてしまったのだろう。間違えだったのですと神様に祈っても通じることはなかった。いっそ死んでしまえればとも思ったけれど、自分を愛してくれる父と母を思うとそんなことはできなかった。……違う。嘘だ。怖かった。嫌だった。死んでしまうことは怖くて、窓から見ることしかできなくたって牧場の全てが大好きで、どうしても失ってしまいたくなかった。だから、やっぱり、自分が全て悪いのだ。こんな自分が、全て。

「クラウス……!!」

今までにないくらいの衝撃音が近くで響いて、母の泣き叫ぶような悲鳴が聞こえた。

「おいおいおい、クラウスクラウスクラウス？　伸びてるんじゃねえぞ？　起きろ、おら。おい？　お前、この前言ったこと覚えてるか？　忘れてんならそこで泣いてるお前の嫁さんは死ぬぞ？　一字一句違えず言え」

「『あと一ヶ月だけ待ってください』……と」

「そうだ。お前、確かにそう言ったよな。で、慈悲深い俺はこう答えた。なら、お前を信じて、あと一ヶ月だけ待ってやろう、ってな。……ただし、こうも言ったはずだ。次はねぇ。次、耳揃えて金を払えなかったら、その瞬間に一家揃ってそれまでだ」

「……本当に」父の蚊の鳴くような、もうほとんど声になっていない声が聞こえた。「……本当に申し訳……ない。……お願いだ。あと、一ヶ月――」

再びの轟音と共に、部屋の扉が吹き飛んだ。

「お父さん……！」

殴り飛ばされたのだろう。ベッドのすぐ側まで文字通り転がってきた父は、顔中血まみれで、意識がなかった。糸の切れた人形のように、ぐにゃりと床の上で折れ曲がっている。

シェイドが鳴いても、顔を舐めても、ピクリともしない。

「……なんだ？　娘はこんなところに隠してたのかよ」

「待ってください！　その子は――」

縋り付こうとした母が、当たり前のように殴られて吹き飛ばされる。

　豚がそのまま大きくなったような肥えた男だった。それでいて顔は蛙に似ている。頭にはハゲて髪の一本もないというのに、髭だけは気持ち悪いくらいにボサボサと生えている。体に比べて目は細く、まるで蛇のようだった。

　シェイドが牙を剝いて唸っても、気にした素振りもなく男は部屋に入ってくる。

　あまりにも目の前の景色が現実離れし過ぎていて、本当のものだと思えなかった。

　だからこんなに落ち着いて言葉を口にできたのだと思う。

「……どうして、こんなことするんですか」

「あぁ？」と蛇のような目が更に細くなる。「お前、知らねえのか。さっすが、このクソ野郎の娘だな。いいか？　金ってのは借りたら返すもんなんだよ。それが常識だ。お前の親父はそんな当たり前の約束すら守れねえクズだ。だからこうなってる」

　先に騙して、法外な借金を負わせたのはそっちのくせに、と。

　そんなことを言ったところで意味はない。それはもう父がしていたやり取りだ。その時、こいつは言った。――騙された方が悪い。そして俺はあと一ヶ月待ってくれという嘘には騙されねぇ、と。

　男がにやつきながら視線を落とした先では、父がまだ気を失っている。

「……お金があれば、いいんですか？」

「そりゃそうだ」

「あの」それしか、出せるものなんてなかった。「だったら、私を買ってもらえませんか。できることは何もないけど……」

借金取りにとっても予想外の言葉だったのだろう。

目を丸くして驚いてから、背後に近づいてきていた子分らしい男たちと目を合わせて、腹を抱えて笑い出した。

「お前みてえなガリガリの病気持ちが、奴隷でも売れるわけねえだろ！　舐めてんじゃねえぞ！」

男の手が伸びてくる。

それが、よくなかった。

「シェイド、駄目……！」

男が危害を加えると思ったのだ。ベッドの側で男とルーシーの間に入るように唸っていたシェイドが、男に飛びかかろうとする。当然、男だって予想していた。いつの間にか、その手にはナイフが握られていた。

キャンと泣くようなシェイドの鳴き声が聞こえた。男はシェイドが飛びかかるよりも先に、ナイフを投げたらしい。シェイドの足にナイフが一本、深々と突き刺さっている。赤い鮮血がシェイドの黒い体毛を彩っていく。

シェイドはそれでも立ち上がり、ルーシーを守るように、足を引きずりながら男との間に体を割って入れて唸り声を上げていた。

ヒュウ、と冷やかすように男が口笛を吹く。

右手には次のナイフが握られている。

「お願い、やめて！」

「……今夜は犬鍋だな。クソまずいが」

――にやりと男が笑った時には、目の前が真っ赤に染まっていた。

飛びかかる力も、回避する余力も、シェイドには残されてなんていなかった。

男のナイフは、シェイドの首元に深く突き刺さっていた。もぎ取るように、男はそのナイフでシェイドの首を叩き切った。シェイドがどさりと床に崩れる。父と同じようにぐにゃりとしている。

まき散らされた血が、
シェイドの、血が、
顔に、手に、ベッドに、部屋中に、散って――。

「いゃあああああああああ――!!」

「おう。やっといい声出したじゃねえか。妙にませた顔しやがって、クソガキが」

ペロリと自分の顔に付いていたシェイドの血を舐めて、男は笑った。

「安心しろ。言われなくても、望み通りお前ら一家は全員奴隷だ。お前みたいな病気持ちでも、ほしがるやつはちゃんといる。身動き取れねえガキに地獄を見せるのが好きな変態が、きっと病気まで愛して可愛がってくれるさ」

よかったな、と男が言うと、後ろの子分たちが笑い出す。

汚らしいゲラゲラという蛙の鳴き声のような笑い声の不協和音と、血溜まりの景色と、倒れる父と母と――もう動かない、シェイド。

ついさっきまでそこで、守ろうとしてくれていたのに。

何も聞こえない。二度と、唸って、聞こえることはない。

なんで。

どうして、こんな――。

不意に、揺れた。

「……な、なんだ⁉」

地震なのだけれど、地震とは思えない揺れだった。

まるで地の底で大きな怪物が鳴いていて、下から直接地上を引っかいているような、常軌を逸した振動。男たちも体勢を保てず、地面に這いつくばっている。

ふと、夜になった。

――夜に？

そんなわけがない――と窓の外を見ると、四角く区切られたいつもの窓の外の世界は、見たことのない色に染まっていた。夜ではなかった。黒い絵の具をぶちまけたような星も月も何もない漆黒に空が侵されていて、波立つように揺れている。渦のようだった。たぶん、その中心は王都だ。

　雨が降り出した。

　真っ黒な雨だった。

　本当に雨なのかもわからない真っ黒な塊のそれは、次から次へと降り注いで、全てを穢(けが)した。

「ギャアアアアアアアアア――!!」

　目の前で男が悶絶(もんぜつ)しながら転がっている。

　黒い雨に当たった場所が溶けているのだ。雨は次々に降り注ぐ。屋根を溶かし、床を溶かし、大地をも溶かして、穢している。きっと魂まで穢しているのだ、この雨は。

　ベッドの足場が溶けてしまい、ルーシーは転がり落ちた。目の前にシェイドがいた。覆い被(かぶ)さると、シェイドはまだ息をしていた。匂いに気がついたのかもしれない。小さく、本当に小さく、微(かす)かに、鳴いた。くん、と。まるで、初めて自分の部屋に来た子犬の時のように、微かな鳴き声だった。

　体に雨が当たる。溶けているのがわかる。それでも、よかった。体が痛いことには慣れていた。いつだって体中が痛かった。こんなのは今更だ。

　シェイドを抱き寄せる。目を瞑(つぶ)る。真っ暗な世界の中で、彼の温(ぬく)もりだけがある。どうせ目を開いたところで、わけがわからないけれど、これはきっと、世界が終わろうとしているのだ。なら、これでいい。最期は、シェイドの温もりを感じている方がいい。

雨が降り続けている。

その音が、段々遠くなる。

瞳を閉じた世界の中で、心まで真っ暗になっていく。それでも、一つになったように、彼の温もりだけがある。まだある。シェイド。ありがとう。最期に、守ってくれて。

でも。

もしも、生まれ変わって、また出会えるのなら。

今度は絶対――私が、あなたを守るから。

――災いの日。

後の世でそう呼ばれる、理外の魔女が王国を滅ぼした日のことだった。

第3章 偶然は運命のお友達

See you again even if you metamorphose.

1

他の職業のギルドと違い、葬送士のギルドは王国に一つしかない。

大手ギルドの集う第四区にあり、「教会」と呼ばれているその建物は、石造りの白亜の壁が目を引く。ここには葬送士や孤児が生活する寮が併設され、彼らが育てている畑などもあるため、どこか小さな村のような雰囲気のある場所だった。

他のギルドの冒険者も怪我(けが)をした時に訪れて、金さえ渡せば回復魔法を施してもらうことができる。白魔導師ギルドなども同じようなことはしているが、値段は葬送士ギルドの方が安い。

怪我人をどちらに運ぶかはパーティの懐事情や方針によってくるが、アリスレインはそもそもが葬送士だ。

ノーランドと交代しながらアリスレインを運び、一気に一層から地上へと戻った。不幸中の幸いで、出血は多かったものの意識ははっきりとあり、致命傷ではなかった。教会に運び込んで治療を受けると、彼女の傷はすぐに癒えた。

その日はそのまま解散にして、翌日、集まることにした。

言うべきことはもう、決めていた。

「おれはパーティを抜けるよ」

この前追い出された酒場「自由の渇き」に謝罪して入店し、昼間から麦酒を頼んだ。アリスレインも、ヴァルプも、ノーランドも、みんな飲んでいた。無茶してんじゃねえぞ弱えくせに。おやヴァルプ、そうは言ってもボクは君が随分心配していたように見えたけれど？　おいノータリン、燃やすぞ。お姉ちゃん……心配してた。ほら、君の妹はこう言っているじゃないか。……チッ。あの！　心配させてしまって、本当にごめんなさい。私、もっと気をつけて頑張ります！

なんてことをわいわいとみんなが話している側から、流れをぶった切った。

会話が止まる。空気は凍る。店の外からはダンジョンに向かう冒険者たちの会話が、ノイズのように混ざり合って聞こえてくる。

「おれが指示を出す時に言った条件、覚えてるよね？　『自分の命を最優先』……確かにそう言った。一字一句まで同じかはわからないけど、同じニュアンスのことをさ」

「……言ってた。……覚えてる」

リリグリムが小さく頷いた。

「ありがとう、リリ。だから、おれはもうこのパーティは抜けるよ。じゃ」

「ちょっと待ってください！」

アリスレインの声なんて無視して立ち上がる。踵を返す。そのまま店の外に向かおうとしたけれど、流石にそう思い通りにはいかなかった。

右手を強く引かれる。

でも、振り返りはしなかった。

「わ、わわわ、私が……！　シオンさんとの約束を守れなかったことは謝ります！　本当に、本当に……ごめんなさい。……でも、どうして、そんな、パーティを抜けるなんて言うんですか」

「どうして？」

間違ったからだ。

ヘンテコなメンバーが予想外に集まってしまって面食らったり。

そのくせ指示一つで案外ちゃんと戦えてしまったり。

色々おかしなことが多過ぎて、あまり頭が働かず、どうかしていたのだ。

もう嫌だったのに、こんなことをしてしまった自分の間違いだ。過ちだ。そもそもあんなクソみたいなフェリックスたちに誘われて、仲間になっていたのはなぜか。それくらいでちょうどいいと思ったからだ。距離が。親密さが。間違いの起こらない、仲間とは名ばかりの一緒にいるだけの他人。

それが何より、具合がよかった。

このパーティは変人が集まっていることは間違いないのだけれど、たぶん、いいパーティになる。なってしまう。なんならもうなっている。だからこんなことが起きる。一度起きたことはまた起きる。何度でも。何度だって。

それはもう駄目だ。

だから、君のせいではないんだ。

「……パーティから誰かが抜ける理由なんて、どんなパーティだろうと一つでしょ。そのメンバーたちの側にいたくない。……おれも、そうだよ」

「おい、クソシオン」麦酒をテーブルに叩きつけた音がした。「ケツの穴どんだけ小せぇんだよテメエは。あんなことになったの、まだ一回だろうが」

「――命に、たった一度は許されない」

失ったら二度と戻らない。

この大陸に存在するどんな魔法も、損なわれた命を元に戻すことはできない。

絶対に。

「……お前」

珍しく落ち着いた、探るようなヴァルプの声音が背中にぶつかる。ああだこうだと今更言い合うつもりなんてない。もう決めたことだ。

このパーティにはいられない。

「……じゃ」

「あ」

アリスレインの手を振り払う。

指先に残る彼女の温もりを紛らわせるように強く右手を握って、酒場を出た。

◇

アザール。

エイプリル。

シェリル。

三人とも名前の最後が同じ音なのに、シオンだけが違うとよく弄(いじ)られていた。

戦士のアザール、黒魔導師のエイプリル、白魔導師のシェリル。仲がいいという言葉が冒険者にとって褒め言葉になるかはわからないが、全員仲のいいパーティだった。途中から仲間になったシオンとも、自分でそうと言うのは躊躇(ためら)われるが、仲はよかったように思う。

知り合ったのは偶然だった。

エリクシアに来たばかりで、なんとか魔導剣士になって、パーティを探していた。ギルドに頼む方法なんて知らなくて、掲示板に貼り出されたメンバー募集の紙を眺めていた時のことだった。

「ねえ。君、パーティ探してるの？」

そうシェリルに声をかけられた。少し垂れ目がちな柔らかな雰囲気の美人だった。目を奪われて、「はい」とも「ああ」とも「うん」とも取れる、随分曖昧な返事をしたことだけは覚えている。シェリルがその返事に笑って、その笑顔をすぐに好きになってしまったことも。

幸い、恋には至らなかった。

シェリルはパーティリーダーのアザールと付き合っていた。それは二人から明かされずとも、やり取りを見ればすぐにわかった。パーティ内でカップルができることは珍しくない。どちらかというとそれが普通だ。冒険者は基本的に街にはいないし、手練れほどダンジョンに潜り続ける。人間関係が発生するのはパーティメンバーが中心になる。誰かを好きになったり、嫌いになったりする対象は、そもそもパーティの中の人間にしか起きなかったりする。

彼らはサポートメンバーを探していた。盾となる前衛はアザール、火力重視の攻撃はエイプリル、回復はシェリルとバランスは取れているが、狩人や盗賊といった偵察ができるフットワークの軽い前衛職がいなかったのだ。

だから本来、シオンは求められていた人材ではなかった。実際、誘ったシェリルはともかくとして、アザールやエイプリルは乗り気じゃなかった。

「……信じてもらえるなら、できるよ。偵察も」

怪訝そうな彼らにあの光の話をした。

自分には魔物に光が見える――なんて言う冒険者、変人としか思えなかっただろうけれど、彼らは試してくれた。「嘘（うそ）だったら縁がなかっただけだし、本当なら大した才能だ」と、リーダーのアザールが面白がって受け入れてくれたことが大きかった。

一層のゴブリンで何度か試す内、彼らも事実だと信じてくれた。ゴブリンの中には強いだけではなく、「覚醒種」と呼ばれる魂がかつての記憶を——人だった頃の残滓（ざんし）を——取り戻してしまい、異形へと変貌するゴブリンもいた。理屈はわからない。けれど、覚醒種となった魔物は、元がどんな魔物であれ手強（てごわ）い、というのは冒険者の間での常識だった。

どうやら、こいつには強い魔物を見抜く力は本当にあるらしい。

戦って危うい敵か否か。それを見抜ける偵察は貴重だ。

そう、信頼された。

四人目のメンバーとして、何度もダンジョンに潜った。一層はあっさりと通過し、ヴェノムスパイダーの巣になっている二層「蜘蛛之路（ウェブメイズ）」も突破した。そして、ここを突破すれば冒険者としても一人前と認められる三層「偽竜鱗湖（ディスドラグレイク）」。

そこで、旅の終わりは訪れた。

三層は大きな湖を中心とした湿地帯となっていて、リザードマンと呼ばれる爬虫（はちゅう）類（るい）のトカゲが人間になったような魔物がコロニーを作って暮らしている階層だった。

暮らしている、というのは比喩ではなく、彼らは種族ごとに村のような文明を築いていた。トカゲのようなリザードマン、亀のようなリザードマン、蛇のようなリザードマンなど様々な種類がいて、それぞれが縄張りを持っている。深層に現れる竜ではないが、鱗（うろこ）に覆われた魔物である彼らを、冒険者は一括り(ひとくくり)にリザードマンと呼んでいた。

三層も、一度は突破することができた。リザードマンたちは硬い鱗を持ち、手強い魔物であることは事実ではあるものの、魔物としてはゴブリンが何段階か厄介になっただけとも言える存在だった。戦闘を繰り返し、情報を蓄積し、パーティでまとまって戦うことができれば、ここまではある程度の冒険者は突破できる。

四層に進む前に、一度装備を調えようという話が出た。

確かに一層から装備はほとんど変わっていなくて、アザールの提案はもっともな意見に思えたが——これが、誤りだった。

ゴブリンたちでは稼ぎにならない。二層のヴェノムスパイダーは毒が危険で避けることになり、シオンたちは主に三層のリザードマンたちを何度も狩った。彼らの残留物(ドロップ)として手に入る鱗や牙、爪、皮膜といった素材は汎用性が高く、いい値段で買い取ってもらうことができた。

何度も何度も狩った。リザードマンたちから見れば、毎日のようにやってくる死神に見えていたことだろう。子どもだろうと、大人だろうと、容赦なく殺して、体の一部を剝ぎ取って奪っていく悪鬼。繰り返しの単純作業のように命を奪う中で、彼らが村を築くほどの知能を持つ魔物であるということを、パーティの誰もが忘れてしまっていた。

油断をしていたのだ。

異様さに気がつくべきだった。いつものように三層に狩りに出た。狩り場の一つとしていたとある集落に入っても、リザードマンたちの姿がなかった。彼らの村は湖に面した場所にあって、奥に進むほど湖に近づく。湖に伸びた桟橋に、彼らはいた。死体となって、折り重なって、浮かんでいた。湖は真っ赤に染まっていた。自決したらしいリザードマンたちの死体は、湖の畔を埋め尽くしていた。重さすら感じる血生臭さの中を歩いて行くと、桟橋の先端にまだ生きている一匹のリザードマンの姿があった。呪術師と呼ばれる魔法を使うリザードマンだった。彼は（あるいは彼女は）桟橋に正座をして伏し、湖に向けて何事かを叫んでいた。おい、あれ。と言ったのはエイプリルだった。彼が指差した先、呪術師の近くの水面に大きな水泡が浮かんでいた。その時に逃げるべきだった。次の瞬間には、桟橋は砕け散り、呪術師は水面を破って現れた大顎門に呑み込まれていた。

　それは、リザードマンと呼んでいいのかもわからないほど、巨大な魔物だった。

鰐のような巨大な顎門を持ち、呪術師はその口に丸呑みにされていた。敵うわけがない。そう一目でわかる存在だった。夥しい数のリザードマンたちの亡骸は、これを呼び寄せるための贄だったのだと、気がついた時にはもう、手遅れだった。

　一目散に桟橋を駆けて撤退したが、リザードマンたちは元々素早い。巨大なリザードマンもそれは変わらず、桟橋を抜けたところであっさりと追いつかれた。速く逃げようとするほど足が竦んで、もつれて、転んでしまった。

　振り返った。目が合った。目の前にあの大きな牙が迫っている。

「シオン！」

目を閉じることすらできなかった視界が、大きく揺れた。

全身でぶつかってきたシェリルに体が突き飛ばされる。

——あの瞬間の。

彼女の笑顔が、今も、焼き付いて、忘れられない。

逃げてと、言ったのだろうか。

今はもうわからない。瞬きの間に、彼女の上半身はリザードマンに食い千切られて、目の前から消えてしまった。叫び声が聞こえた。アザールのものだった。リザードマンに斬りかかった彼の大剣は、あっさりと鱗に弾かれた。振り下ろされる爪をアザールが剣の腹で受けるが、勢いを殺しきれず吹き飛ばされる。リザードマンはアザールに詰め寄っていく。

攻防から目を逸らせないでいたら、首根っこを掴まれて引き起こされた。エイプリルだった。

「お前、逃げろ。早くグランドギルドに知らせてこい」

「で、でも！」

「いいから走れ！」

「エイプリルは!?」

「……あいつ殺されてんだ。退けねえだろ。……俺らを死なせたくなかったら、さっさと援軍呼んでこい」

絶叫が聞こえた。大剣ごと呑み込んで、やつはアザールの体に嚙(か)みついていた。血飛沫(ちしぶき)が舞って、アザールの右腕がなくなる。

「行け！」

そうエイプリルに背中を押されてからのことは、もう、あまりよく覚えていない。

彼の魔法が放たれる音を背中に聞きながら、転移の魔法陣がある拠点へと走った。グランドギルドに駆け込んで、一部始終を話した。けれど、わかっていた。ダンジョンへ潜るのは自己責任だ。誰も助けてなんてくれない。所詮ランク3になったばかりのパーティのために救出隊なんて組まれなくて、数日後に新種のリザードマンの調査という名目で上級ランクのパーティが派遣された。戻ってきたのは、食い散らかされた三人の遺品だけだった。

あの時。

残ったのがシオンではなく、シェリルだったのなら。

きっと、白魔導師の回復や支援魔法を駆使しながらであれば、倒すことはできなくても、あの三人なら生きて帰ってこられたと思う。可能性は低いかもしれない。無理だったかもしれない。けれど、少なくとも、シオンが助けられるよりも可能性はあったはずだ。

どうして、生き残ってしまったのだろう。

夢に見る度、そう思う。

◇

「……つぅ」

目が覚めて早々に頭を押さえた。こめかみの辺りを揉むと、少し痛みが和らぐ。

窓辺にいた小鳥が、人が目覚めた気配を感じて飛び去っていった。外からはもう朝とは呼べない強い光が差し込んでいる。宿の部屋に視線を戻すと、昨日持ち込んだ麦酒の瓶が転がっている。大量に。飲まないと眠れないと思って飲み過ぎてしまった。深酒したせいか、何か、凄く嫌な夢を見たような気もする。

夢の残滓は何も残っていないけれど、たぶん、あの時のことを夢に見たのだろうとはわかる。

顔を洗い、一通り部屋を片付けて、水を飲んで少し酒気を抜いてから外に出た。

昼時の町中には露店ももう出ていて、手土産に串焼きの肉を数本買う。ミサミサは串焼きが大好きなのだけれど、冷えると途端に肉が硬いと言って嫌いになる。わがままなのだ。

最近はダンジョンに潜ってばかりいたから、ギルドに来るのは久々だった。

「やあ、シオン君。そろそろ来ると思っていたぜ」

「……師匠がこの時間から起きてるなんて、珍しいですね」

「なに。詫びに来る弟子を眠りこけたまま迎えては格好が付かないだろう？　まあ、実際は串焼きの匂いがしたから今起きたんだけどね」

「でしょうね」

頭の至る所から寝癖が棘のように飛び出ている。

ミサミサは買ってきた串焼き四本をあっという間にペロリと平らげた。一本は自分で食べるつもりだったのに、抗議する暇もなかった。

「で」

と、唇を舐めながら彼女は問うた。

「また、やめてきたのかい？」

「……はい」

「どうするんだい？」

「しばらく、また、一人で潜ります」

「君、冒険者やめたらいいんじゃないか？」

目は全く笑っていなかった。

その癖、口元だけは絵画のような微笑みを湛えている。

「意地悪で言っているわけではないよ。まあ、一応、師匠と呼ばれているからね。老婆心みたいなものさ、私はピチピチだが。誰が引退した老婆のロートル師匠かー！」

「いや、自分で老婆心とか言ったんじゃないですか」

「いいかい？」何事もなかったかのようにミサミサは話を続けた。「これは経験上の話だけどね。過去の影に囚われたまま冒険者をやってるやつは、まあ、碌な死に方をしないよ」

「……冒険者をしている時点で、幸せな死に目なんて」

「期待していない。それはまあ結構だ。君一人で死ぬならね。私が言いたいのは、大抵は他のやつらに迷惑をばら撒いて死んでいくんだよ。というか、誰かがダンジョンで死ぬというのは、それだけで大迷惑だ」

「迷惑って……なんですか、それ」

「人の心に傷を残す。傷は癒えない。君も覚えがあるだろう？」

三人の顔がちらつく。

それでも、そこに更に四人の顔が追加されないだけマシではないか。

「傷を作らないように、一人になりたいだけです」

「君、一人で死んだら誰にも迷惑をかけないとでも思っているのか？」

「違いますか？」

「君が死んだら私は泣くぞ？」

やめてほしかった。

出会った時からそうだ。

そんな優しさだとか、憐れみだとか、そういうものを向けてもらえるような人間じゃない。

ただ、偶然生き残ってしまった、死に損ないなのに。

「……とにかく、しばらくはまた一人で潜るので」

「待ちたまえよ」

それ以上、何かを言われる前に部屋を出ようとして呼び止められる。

「そこの足元、染みがないかい？」

「染み？」

木目の床には何も染みらしいものはなかった。

足をどけて辺りを見ても何もない。

「別に何も」

「……そっか。乾いてしまったか」

また麦酒でも零したのだろうか。

それじゃあ、と扉に手を伸ばした。

「『私のせいでシオンさんを傷つけてしまいました』」

「……はい？」

振り返ると、ミサミサは染みがあると言ったシオンの足元を見つめていた。

「一応、話したことは伝えておこうと思ってね。君の過去を聞かれて話したよ。そこに、昨日は確かに大きな染みができてしまっていたのさ」

「……人のこと、勝手に話すのはよくないですよ」

「どうせ、多少調べればわかることだろう。人の口に戸は立てられぬ、ってね」

まあ、それはそうだ。

冒険者なんて少し金を積まれれば大概は口を開く。内容にもよるけれど、シオンが以前に所属していたパーティのことや、そのパーティの末路くらい、別に大した情報じゃない。誰かしらがあっさり話すだろう。なんならオペラに聞けば一発だ。

「シオン君。女の子を泣かせるのはよくないね」

そう言って、ミサミサは行けと言うようにひらひらと手を振った。

2

グランドギルドに行くと鉢合わせになってしまいそうで、今日は行かないことにした。

その代わり、第六区の商店街に並ぶ武器屋や雑貨屋に寄って道具を揃える。しばらく武器や防具の手入れをしっかりとできていなかった。この辺りで一度、細かなところまで点検しておいてもいいだろう。

必要なものを買い、ミサミサのせいで食べ損ねた昼食を取ってから、宿に戻った。

わざわざ裏路地を通ったのは、顔を合わせないためだったというのに。

「あ！　シオンさん！」

どうしてか、アリスレインは宿の前で待っていた。

「あの、私、シオンさんと話したいことが――シオンさん！」

「話すことなんてないよ」

彼女の言葉は全て無視した。

内容はわかる。パーティを抜けるなんて言わないでほしいとか、そういう彼女の言いそうなことだ。でも、こちらにそのつもりはない。だから、この話はこれでお終いだ。

部屋に戻り、窓から入口の方を覗くと、彼女はまだそこにいた。うっかり目が合ってしまい、慌てて顔を引っ込め、慌てる自分に嫌気が差す。

もう関係ない。

そう自分に言い聞かせるためにも、無視することに決めた。油や研石など整備に必要な道具を取り出して、身につけていた装備を脱ぐ。革の防具や内側に着込んでいる鎖帷子、ショートソード、採取用の小さなナイフ、その他必要な道具諸々全てを革袋の鞄から取り出し並べて、無心で整備を進めた。手を動かしている間は何も考える必要がなくて、そこに逃げ込んだ。

気がつけば日が暮れていた。

流石にもういないだろう。

そう思って窓から覗くと、彼女はいた。

やたらと勘がいいのか、こちらが見た瞬間にちょうどよくパッと顔を上げて、視線が合ってしまう。手を振りながら彼女は背伸びをする。

反応せず、窓を閉めた。

彼女がしょんぼりと肩を落とす姿が、勝手に脳裏に思い描かれてしまう。

それでも、変な優しさは距離を勘違いさせる。自分の都合で遠ざけるのなら、せめて明確に態度に示さないと駄目だし、彼女にはそうでないと伝わらない。そこまでやればきっと、もう修復されることはない、と理解してくれるだろう。

……そう、期待したのだけれど。

すっかり頭から抜け落ちてしまっていた。

彼女は妙なところで強情で、頑固なのだ。

翌朝、窓の外を見ると、もう彼女はいた。当たり前のように。

表から出ると話しかけられてしまうので、裏口を借りて(ついでに宿の一階に住んでいる主人には、一応表にいるのは知り合いで害はないことを伝えて)外に出た。

夕方、戻ってきても彼女はいた。いないだろうと油断して窓から顔を出したら、目線が合ってしまった。彼女がブンブンと手を振ると、長く伸びた影法師も一緒に手を振っていた。すぐに窓を閉めた。

翌日も。

その翌日も。

その翌日の翌日も。

彼女はそこにいた。

そこから動けなくなる呪いにでもかかったように。

七日目の朝。

目覚めるとトツトツとぶつかる音が窓から聞こえた。差し込んでいる光は暗い。雨が降っていた。

それでも、アリスレインはそこにいた。

まだ夏と呼ぶには早い季節だ。雨合羽として外套は着ているようだけれど、完全な防水が約束されているわけじゃない。彼女がいつからそこにいるのかわからないが、体温が着実に奪われていることは想像できた。

「あの馬鹿――」

一瞬、無意識に、表に行きかけた。

足を止めて、深呼吸して、落ち着くためではなく、自分自身の心を無視するために息を整える。

わざと窓から顔を出す。しばらくして、彼女は気がついた。手を振る余裕がないのか、外套のフードを片手で支えながらこちらを見上げた。曖昧に笑って、ぺこりと頭を下げる。

そこまで見て窓から顔を出すのをやめた。

これでも下りていかなければ、彼女も会わないということを理解してくれるだろう。

お願いだから、理解してほしい。

けれど翌日も、彼女は降り続く雨に朝から打たれていた。

その翌日も、より強くなった雨の中、彼女は立ち続けていた。

その翌日。彼女が表に立ち始めてから十日目。

ようやく、姿が消えた。

ダンジョンでも、状況把握は大切だ。

外に出て、宿の入口の近くを見て回る。決して彼女の姿を探しているわけではない、決して。そうではなくて。彼女が本当にいないことを確認しているのだ。誰に言い訳しているのだろうという気持ちにはなるけれど、無視だ。実は隠れていただけでした！　とか言って、彼女が物陰から飛び出してくるのは想像できなくもない。いや、むしろ割と想像できる。できないよりはできるよりの想像だ。十日も張り付いたあの頑固者が、早々いなくなるだろうか。朝食を買って来てたんです！　とか。全然あり得る。別に、いてほしいわけじゃない。いないということを確認したいだけだ。本当に。

結論から言って、彼女はいなかった。

——彼女、は。

「あの」

と、聞き慣れない声に呼び止められたのは、しばらく歩き回って宿の入口に戻ってきて、中に入ろうとした時のことだった。

振り返って、視線を落とす。

小さな少女だった。歳はシオンより幾らか若そうだから、十四歳程度だろうか。リリグリムと近いくらいかもしれない。こちらを見つめるその瞳の大きさは、どこかアリスレインを思い起こさせた。

短めに揃えられた艶やかな黒髪が、朝日を反射して煌めいている。指で一度毛先を払ってから、彼女は口を開いた。

「お姉ちゃんのこと、弄んでポイって捨てた冒険者のシオンさんって、あなたですか？」

……はい？

何かえらくとんでもない言葉をぶっ放された気がするのだけれど。

気のせいだろうか？　気のせいであってほしい。

「あのー？　聞こえてます？　葬送士のアリスレインを弄んで捨てたシオンさんで間違いないですかー？」

気のせいじゃなかった。

「……シオンはおれだけど」

「あ、よかったぁ」ぽんと可愛らしく彼女は手を合わせた。「ちゃんと言葉、喋れたんですね。偉いですよー。頭、この私が撫でてあげましょうか？」

本当に手を伸ばしてこようとする彼女の手を遮る。「君は誰？」

「あ、そうでした！　私、キャルロットっていいます。可愛い名前ですよね？」

「可愛い……？　いや、それは知らないけど……」

「じゃあ知ってください。あと、私、あなたに捨てられたアリスレインの妹です」

「い、妹……？」

えっへん、とでも言うように彼女は無い胸を張った。

アリスレインに妹がいるなんて聞いたことは一度もなかった。そもそも、彼女は両親は死んだと言っていなかったか？　あ、いや、両親の話だけだから、妹がいることは別に矛盾しないのか。

「教会って知ってますよね？」

「葬送士のギルドの？」

「はい、そうです」にっこりと笑う。自分がどう笑ったら可愛いかを理解していて、計算された笑い方をする子だった。「私も実は葬送士なんですよ？」

「え、でも、その格好」

彼女は葬送士の象徴とも言える白い衣装を着ていなかった。

なんというか、普段防具を装備した冒険者の格好しか見ていないので表現に困るのだけれど、人気のありそうな町娘的な格好だった。スカートの丈がやや短く、白い脚は華奢だけれど不健康には見えず、眩しい。

いずれにせよ葬送士には見えない。

「シオンさんって、やっぱりお馬鹿さんなんですか？　あんな他人に警戒されて煙たがられるだけの格好、必要な時以外するわけないじゃないですかぁ。葬送士ってだけで馬鹿にされたりしてたら嫌んなっちゃいますもん」

「まあ、それはそうだろうけど」

「教会の孤児は歳の離れた子どもで姉妹を組むんです。男の子は兄弟ですね。互いの喜びを分かち合い、互いの悲しみを打ち明け合い、互いの怒りを宥め合い……独りでは拭えない、互いの寂しさを慰め合う。子どもの頃からずっと一緒に」

　教会で教えられている言葉なのだろう。

　祈りを唱えるように、目を瞑って彼女はそう呟いた。

「……ま、要は大人が面倒見るのダルいからガキ同士で相互監視しろってことだけど」

「え？」

「なんでもないでーす♪」

　小声で聞き取れなかったけれど、今、半目でボソッと怖いことを呟いた気がする。あからさまに取り繕った笑顔が、可愛い分だけ怖く見える。

「なので、お姉ちゃんとは姉妹ですけど、別に血は繋がってないんですよ。お姉ちゃん、お馬鹿で無鉄砲で能天気で楽天家でドジで考えなしでその癖に頑固で、面倒くさくて大変なこともたくさんありますけど」

　散々な言われようだった。

　ただ、言いたいことはなんとなくわかる。

「それでも」と不意に真剣な目で彼女は言った。「私にとって大事なお姉ちゃんです」

「おれが捨てたっていうのは語弊があるよ。確かに、彼女とパーティを組んでたけど、彼女を抜けさせたんじゃなくて、おれが抜けただけだから」

「あ、大丈夫です、知ってます。お姉ちゃんから散々、『私が悪いんです』って言ってるの聞きましたから。ちょっとムカついてたから、わざと人聞き悪く言っただけです」

「……素敵な性格してるね」

「ありがとうございます♪　よく言われます♪」

面の皮の厚さでは敵（かな）いそうもなかった。

「冒険者がパーティを組んだり抜けたりするのはよくあることですから。別にそれはいいんです。でも、シオンさん、お姉ちゃんのこと無視しましたよね？」

「……おれにはもう関係ない人だからね」

「それ、ちゃんと言葉にしないで逃げましたよね。ヘタレな男ってどうして自分の都合の悪いことになると、そうやって喋り方を忘れるんですかね？　若いのに健忘症ですか？　それとも、言葉にしなくても心は通じるとか思っちゃうんですか？　ま、いいですけど。で、もう金輪際関わることのない相手だから、雨の日でも石像みたいにここに立ってたお姉ちゃんのこと、あいつ馬鹿だなーって笑いながら見てたってことでいいです？」

「そんなことは――」

ない、と言いかけて、閉口した。

彼女が頑固で、放置していても決して諦めないだろうとわかっていた。馬鹿なやつだと笑っていたかいないかなんて、些細(ささい)な違いに思えた。

「『おれにも考えがあった、仕方なかったんだ』みたいな自己憐憫(れんびん)、キショいだけなんで言わないでくださいね？　私のちっちゃなお口から、お反吐(へど)が出ちゃうので。……いやほんと、あなたがどういう考えだったかなんてどうでもいいんです」

「じゃあ、どうしてここに？」

「お姉ちゃん、倒れました」

顔色一つ変えずあんまりにもあっさりと言うから、面食らって固まってしまった。

「……倒れた？」

「はい。毎日毎日、あんなボロの外套で雨に打たれてたら当たり前です」

まるで獲物にトドメを刺すように、彼女はこれまでで一番の——天然要素ゼロパーセントの——作り込まれた笑顔でにっこり笑った。

「お姉ちゃん、今もきっとうなされてるんです。あーあ、可哀想(かわいそう)。誰のせいとは言わないですけど、一度捨てたら、熱出した相手のところにお見舞いも行かないんですね、冒険者の人って。そうですよね？　お姉ちゃんなんかより大切なダンジョンがありますもんね。冒険者の人ってこわーい」

◇

教会を訪れるのは二回目のことだった。

前回は本堂を通り、治療を行っている施術室に通されたけれど、今回はそちらには向かわない。キャルロットに案内されるまま、教会に併設された彼女たちが生活している寮へと入った。

寮は男女別で建物が分かれていたが、男のシオンでも女性寮に入ることは問題ないらしかった。それはそれで規律とかそういうところはどうなのかと思わないでもないが、キャルロットから「簡単ですよ。葬送士の子どもは葬送士。まあ、増えることを教会が認めてるだけです」と聞いて納得するしかなかった。

葬送士の姉妹（あるいは兄弟）は寮の同室で生活するらしい。アリスレインとキャルロットの部屋は寮の一階、その一番端の部屋だった。古びた雰囲気のある石造りの廊下に、二人分の足音だけが響く。他に人の気配はなかった。

「誰もいないんですよ」

「誰も？」

「誰もです。昔々の葬送士が大切にされてた頃は人が大勢いたから部屋が一杯ありますけど、今はもうこの有様です。遠からず、葬送士なんて職業はなくなっちゃうんでしょうね」

そうならないよう教会も孤児を引き取ったりしているのだろうが、実際それくらいに追い込まれているということだ。キャルロットの言っていることは、強ち誤りであるとは思えなかった。

「ここです」

と、キャルロットは部屋の扉の正面で立ち止まった。

いきなり入るのも悪いだろうと思って部屋の入口で待とうとしたら、にっこり笑ったキャルロットに手を取られた。いいから。そう小さな声で彼女は呟いて、手を引いて部屋の中に入っていく。

「お姉ちゃん、ただいまー」

「あ、キャル。おかえりー。ちょうどよかった。今、汗を拭いていたんだけど、背中の方が拭けなくて――」

ほら、やっぱり。

ちゃんと確認してから入った方がよかったじゃないか。

「シ、シオンさん!?　どどっどうしてここに!?」

「……いや、あの、ごめん。見てないから。……いや、見てないは嘘か。見ちゃったけど、見えてはいないから。落ち着いて。ちょっと外に出て待ってる」

言葉にしていた通り、アリスレインは汗を拭いていたらしかった。汗を拭くのであれば、当然服を脱ぐ。彼女は上半身裸だった。白い肌に、少し湿った青い長髪が張り付いて、細い流麗な滝のように肩口から胸元の方へ垂れていた。背中を拭くために髪を前に送っていいて、なんと言えばいいか、見えたら本当にまずい場所は見えなかった。お椀のように整った流線を描く彼女の胸に髪が張り付いていて、なんと言えばいいか、見えたら本当にまずい場所は見えなかった。誰のせいだ。

すれ違いざま、変態さんですね、とキャルロットが呟いた。

しばらく部屋の外で待つと、キャルロットだけが出てきた。彼女はそのまま席を外すらしい。中に入ると服を着替えたアリスレインがベッドに座っていた。二つのベッドと机、共有らしい大きめのチェストが一つあるだけの簡素な部屋だった。

机の椅子を一つ借りて、彼女のベッドの側に座った。

いざ話そうとすると、言葉が出てこなかった。

どこから話すのか。何を話すのか。そもそもなぜ来たのか。色々、話すべきことはあるのだけれど、それが言葉になるかというと話は違う。

「あの」と先に口を開いたのはアリスレインだった。「……ごめんなさい。その……ええと、お見苦しいところを見せてしまって」

「いや、見苦しくなんて……ないとかいうと、それはちょっとあれか。微妙だね。そうじゃなくて……ええと、うん、悪いのはこっちだから。確認して入らなかったし」

「キャルだけだと思ってしまって」

まあ、あの入り方なら仕方ないだろう。

キャルロットと一緒に、ただいまー、なんて言って入れるわけもないし、どうしようもなかった。

「倒れたって聞いたけど」

言いつつ、彼女の様子を改めて窺う。

確かに、顔色は少し優れない。いつもの過剰なまでの元気な輝きが瞳にないように思える。ただ、今すぐにどうにかなってしまうような重病の気配もなかった。

「倒れた？　あ！　もしかして……キャルがそう言ったんですか？」

「そうだけど」

「……ごめんなさい。それ、あの子の嘘です。私、風邪を引いてしまって、少し高めの熱が出たんです。それで今日の朝、部屋の外に出た時に転んでしまって」

「……倒れた？」

「……ちょっと盛大に転んだので、鼻血とかは出たりしたんですが……それだけです」

「まあ……それなら、よかったよ」

キャルロットがここに連れ出すために、わざとそういう言い方をしたのだろう。私、嘘はついてないですよ？　と悪びれたところの一切ない笑顔で言う姿がありありと想像できる。

「それは私も同じです」

言葉を嚙み締めるように彼女は言った。

「シオンさんとまた話せて、よかった……です」

「いや、泣くほどのことじゃないでしょ」

「……すびばぜん」

目をゴシゴシと擦って赤くしながら涙を拭き、鼻を啜り上げ、ベッドの近くに置かれたコップから水を一口飲んで、彼女は落ち着きを取り戻した。

「もう、シオンさんと話せないのかもしれないって……ずっと、思っていたので」

そのつもりだった、とは言い辛かったし。

今後そうしよう、と話しに来たとはもっと言い辛かった。

でも、言わないのなら来た意味もない。

「……もうさ、おれのところに来なくていいよ。おれくらいの冒険者なら他にもいっぱいいる。ヴァルプもリリグリムもノーランドも、ちょっと癖はあるけど、実力はある。おれが抜けても、代わりの誰かを探せばパーティは継続できる。潜り続ければきっといいパーティになる。だからもうさ」

こうして話すのは最後にしよう。

そう切り出す前に、彼女は言葉を遮った。

「私の話、先に聞いてもらっても、いいですか？」

仕草は恐る恐るだったけれど、瞳には強い意志が宿っていた。

頷いて促すと、彼女は静かに口を開いた。

「……私、実は両親が冒険者だったんです。二人とも同じパーティに所属していて、凄く優秀な冒険者だったそうです。到達者にはなれなかったみたいですけど」

「みたい？」

「ダンジョンで死んでしまったので。どこで死んだのかもわからないんです」

「……そっか」

よくある話だ。

大抵、危機に陥ったパーティは全滅する。死者は何も語らない。

「あと、私には冒険者になってほしくなかったみたいで。冒険者のことは何も教えてくれませんでした。だから二人がどんな冒険をしていたのかも、よくわかりません。それに……小さい頃は二人が冒険の度にいなくなるのが寂しくて、冒険者のことは嫌いだったから、詳しく話を聞かなかったんです」

彼女は出会った時、冒険者の挨拶すらよくわかっていなかった。それくらい、冒険者のことを遠ざけていたんだろう。

「教会に来てからは葬送士のこと以外は教えてもらえなかったので。もっと……二人の冒険のことを聞いておけばよかったって、今は思います。二人がダンジョンに潜る度に言われてました。『これが最後のお別れかもしれない』って。私、お父さんもお母さんも大好きだったんです。だから、大好きだった二人がどうしてそんなことを言うのか……わからなくて。小さい頃は凄く怖い言葉に聞こえて、よく泣いていました。でも、大きくなるにつれて、それは怖がらせようとしてたわけじゃないって、わかりました。ちゃんと言えなかったお別れは、きっといつまでも残ってしまうんです」

アザールにも、エイプリルにも、シェリルにも。

お別れなんて言う暇はなかった。そして今も、胸の中に燻(くすぶ)り続けて、きっとこれから先も消えない。その煙を消すためのことはしようとしているけれど、達成できたとしても、消えはしないのだろうとも思う。

きっと、そういうものだ。

「両親が帰ってこなくなってから、私も冒険者を目指すことにしました。その時にはもう孤児として教会にお世話になることは決まっていたんですけど、その前にまずは、父や母と同じ職業を目指しました。父は戦士で、母は魔導師でした。冒険者になって、父と母が消息を絶った階層まで行く、そのつもりでした。……でも、私、ダメダメだったんです。私には何の才能もありませんでした。剣の才能も、魔法の才能もなくて……それ以外の色々なギルドを尋ねてみても、私は所属を認められるような力を示すことはできなかったんです」

これも別に、珍しい話ではなかった。

冒険者になることを夢見て、今も大陸の様々な国から人々はやってくる。冒険者になるには、まず何を置いてもギルドに所属しなくてはならない。各ギルドにはそれぞれに所属するための条件がある。大抵は能力や才能を証明すればいいのだけれど、それは簡単なことじゃない。かくいう自分だって、魔導剣士以外のありとあらゆるギルドから落第の烙印(らくいん)を押されていた。

「それで、結局は葬送士に？」

葬送士の条件は一つ。

己の命を、葬送のために犠牲にできること。

シオンだって魔導剣士になれていなかったのなら、葬送士になっていた可能性はゼロじゃない。

「はい。それで、私は夢を変えることにしました」

「夢？」

「冒険者になったら、父や母と同じ職業で同じ階層まで潜って……二人を迎えに行こうと思っていたんです。でも、それは難しくなって……私には一人では戦えない、葬送士の道しかなかった。——ただ、それは、改めて考えてみたらむしろよかったんです。父や母はダンジョンで死んでしまった以上、魔女の呪いで魔物になっています。普通なら、地上まで連れて帰ることなんてできません。……殺すことしか、できません。でも、葬送士なら、そんな父と母の魂を送ることができます。葬送士になったからには、いつか父や母の魂を宿しているかもしれない魔物を送ってみせる——最初はそう決心したんですけど。段々……それでいいのか、わからなくなってしまって」

「魂を救うことに、意味なんてないんじゃないかってこと？」

ふるふると小さく彼女は首を横に振った。

「違います。そうではなくて……父と母の魂だけを救って、それでいいのかなって思ってしまって。正しいとか正しくないとかそういう話ではなくて……私はたぶん、怖かったんだと思います。この人は救って、この人は救わない。みんな、命は等しいのに……誰かを見捨てる。そういう選別をする勇気がなかったんです」

震える手を握って彼女は視線を落とした。こちらの視線に気がつき、曖昧に微笑む。そんな顔を見たのは初めてだった。

「……それで、気がついたんです。だったらもう、みんなを葬送して解放してあげればいいんだって。それなら誰も見捨てることになりません。私が送ってあげることのできる全ての魔物を葬送しよう。そう、決めたんです」

アリスレインには酷く失礼だろう。

けれど、それでも——彼女が語った言葉は、凄く意外なものだった。

彼女はもっとお花畑な思想で葬送士になったのだろうと、そう思っていた。

そうでなかったのなら、あんな「全ての魔物を送りたい」なんて馬鹿げたこと、言うはずがないと思っていた。現実を見ず、夢しか見えていないからこそ、そんなことを言える。

正直に言えば、どこかねじが飛んでいて、馬鹿なんだろうと、そう思っていた。

そうじゃなかった。

アリスレインはただ、優し過ぎる。

どんなに空っぽにしても、人には二つの手しかない。

それ以上に差し伸べられる手なんて、誰も持っていない。

父、母、兄弟、姉妹、親友。区別できるように名前をつけて。それぞれの命に相応しい重さを量って。誰かを愛して、誰かを愛さない。誰かを嫌って、誰かを嫌わない。誰かを救って、誰かを救わない。

人が誰かを選ぶことなんて、当たり前なのに。

「そしたら、ぼっちになりました」

いきなりで吹き出しかけた。

でも、出会った時にもそう言っていた。自分はぼっちだと。

「葬送士の修行をして、力を付けて『よしやるぞ！』って、一緒にダンジョンに潜ってくれる方を探そうとしたんです。……もちろん、葬送士の状況は聞いていましたけれど、私の予想以上でした。……もう、ぜんっぜんっ！　誰にも相手にしてもらえなくて……！　おかしい子って言われて……変なやつって指差されて……馬鹿にされて……笑われて……確かに、私は馬鹿かもしれないですけど……」

そんなことないよ、とは言えなかった。

初対面の時の第一印象はその通りだ。

葬送すれば寿命が縮む。だから葬送士は誰も葬送をしたがらない。パーティに仲間として受け入れる側も、いつ死んでしまうかわからないような仲間なんて受け入れたくない。だから巷の葬送士は、白魔導師のような純粋な回復職からはある種格の下がる回復役として、辛い境遇の中で冒険者をしている。

そんな中で彼女は異端だ。それを馬鹿だとか変だとかおかしいとか、そういう風に言うやつらは必ずいただろう。これからもいるだろう。

「それで私もう我慢ができなくて、一人でダンジョンに潜ってみたんです」

「それが一番おかしいけどね」

「……ごめんなさい」

思わず突っ込んでしまい、彼女はしょんぼりと小さくなった。

仲間ができなかった。悲しい。ここまではわかる。でも、だから一人でダンジョンに行ってみよー！　となるのはどう頭を捻ったって、逆立ちしたって理解できない。

「行ってみたら、『私はできるぞ！』って力を示せると思ったんです。……甘い考えでした。一層でもダンジョンは本当に危ない場所で。嫌な人たちにも、騙されて。……でも、嫌なことばかりでもなかったんですよ？」

彼女はシオンに言ってほしそうだし、なんとなくわかったが、自分から言えるはずもない。

結局、彼女は微笑んで自分で言葉を続けた。

「あの日、ダンジョンに潜ったから――私は、シオンさんと出会えたんです」

「……偶然だよ」

「偶然は運命のお友達ですよ」ぎゅっと彼女は胸の前で両手を握る。見慣れ過ぎた仕草だった。「シオンさんは私が葬送士でも笑いませんでした。……馬鹿にしたり、しなかった。葬送士になってから初めて、教会の外で、あなただけが私を肯定してくれたんです。……たかが一人の言葉に大げさって、シオンさんは笑うと思います。でも……たったそれだけのことで、世界が変わって見えたんです。……私、このままでもいいんだって」

そう思えたんです、と。

彼女は泣きそうにも、嬉しそうにも見える笑みを浮かべた。

「確かに、パーティには凄く素敵な皆さんが集まってくれました。他の人を入れたとしても、冒険はできると思います。……でも！　嫌なことは嫌だって言わないと駄目だ――って、そう私に教えてくれたのはシオンさんです」

握っていた手を解いて、開いた掌を差し出しかけた彼女は、ふと思い出したように拳を握って、その甲を示してきた。

冒険者の、挨拶。

「私はシオンさんと潜りたい。シオンさんじゃなきゃ、嫌です。あなたと一緒でなきゃ、駄目なんです」

本気で必死に伸ばされた手と、断られる不安を押し隠すように装った表情。

そこでいつものように明るく笑って、手を伸ばすことができない。思っているよりもへこみがちで、自信がなくて、何かを失うことに怯えて、うじうじとした性根がある。でも、ただそうはありたくないと、強く笑みを浮かべている――それが、彼女の素顔なのだろう。

力み過ぎたのか、よく見ると彼女の手はちょっとぷるぷると震えている。笑ってしまいそうだったけれど、流石に我慢する。このまま我慢させ続けたらどうなるのか。悪戯心が湧くが、いつまでもこの不器用な手を放ってはおけなかった。

このシオンとかいう冒険者も大概だと、自分自身で思う。

「……もう一回、言いますね」

手の甲と甲を合わせる。

ようやくいつも通りに、くしゃりと力の抜けた笑みを彼女は浮かべた。

「やっぱり、私、シオンさんのこと大好きです」

廻る■■の断章3

See you again
even if you metamorphose.

ずっと、嫌な夢を見ている。

繰り返し、繰り返し、巡る日々があったことを覚えている。その夢の中では、■■■■はベッドの上で寝ていた。母が来て、何か話して、それだけで、届かない窓越しの世界を見る。夢は途切れる。父が帰ってくる。お腹にシェイドを抱えている。子犬のシェイドを。お腹の上のシェイドの温もりを、離さないと誓う。自分よりもずっと幼くて、弱くて、儚い命。目一杯の愛情を注ぐのだ。ここまでの夢だけずっと続けばいいのに。夢が途切れて、また、夢を見る。父が吹き飛んでくる。部屋の中に。掌からシェイドが消える。慌てて見回すと、シェイドは瞬きの間に成犬になっている。シェイドが唸る。真っ黒な影が部屋の中に入ってくる。影は汚い声で笑う。ああ、だめだ。シェイド。知っている。だめ。手を伸ばそうとして、弾かれる。自分の前にあの窓がある。いつの間にか区切られている。届かない世界を区切る窓。向こうは夢だから、届かないのだ。——ならここはどこだ？シェイドは影に飛びかかる。影から棘が伸びて、シェイドを串刺しにする。地面に叩きつけられたシェイドが血を流す。■■■■は窓を叩く。叩く。叩く。叩く。叩く。叩く。叩く。叩く。叩く。窓が壊れて、転がり落ちる。シェイドを抱きしめる。温かい。目の前の影を睨みつけようとして、世界が真っ黒に染まっている。違う。音がする。雨が降っているのだ。黒い雨が。シェイドに覆い被さる。守ると誓ったのだ。片時も離れず、目一杯の愛情を注ぐ。そう約束した。――誰に？　誰だったろうか。わからないけれど、そう、約束したことは確かだ。この雨はよくない。シェイドにかかる雨を払おうとした自らの手が、濁った緑色をしていることに気がついて――目覚めた。

「グギャアアアアアアアア――!!」

自らの叫び声で、■■■■は黒い夢から醒めた。

黒く閉ざされた世界は開かれていた。森の緑、蔦の茂る廃墟、そして腕の中で赤い血を流しているシェイド。――こんな毛色だったっけ？　そうだ、影に襲われたのだ。刺されたのだ。シェイド。血を流している。赤い血が止まらない。

「退こう！」

影は一つでなくなっていた。

一、二、三、四、五。

四つの影が駆けていく。影の一つは血を流していて、大事そうに――今、この胸に抱えられているシェイドと同じように――抱えられて。全員が気にかけている。きっと、彼らにとって大切なものなのだ。

シェイドの血は止まらない。

もう息もしていなかった。

体が崩れていく。

どうして。

第4章　どこか遠くで、雨は降る

See you again
even if you metamorphose.

1

「ごめん」

二日後にはアリスレインの体調は回復していた。

彼女が復調した翌朝、中央塔広場に集まったパーティ全員の前で、シオンはまず頭を下げた。理由はあったけれど、一度は自分勝手にパーティを抜けようとした身だ。何を言われても仕方がない。特にヴァルプ辺りからは散々に言われるはず。

そう覚悟はしていたのだけれど、顔を上げてみると全員がなんとも言えない、どちらかというと怒りよりも呆れに近いような表情を浮かべていた。隣に立つアリスレインだけは満面の笑みだ。

「……まぁ」と、歯切れ悪く口火を切ったのはヴァルプだった。「勝手に抜けて、そう簡単に『はい、戻ります、またよろしくお願いします』で済むと思ってんのかよ、ノーランドより頭沸いてんのかこのクソが——とか、散々に言いたいところではあるんだけどよ」

「駄目ですよ？」

にこにことアリスレインは笑って言った。

「シオン、君はアリスレインに感謝した方がいいだろうね」

肩を竦(すく)めてノーランドは笑い、こくこくとリリグリムも頷(うなず)いている。

「……どういうこと？」

「俺らは別のやつをパーティに入れりゃいいって言ったんだ」

「言っておくが、ボクらだってそれを望んでいたわけではないよ？　ただ、ボクらも馬鹿じゃない。君が戻ってこないだろうという予感もあったのさ。どうもよくわからないが地雷を踏んだらしかったし、冒険者にはよくあることだとね」

それは理解できる。というか、仮にもしノーランドやヴァルプが似たように唐突にパーティから抜けたのなら、切り替えて新しい仲間をパーティに入れようと提案する。

かけがえのない冒険者なんていない。

冒険者には幾らでも代わりがいる。

星の数――は言い過ぎだけれど、数多くの冒険者がダンジョンへと挑んでいる。そして、数えていたら切りのないくらいの冒険者が命を落とす。メンバーは必然的に入れ替わる。駆け出しの誰も彼もが、最初のパーティで最後まで冒険を続けることを夢見るけれど、夢は醒めるから夢なのだ。

「そしたらそいつがブチギレた」

「……リリ、アリスちゃん……初めて、怖かった」

何かを思い出したのだろう、リリグリムは長い白髪の前髪をきゅっと自分で摑(つか)んで、視界を隠すように震えた。ヴァルプの後ろにひっつく。

「……君、何かしたの？」

「そ、そんな、私はただ皆さんに、シオンさんは私が必ず連れてくるから待っていてほしいってお願いしただけです！」

「本当に？」

「……その、ちょっとだけですけど、皆さんがあんまりにも簡単に別の人を入れようって言うから怒ったりしたかもしれないですけど」

「ちょっとだけだァ？」

「ちょっとね？」

「……ちょっと……かな」

と、三人揃って首を傾げている。

ちょっとではなかったらしい。

「俺らがよく行く酒場あんだろ？」

「『自由の渇き』？」

「ああ、そこだ。あそこのマスターが引いてたからな、アリスレインがキレ過ぎて。喧嘩してるのかと思って摘まみ出そうと近づいてきたんだろうな。そしたらブチギレてるのは一人で、おまけにマスターにも絡んで――」

「わー！　ヴァルプさん！　ストップ！　そこまでです！」

「マスターの首根っこ摑んで、酒飲ませて、隣に座らせて、ペチペチ頬を叩きながら泣き上戸で愚痴を――」

「ヴァルプさん！」

「……な？」

「……なるほど」

ヴァルプに頷き返す。なんとなく、状況は理解できた。これからはあんまりアリスレインを怒らせることはやめておこう。あと、酒を飲ませ過ぎるのも。

「ま、そーいうことだから、お前が戻ってきたのは予定通りだ。正直、俺は腹立つから一発お前の顔ぶん殴るくらいのことはしてえけどな。ま、いいや。その分働けや、クソシオン。俺は潜れるならそれでいい。……で？　今日はどうすんだよ？　潜るんだろ？」

さっぱりと切り替えて、まるで何事もなかったかのようにヴァルプはそう言った。ノーランドやリリグリムにも特に異論はないらしい。潜ればいい。それは本音なのだろうけれど、アリスレイン以外のこの三人も大概にお人好しかもしれない。

「んだよ、その面」

「……なんでも」

なんだかんだ、いいパーティなのだ、やはり。

「それなら、ランク2の昇級条件を満たしに行こう」

リリグリムは不思議そうにしていたから後で説明した方がよさそうだけれど、ノーランドとヴァルプは意味を理解したようだった。「リベンジならいいじゃねえか」とパンと平手に握った拳を叩きつける。

「シオンさんそれって」

と、アリスレインが確認するように寄越（よこ）した視線に頷いて応える。

「今度こそ、ゴブリンを倒そう」

グランドギルドは冒険者の練度に対して等級を定めている。

ランク1が最低で、現在の最高等級はランク10だ。これは現在確認されているダンジョンの階層と対応している。ランク1なら一層で戦っている駆け出し、ランク10なら十層に至っている超人的な冒険者ということだ。

加えてランクの昇級には、条件として各階層で倒さなければならない魔物が設定されている。ランク2となるためには、一層において、四匹以上で編成されたゴブリンパーティを討伐することが必要だった。

ちなみにこの昇級は無視して冒険を進めることもできる。けれど、余程の馬鹿でない限りそんなことをする冒険者はいない。中央塔に設けられている転移の魔法陣はダンジョンの各階層に転移することができるが、二層以降は対応したランクの冒険者しか使用することができないからだ。毎回一層から一つずつ攻略していく、そんな面倒を望む冒険者なんているはずもない。

それと。ランク2を目指す大きな理由は、もう一つ。

フェリックスたちに馬鹿にされてしまったように、いつまでも一層にいたのでは冒険者としては箔が付かない。これが大きい。二層に至ったとしても、上級ランクの冒険者から見ればまだまだひよっこではあるけれど、それでも、一層でいつまでもゴブリンと戯れていると思われるのとでは雲泥の差がある。

そして何より。

前回は不意を衝かれてしまったものの、まともに戦えば、このパーティはランク1以上の実力があるのは間違いなかった。

「――グギャア！」

先手必勝。

ゴブリンの一匹をヴァルプの魔法で早々に潰す。

突然、火だるまになった仲間の姿に仰天して、残りの三匹のゴブリンたちがギャアギャアと騒ぎ出す。廃街地域にたどり着いてすぐに見つけたゴブリンたちだった。彼らはちょうどお昼を取っていたようで、狩ったらしい森ネズミを食べているところだった。

残りは三匹。

一匹には体を覆う仄かな光が見えていた。強い個体だ。

ヴァルプの魔法が直撃した後、ノーランドは「さあさあさあ！」と踊るように飛び出していき、二体のゴブリンの攻撃を全身で受け止めた。すり抜けた一匹、あの光を纏っているゴブリンはノーランドを無視して一直線にヴァルプとの距離を詰めようとしている。

あいつの魔法がやばい。

ゴブリンがそう判断するだけの知能を持っていることは――想定通りだった。

「ヴァルプ、ノーランドの方を先に！」

「気をつけろよなァ！　へっぽこ魔導剣士！」

好き勝手言われながら、ヴァルプとゴブリンの間に立つ。

「グギャギャア！」

「――ふっ！」

繰り出されるゴブリンの攻撃を剣で捌く。時間を稼ぐ。石のナイフを斬るというより叩きつけてくるゴブリンの攻撃は素早く、苛烈でも、始めから防ぐことに専念していればある程度は一人でも耐えられる。

今回は一つ、試したいことがあった。

アリスレインと一緒に冒険をするようになってから、何度か見てきたあの閃光。

あれは、きっと――。

「シオンさん！」

待っていた呼び声と共に、一条の光がゴブリンの頭上から体を貫く。

そしてやっぱり、あの閃光を見た。

ゴブリンの体をアリスレインの魔法『追憶』が貫いた瞬間、雷にでも打たれたようにゴブリンの体の動きが止まる。

その一瞬——予想通りに——体を包んでいた光が一点で弾け、ゴブリンの胸の真ん中で輝いた。これだ。示されたそこを、待ち構えていたショートソードの切っ先で一突きする。

剣が深く、深く、胸を抉る。

光が弾けて、消える。

「グギ……」

剣を引き抜くと、ゴブリンはほんの一言だけを残して倒れた。

やっぱり、一撃だった。

「オラ！『紅焔』……！」

「ああ!? ヴァルプ!! ヴァルプヴァルプヴァールプ！　もう少しボクに楽しませてくれたっていいじゃないか！」

「きっしょい！　何度も名前呼ぶんじゃねえ！　お前も一緒に燃えとけ！」

「おうふっ♥」

ヴァルプたちの方も片付いたようだった。

火だるまになったゴブリンは、地面に伏して身動き一つしていない。味方まで燃えているのはどうかと思うが、もう勝負は決していた。先制攻撃から、全て思い通りになったということもあるけれど、以前の苦戦が嘘のような勝利だった。

　そしてこれで、ランク２到達だ。

「大丈夫ですか？」

　ゴブリンを倒したまま、少しぼうっとしてしまっていた。剣に付いた血糊を飛ばして、鞘に収める。掌を見つめる。あの光を突いた時の、軽く、何もないような手応えが、逆に妙な感覚として刻まれていた。

「手、痛めましたか？」

「いや、違うよ。それより、ありがとう。バッチリだった」

「……光、ですか？」

　頷いて応える。

　強い魔物に光が見える。

　パーティに再び迎えてもらってから、そのことを仲間たちに明かした。「嘘くせーな、おい」「面白いね、ボクよりも輝くのかい？」「……綺麗かな」「おい、リリ。ゴブリンがノーランドみたいに光ってみろよ。キショいだけだぞ」「……シオン……そんなの見えちゃうの……可哀想」と最終的にはリリグリムに哀れまれることになってしまったけれど、ノーランドのせいだから気にしてはいない。

　口々に言っていることは違ったけれど、要は半信半疑。それで普通だ。でも、いきなりこんなわけのわからない嘘を言い出す馬鹿もいないだろうということで、実際に試してみることになっていたのだ。

懐かしいやり取りだと、そう、思ってしまった。

「……光」と呟きながら、アリスレインは倒したゴブリンを見つめている。「シオンさん」

「何？」

「シオンさんって……葬送士の修行をされたことって、ありますか？」

「いや、ないけど……？」

「このゴブリンさん……人の魂を宿していて。もしかしてシオンさんが見ているのは、人の魂なのかもしれないと思ったんですけど……」

言われてみれば、これまでに光を見て倒したゴブリンも、アリスレインは人の魂の気配があると言って葬送していた。

葬送士は修行の中で、魔物の魂を——つまり人の魂を宿しているかを——知覚する力を身につける。しかし葬送士の中には稀に、修行をするまでもなく魂の知覚ができる者がいるのだという。それと同じように、天性の能力として魂の知覚ができているのではないか、というのが彼女の考えだった。

「……魂の知覚」

「はい。ただ、それ自体は別に葬送士なら誰でもできることですけど、目に見えるっていうのは聞いたことがないです」

「え、そうなの？　アリスレインも？」

「私はなんとなくの感覚としてわかるだけです」

知覚の感覚は一人一人違っていて、アリスレインの場合は暖かい空気を柔らかく感じたり、冷たい空気を鋭く感じたりといった、そういう感覚的なものらしかった。

アリスレインが変なわけではなく、大抵の葬送士はそんなものらしく、「体を覆う光として見える」なんていう話は教会でも聞いたことがないという。

「……じゃあ。あの閃光は魂の核みたいなもの……ってこと？」

「私には見えないからわからないですけど……葬送士の魔法は相手の魂に働きかける魔法なので。その影響が、シオンさんにはそういう風に見えるのかも……？」

二人揃って首を傾げる。

わからないことばかりだが一応、辻褄は合う。

これまで見ていたのは魂で、あの閃光は、葬送士の魔法の干渉によって露わになった魂の急所だと仮定する。

その仮定通りならば、さっきのゴブリンも、初めてアリスレインと出会った時のゴブリンも、急所を突けたから一撃で倒すことができたという理屈が付く。認めるのは嫌だが、自分一人の力ではゴブリンを一撃で倒すことなんてまずできない。でも、肉体ではなく魂の核を破壊していたのだとすれば、その結果に納得はできる。

一応、ヴァルプやノーランド、リリグリムにも聞いてみたけれど、そんな話は聞いたことがないということだった。

「シオンさん、凄いですね！　もし葬送士になったら天才って言われるかもしれないですよ！」

「普段はぼやっと見えてるだけだよ」

もちろん、葬送士になるつもりもない。

「……いや。っていうか、ちょっと待って、それって——」

「はい？」

小首を傾げるアリスレインをよそに、自分の顔が引きつっているのを感じる。

彼女の仮定はよくわかったし、納得もできる。できてしまう。普段見ているのは魔物に宿っているかつて人だった誰かの魂であり、葬送魔法が干渉することでその魂の輪郭が閃光となってはっきりと視認できるようになる。

だとすると、一つ、困ったことになる。

光を見てきたのは、何も魔物に限った話じゃない。

これまでだって何度も、光り輝く薬草を採取してきた。上級薬草として売り払うことのできるあの薬草には、心許ない財布を何度もほんのりと温めてもらった。それもまた、さっきの仮定に当てはまるというのなら、これまで摘んできた薬草は実は——。

「それは……違うと思います」

アリスレインは珍しくはっきりと否定の言葉を口にした。

「魔女に呪われた魂が行き着く先は魔物です。そしてその姿形も、魂の形に引きずられます。だからゴブリンさんみたいな人型の魔物に宿ることが多いんです。なので、植物に宿るっていうことは考えられない……と、思ったり思わなかったり……」

「……できれば最後まで断言してほしいんだけど」

「魔女の呪いや魔物、そもそもダンジョンに関することは、教会でもわかっていることは少ないので。さっき、シオンさんの力を魂の知覚と言いましたけれど。もしかしたら、シオンさんが見ているのはもっと違うものっていう可能性も……」

「あーもう、ゴチャゴチャめんどくせえな。細けえことは、いいじゃねえか」

ガシガシと頭を掻きながら、心底面倒くさそうにヴァルプは会話を遮った。

「理屈はわからねえし、わかるとしたら魔女に聞くしかねえが、んなことは無理だ。俺らにとっては、へっぽこ魔導剣士が毒持ちの魔導剣士になりましたってことだろ？　少しはマシになっていいじゃねえか」

「毒って」

まあでも、魔物からすれば確かにそんなものかもしれない。

アリスレインの話では、葬送魔法の『追憶』は魔力の消費量が多い上に、あまり成功率の高い魔法ではないらしい。これまで回復魔法のための魔力温存を優先して、普段あの魔法を使うように指示しなかったのもその話を聞いていたからだ。

そうした稀な条件の下で、不意に突き刺さって死に至る毒。

自分だけの特別な力——と言うには不確定過ぎるし、アリスレインの魔法が必要という時点であてにできるほどの再現性もない。けれど、光の見える魔物は、少なからず強力な能力を有している魔物だ。

そうした魔物に対して、条件はあれど――一撃必殺の機会を窺える。

少し、頬が緩んでしまうのがわかる。いけないいけないとは思いつつ、つい、そうなってしまう。

でも。

自分に能力がないことは重々承知していた。魔法も、剣も、頭脳も、身体能力も、大したことはない。そういう人間だ。ヴァルプのような破壊力もなければ、ノーランドのような防御力もなく、リリグリムのような敏捷性もない。

アリスレインの魔法と一緒にこの力を使えたのなら、自分の力も、間違いなくパーティの一つの切り札となり得る。

つい最近だって、フェリックスたちに散々、弱い、才能がない、クズだのと言われ続けてきたのだ。

喜んでしまいそうになったって、仕方ないじゃないか。

◇

その後、更に複数のゴブリンを倒してから、地上に戻った。

ギルドに申請すると、「おめでとうございます」と微笑んだオペラから、あっさりとパーティメンバー全員の昇級が伝えられた。

シオンは既にランク3に到達していたから、ランク2に上がったのはシオン以外のメンバーたちだけだ。一応、祝いの会ということで（というかヴァルプが酒を飲みたいだけなのだけれど）、「自由の渇き」にやって来た。アリスレインはマスターにペコペコと頭を下げていた。

「次、どうすんだよ？」

いい感じに酒が回ったところで、少しほろ酔い加減の様子でそうヴァルプは言った。彼女の場合、普段が尖り過ぎているから酒が入っている方が話しやすかったりする。

「まずは三層に到達しないとかな」

「あァ？　まーた一層に潜ってゴブリンとやるのかよ。もう十分じゃねえか？」

「確かに、ボクも少し刺激が物足りないね」

「……そういう油断が一番危ういんだけどね」

冗談でも何でもなく、本当のことだ。自分のランクよりも少し低い階層でお金を稼ぐ冒険者は数多くいるが、不意を衝かれて命を落とす者も少なくない。口ではどう言っても、どうしても油断してしまうのだろう。

「なんだクソシオン。お前、俺らが油断したらゴブリンより強いのは倒せねえから、また一層に行くってのか？　舐めたこと言ってっと燃やすぞ？」

「違うって」

前言撤回。酔ってても話すのは面倒だ。

「そもそも、二層には自力で行かなきゃいけないんだよ」

「……リリ、二層の転移が使えるようになった……って、聞いた」

一人だけ酒ではなく、ミルクをジョッキで豪快に飲み続けているリリグリムが小首を傾げる。

「あー、それはちょっと語弊があるね」

「ごへい？」

「間違いってこと」

「……ぴゃう。……ごめん……なさい……」

「いや、違う違う。リリが悪いわけじゃなくて。ヴァルプ、魔法ぶちかまそうとするのはやめて。また店追い出されるし、今から説明するから」

「さっさとしろクソが」

「中央塔の魔法陣で転移ができるのは、自分で行ったことのある階層だけなんだよ」

「……自分の足で二層に行かないと駄目ってことですかぁ？」

アリスレインの問いかけに頷く。彼女もだいぶ酔いが回っているらしい。語尾の呂律が怪しくなってきている。

シオンにも仕組みはよくわからないが（というか、大半の冒険者はわからないはずだが）、転移の魔法陣はそういうことになっていた。

ランクが上がれば、対応する魔法陣のある部屋に入ることはできるようになる。けれど、魔法陣が起動せず、転移が行われないのだ。

ダンジョンは魔女の生み出した異界であり、この世の場所とはある種隔絶されてしまっている。冒険者の記憶や、各階層の魔力を指針に転移を行うため、行ったことのない場所には行けないのだ――なんていう話は聞いたことがあるが、本当かどうかはわからない。

まあ、理屈なんてわからなくても困りはしない。

冒険者にとって重要なのは、自分の足で行かなければ転移できないという事実だけだ。

「そういうことだから。次は、一層を突破しよう」

2

それぞれ手分けして、二日分の物資を買い込んだ。

ダンジョンは広い。一層はまだ狭い方と言われているくらいで、この先にはもっと広い階層も待ち受けている。

それで何が問題になるかというと、一日では攻略しきれなくなってしまうことだ。魔物が溢（あふ）れるダンジョンの中で野営し、夜を明かさなければならない。

一層は早朝から潜り、一切戦闘なく通り抜ければ一日で突破できるものの、少しでももたつけば夜になってしまう。夜の魔物との戦闘は避けた方がいい。昼間はなんてことのない戦闘も、夜に戦うだけで危険度は跳ね上がる。

二日分の物資を買い込んだのは、ダンジョンで一日を過ごすためのものだ。それに、この「一層で野営をして夜を過ごす」というのは冒険者の慣例のようになっていた。これから先、より深部の階層で魔物が強力になっても、同じことをしなくてはならない。場合によっては一週間、一ヶ月と時間をかけて攻略する階層もある。その前に、魔物がまだ弱い一層で経験を積んでおくのだ。

地上への帰還は考えず潜り、夜が来ればダンジョンの中で過ごし、もし何らかのアクシデントが発生して駄目そうならば帰還する。そう計画してダンジョンに潜った。

攻略は順調過ぎるくらい順調に進んだ。

森林地域での戦闘は最小限に留め、深部に続く最短距離のルートを進んだ。途中あったことと言えばアリスレインが蹴躓いて盛大に転んだくらいのもので、もう森ネズミやサーベイジウルフのような魔物程度では苦戦することはなくなっていた。

廃街地域に入ってからは、ゴブリンとの戦闘が四度あった。森林との境界付近ではぐれゴブリン一匹との戦闘が一回。その後は進む度に数匹でパーティを組んだゴブリンとの戦闘が三回あった。何のかすり傷もなくとはいかなかったけれど、致命的に危ない場面もなく、戦闘は無事に終わった。

やっぱり、このパーティはバランスがいい。

ノーランドが注意を引いて、各個撃破が基本。相手が隙だらけなら、先制攻撃でヴァルプの高火力の魔法を叩き込んで先に戦力を削る。ノーランドのところで漏れた敵はシオンが引き受けて、リリグリムの不意打ちから二対一で数的優位に立って叩く。アリスレインは回復に専念してもらいつつ、明らかな強敵や苦戦し過ぎている状況であれば魔法で支援することもできる。

ただのゴブリンであれば危険はもう感じない。一度、確認を兼ねて光っていないゴブリンに対してアリスレインの『追憶』を使ってもらったけれど、あの光を見ることはできなかった。やっぱりあれは強力な魔物——体に光を纏っている個体でないと見えないのかもしれない。

廃街エリアには、かつては人が住んでいたと思われる建物の廃墟が幾つも地面から生えるようにして並んでいる。入口から深部に近づくほどハッキリとした形を残したものが多くなり、住みやすそうな（といっても廃墟だが）場所があると、大抵はゴブリンたちが縄張りにしている。

最後に戦った一パーティのゴブリンは屋根の残った廃墟を縄張りにしていた。戦闘を終えてから中に入ってみると、彼らが椅子として使用していたらしい石が人数分並んでいた。奥にはベッドらしい枯れ草が敷き詰められた場所があり、獣臭とも異なる彼らの体臭が染みついた枯れ草をどけると、木の板が蓋のように敷かれている。その板を外すと、そこにゴブリンの「穴」があった。

ゴブリンの穴——大抵、「ゴブ穴」と冒険者は呼んでいる——は冒険者には有名な話だ。彼らは宝物を巣に溜め込む習性があって、寝床の下に穴を掘り、そこに宝物を入れる。金庫のつもりなのかもしれない。大抵はわけのわからないガラクタなのだけれど、ゴブリンたちは殺した冒険者の装備を奪う。時には価値の高い装備が見つかったり、金貨を見つけたなんていう冒険者もいるという話で、駆け出しの金欠冒険者にとってゴブ穴はある種の憧れの場所だった。

残念ながらその穴にあったのは銅貨三枚が一番いい宝物で、後は持って帰っても仕方のない物しかなく、そのまま蓋を閉めて元に戻した。

夕暮れ前に目的の丘に到着した。

一層の深部、二層に繋がる洞窟に行くには丘を一つ越える必要があって、多くの冒険者たちはここで夜を明かしていた。暗くなってからでは身動きが取れない。日が暮れてしまう前に、野営の準備をする。

手分けをして薪になる枝を集めて、簡単な食事の準備をしている内に日はどんどん沈んでいった。この一層の時間は地上と変わらない。地底にいるはずなのに、空が茜色に染まり、太陽は地平の向こうに沈んでいく。森林の緑が夕日を受けて揺れる姿は美しく、廃街の崩壊した景色が緋色に照らし出される様子は、見ているとどこか物寂しくなった。百年後、千年後のエリクシア王国の姿を見せられているような、そんな気分になるからなのかもしれない。

やがて空から朱色が失せ、夜が来た。

夜も地上と変わらない。月が昇り、星が瞬いている。本当にここは地下なのだろうか。転移の魔法陣は地上のどこか別の場所に冒険者を飛ばしているだけではないのか。そんな疑問さえ湧いてくる。

薪に普通には火をつけない。ダンジョンの暗闇でそんなことをしたら、獲物がここにいるぞと教えているようなものだ。

種火となってくれる魔石を、組んだ枝の中心に投げ込んで、魔力を通して起動する。次第に火が熾り、枝に着火して大きな青い炎になる。この魔石から起こる青色の火は、魔物たちからは見えないようになっている。といっても効果があるのはゴブリンのような低級の魔物だけで、強い魔物には見破られるのだけれど。

夕食は干し肉を入れただけの味の薄いスープと、保存が利くように乾燥させたカチカチの煉瓦みたいなパンだった。そのままでは力任せでも千切れないパンを、スープに浸して食べる。お世辞にも美味しい夕食とは言えないが、ダンジョンで火を囲んで食事ができるだけマシだ。

「こういうの素敵ですね」

カチコチパンに苦戦しながら、アリスレインは嬉しそうに笑った。

「硬いパンが趣味なの？」

「違いますよぅ」ブーッと膨れて、ちょっと面白かった。「こういう風に……ダンジョンで皆さんと野宿していることです。とっても、冒険者らしいことをしているなって」

「喜ぶようなことじゃねぇだろ……あーもう、かってえなあ！　このクソパンが！」

「あの、皆さんはどうして冒険者になったんですか？」

出し抜けにアリスレインはそんなことを口にした。

例えばヴァルプは、もしシオンが同じことを聞いたのなら「詮索するんじゃねえよ」と怒ってお終いだったろう。冒険者の過去なんて聞くものじゃない。概ねみんな何かしらの傷を抱えていて、碌なことにならない。

ただ、あんまりにも普通に「昨日の夕食って何食べました？」くらいの口調でアリスレインが聞くものだから、ヴァルプも毒気を抜かれたに違いない。ノーランドもくつくつと面白いものを見たというように笑っていた。

盛大にため息をついてから、ヴァルプは食事を一度地面に置いた。

いつも通り左手にだけ手袋をした両手を、火に翳すように前に出して、右手を弾いて指を鳴らす。

「これが俺の魔法」

右手の先に炎が灯る。何度も見てきたヴァルプの魔法だ。

「んで」

ヴァルプは左手の指を同じように弾く。手袋がぶつかり、右手よりも掠れた音が響く。

音と共に、白色に色づいた魔力が凝固して、冷気が指先に氷の塊を生み出す。

「これがリリの魔法だ」

「……二重属性だったんだ」

「詳しいじゃねえか、クソシオン」

　曲がりなりにも魔導剣士なのだから、魔法の基礎知識くらいはある。

　魔導師は普通、一つの属性の魔法しか使うことができない。一人の人間の魔力には、一つの属性しか宿っていないからだ。属性は様々なものがあるけれど、その一つという原則は変わらない。シオンであれば雷の魔法しか使えないし、師匠のミサミサだって雷だけだ。

　稀に、歴史に名を残すような魔導師には複数の属性の魔法を使いこなす人間も存在する。理外の魔女はこの世全ての属性に通じていたとか言われているが——つまり、複数属性を使う魔導師というのはそういう神話とかに謳われるレベルの話なのだ。二重属性だって、今ここで見るまで一度も見たことはなかった。

　ただ——。

「リリちゃんの魔法？」

　同じところに引っかかったアリスレインが首を傾げた。

「……あのね」

　と、泣き出しそうな顔でリリグリムは切り出した。

「……リリの瞳をね、お姉ちゃんに、あげたの」

「おい、リリ。そういう顔すんなって言っただろうが」

ごめんなさい、とリリグリムは顔を伏せて、ヴァルプは乱暴に怒ったわけじゃねえと頭を撫でた。リリグリムの表情が明るくなるまで続けてから、ヴァルプは顔を上げた。

「元々、俺は火属性の魔法しか使えなかった。リリは氷だ。……俺らの家は先祖代々魔導師の家系でよ。理外の魔女が手に入れた『理の外』に至るために、ダンジョンができてからずっと探究を続けてた。……けどよ、あいつらは行き詰まってた。百年経っても、二百年経っても、一向にこの地底の深淵にたどり着けねえ。んで、そこで作られたのが俺だ。……俺は二重属性じゃなかった。使えるようにされただけなんだよ。詳しくは説明しねえけどな。うちの秘術だ。知ったら消されるのはお前らだ」

ヴァルプが瞬きすると、最近はもう見慣れていた虹彩異色に目がいった。

リリグリムを見る。

前髪に隠されていない左目は、やはり、ヴァルプの片瞳と同じ色をしている。

「冒険者やってんのは、ウゼえ家の連中を黙らせるためだ。やつらの求めるもんに近づいてる限り、文句は言わせねえ。……リリをあいつらから守れりゃなんでもよかったんだよ。ついでにこんなことになった原因の魔女が生み出した魔物を殺しまくれるんだ。最高だろ？」

「……リリは……お姉ちゃんと、一緒なら。……どこでも、よかったから」

みんなもあったかいから好き、とリリグリムが呟くと、ヴァルプはまた彼女の頭を撫でた。今度は少し強く、乱暴に、ぐりぐりと感情を押し込むように。

少し、気にはなっていた。

ダンジョンの打ち上げで飲み終わった後、シオンとノーランドは第七区にある宿に向かう。これは普通だ。低層の冒険者が住める宿なんて、他の区にはない。アリスレインは教会の寮がある第四区へ。そして、ヴァルプとリリグリムは第七区ではなく、第八区へと向かっていた。

第八区は第四区の城壁の外にある区画で、そこは中小様々なギルドの拠点が存在している。本来、そこで生活なんてできはしないのだけれど、話を聞いて納得した。魔導師ギルドは排他的な性格をした組織も多く、血族のみによる魔法継承を続けて真理の探究を行っているところもある、と聞いたことがあったからだ。ギルドがそのまま家になり、彼女たちはそこで生活しているのだろう。

「魔の道を選ぶのは人の道をやめること……とは言うけれど。全く壮絶だね。これじゃあボクの話が霞(かす)んでしまうかな？」

「お前はいたぶられてぇだけだろうが、この変態ドＭ」

「その通り！　ボクはだから冒険者になったのさ！　この世で一番、危険な仕事。そして魔物というまだ見ぬ刺激をボクに与えてくれる存在。――最高じゃないか！　まあ、そんなことを求め続けていたら、実家から勘当されてしまったんだけれどね」

「変態過ぎて家を追い出された……ってこと？」

そんな馬鹿なことがあるだろうかと思って聞き返したのだけれど、ノーランドは最高の笑顔で親指を立てた。

「そう！　ボクは捨てられたのさ！　あの日は最高だった！　ああ……ただ、『兄さん、キショい』といつもボクを蔑んでくれていた妹の声が聞けなくなったことだけは、今となっては心残りだね。どうかな、リリ君。君に言ってもらえたなら、ボクはきっと同じような幸福を得られるのだけれど」

　ぷるぷると、たぶん全力でリリグリムは首を振った。

「……………………こわい」

「こ、こわい……怖いか。あー、えっと、いや、リリ君？　違うんだ。その、ね？　怖いとキショいでは全然違うというか、心がダメージを受ける場所が違ってだね？　端的に言うと気持ちよくない。エクスタシーがない。心苦しさではボクは快楽を得られないんだよ。キモがられるのと怯えられるのは別物で、だからその……謝罪しよう。君がボクを怖がっているのは知っているが、これでも害はない生き物なんだよ？」

「生きてるだけでキモいんだ。害がバリバリにあるじゃねえか」

「そう！」と活き活きとした顔でノーランドは笑った。「それだよ、ヴァルプ！　君はイイ！　本質は理性的なのに遠慮がなくて加減を知らない！」

「……おま――いや、駄目だ。こいつ相手じゃ何言っても意味ねえじゃねぇか。クソが」

「……お姉ちゃん、楽しそう」

「リリ、それは違う。マジで」

リリグリムは聞いているのかいないのか、にこにこと笑って楽しそうだ。ヴァルプも妹だけには甘いから、そうなると文句を言うこともできない。頭を掻きながらため息を漏らし、彷徨わせた視線はたまたまシオンと交わった。

「そういや、お前はどうなんだよ。人の話だけ聞いて、自分は知らんぷりか？」

「そんなつもりはないけど……別に、取り立てて珍しい話はないよ」

「んなことはこっちが決めるんだよ」

まあ、それもそうか。

食べかけていたパンをスープと一緒に胃に流し込んで、口を開く。

「祖父が冒険者だったんだよ。五層くらいまで到達したって言ってたけど、本当かどうかはわからない。小さい頃に聞いた話だからさ、真偽とかどうでもよかったんだ。親はずっと畑仕事で冒険者じゃなかったから、余計に祖父の話を聞くのが好きだったんだ」

「それで冒険者に憧れたのかい？」

「憧れはしたけど……どうかな。どっちかっていうと、あの村で、ただ農民として働き続けるのが嫌だったのかもしれない。十年経っても、二十年経っても……祖父と同じ年齢になっても、毎日畑を耕してる。魔物と戦った話なんて当然できなくて、できるのは畑で取れる野菜の調子の話だけ。それよりは、おれは祖父みたいな経験をしてみたかった……のかな」

「のかな、って。んなのお前しか知らねぇよ」

こんな風に、自分で振り返ったのも初めてだった。

憧れていた、のだろうか。

そう言われると少し首を捻りたくなるような気はする。でも確かに、祖父の話を聞く時、頭の中で戦っているのは若かりし祖父ではなくて、成長した――ちょうど今と同じくらいの――自分自身の姿だった。そうか。憧れていたのか。こんな、明日もわからないような生活に。両親が反対したことも今なら理解できる。町を出た日、別れ際に、生きて戻ってきたら仕事はあるからな、と父は言った。子どもの頃は俺も冒険者になりたかったけど、父さんの話を聞いて怯えて諦めた。だから、やりたいならやれ。戻ってきた時、その勇気が畑仕事に役立つかはわからないが――と。

まだ何年も経っていないというのに随分昔のことに思えるけれど、そんなことを言っていたはずだ。

「ご両親は反対しなかったんですか？」

「してたよ。ただ、祖父が現役の時に使ってた武器を譲ってくれてさ。それで諦めたのかもしれない」

「……武器？　それ？」

「あ、ううん。違うよ」

リリグリムが指差した腰の剣に触れて、首を横に振る。リリグリムからは首をこてんと傾げた返事がきた。

「祖父のは業物の魔剣でさ。結構深くまで潜ってたっていうのも本当なんだと思う」

「どうして使わないんですか？」

「使わないんじゃなくて、使えないんだよね。あの魔剣、魔力がかなりないと駄目みたいでさ……まあ、これから先に使えるようになるかもしれないし、今はギルドマスターに預けてあるよ」

「ミサミサさんですね！　またお会いしたいです！」

——あ。

言うのを忘れていた。

「ミサミサ!?」

シオンがミサミサのギルドに所属しているということがばれたら、リリグリムはともかく、ヴァルプとノーランドからはどういうことなんだと問い質されることになる。だから、なるべく黙っておいてほしい。そう言わなくてはと思っていたのだけれど、すっかり忘れていた。

「……うちの師匠の話は、あんまり聞かない方がいいと思うよ？」

一応、そう前置きしてから話し出す。

九層に至った到達者の知られざる生態（飲んだくれ、自堕落、裸族……その他たくさん）について二人に説明したり、それは言い過ぎだと怒るアリスレインに付き合いの浅い彼女が知らないだけの現実を突きつけたりしている内に、夕食の時間は過ぎていった。

◇

食事を終えて、交代で見張りをしながら睡眠を取ることにした。

この一層以外でも、同じように野営をして夜を越える必要は出てくる。その練習であり、本番だ。ここで上手くできなければ他の階層でできるわけがない。

シオンとアリスレイン、ヴァルプとリリグリムとノーランドの二組に分かれる。先にシオンたちが見張りをして、次にヴァルプたちに交代する。繰り返しながら朝を目指す。

火はつけたままにしていた。どうせ魔物からは見えない。もちろん大きな火ではないから、見張りをする上でそこまで役に立つわけじゃない。むしろ周囲の暗闇が三人が眠った途端に一気に広がったように感じられる。

アリスレインと声が聞こえるほどの距離に立ち、暗闇を見つめる。薪の火には背を向けた。暗闇に少しずつ目を慣らしていかないと結局何も見えないからだ。薪の火の動きに伴って、伸びた影が揺らぎながら夜の闇に溶けている。

「シオンさんは、おじいさんを越えたいんですか？」

見張りに立ってしばらくしてから、彼女はそんなことを聞いてきた。

「そんなつもりはない……かな。わかんないけどさ。まあ、別に祖父がどうとかじゃなくて、このパーティならもっと深くまで潜れると思うから、行けるところまでは行きたいよ」

思った以上に素直な言葉が出てしまって、自分で驚いた。薪を囲んで身の上話とか、滅多にしないことをして気が緩んでいたのかもしれない。

このパーティは、いいパーティだ。まあ、性格の面ではド変態がいたり戦闘狂がいたりするけれど、二人とも理性がないわけじゃない。一応ある。一応。戦闘中に興奮しがちなことが無視できるわけではないが、まあ、それ以外では理性はある。人を気遣うことも多少はできる。多少は。ヴァルプは口が悪過ぎる気はするが、リリグリム以外には全員に対してそうなのである種平等だ。

あえて言葉にするまでもなく、フェリックスたちのパーティとは比べものにならないくらいにいいパーティだ。本当に、間違いない。アザール、エイプリル、シェリル。彼らのパーティとは、どうだろうか。比較なんてできない。する必要もない。失ったものが大き過ぎた。心に穴が空くとかそういう話ではなくて、そこに何もなくなるのだ。底抜けの虚無だ。底のある穴ならいつか埋まるだろう。この喪失は埋まることはない。そう思う。いや、そう思っていた。でも、いつか、アリスレインたちと冒険を続けていたら、この時間が続いていったら、失ったものよりも大きくなって、喪失を上回ってしまう日も来るのかもしれない。

——それでも、私はひとりで生きていける。……が、それはそれで、寂しいものだよ。もしれない。それは喜べばいいのか、悲しめばいいのか。

君はまだ知らない、と。ミサミサの語った言葉が今なら少しはわかる。

それはきっと、寂しいものなのだ。

「……葬送士をさ、探してたんだ」

「はい？」

まあ聞いてよ、と笑って促す。上手く笑えていたかはわからないけれど。

「師匠から、おれの昔のパーティの全滅話は聞いたんでしょ」

「……すみません」

「別に謝ることじゃないよ。謝るなら話した師匠だろうし……それに、冒険者なら全滅も珍しい話じゃない」

ありふれた話と言えば、ありふれた話。夢を見て、ダンジョンに潜り、現実に襲われ、命を落とす。たまたま、自分一人だけ生き長らえた。

「でも、おれにとっては大切なパーティだったんだ。初めて入ったパーティで、アザールもエイプリルもシェリルも……みんな、いいやつだった。この四人ならいつか人類未到達領域（アンノウン・デプス）にだって行けたりするのかもしれない。そんな夢を見るくらいにはさ」

夢は夢だった。ダンジョンで夢を見てはいけない。現実に存在する悪夢のような場所なのだから。冒険者である以上、常に現実を見て足元を固めなくてはいけなかった。

「だからさ。いや、だからって言うのも違うな……自分が、そうしないといけないと思っていただけなんだけど。……三人は、送られなかった。魔物になってる。それなら、せめて送ってあげたいと思って、葬送士を探してたんだ。そのせいでフェリックスたちのパーティは追い出されたんだけど……君に会えたから、まあ、結果的によかったんだと思う」

「ま、任せてください！　ぜ、絶対……！　私が葬送します！」

　ぐしゃぐしゃな声に笑ってしまった。

「おれが泣いてないのに、君が泣くのはどうなの？」

「……はい」

「でも、その時は……お願いするよ。もし、出会うことがあったら……送ってほしい」

　森は変わらず暗闇を湛えている。月や星も見えるけれど、この圧倒的な暗闇の前では儚い光過ぎる。

　ずびずびと言っている彼女が落ち着くのを待ってから、話を続けた。

「一つ、謝らないといけないと思ってたんだ」

「……私にですか？」

「出会った時、君が追っかけられてたゴブリンを倒した時にさ、『送ってあげないと、可哀想だ』って言ったけど。あれ、嘘だったんだ。別にあのゴブリンが可哀想とか、そんなことを思ってたわけじゃない。おれは、そんなにいい性格はしてなくて、自分の仲間のことを考えてただけ。たぶん、仲間が死んだ冒険者ならみんな少しは思ってる当たり前のことだよ。ただ、君は勘違いしてたみたいだから。ちゃんと言っておかないといけないと思ってさ」

アリスレインのように、決して優しい人間じゃない。

ただ、心の中のずっと片付いていない過去に指を差されて、ゴブリンを無視できなかっただけだ。もし、そのゴブリンがアザールなら。エイプリルなら。シェリルなら。どこまでも自分のために、そう思っただけだ。

ぷふっと小さく吹き出して笑う声が聞こえた。

「そんなこと、ずっと気にしていたんですか？」

「そりゃね。出合い頭に嘘ついたみたいなものだから」

「私は全然気にしていなかったですけど……じゃあ」

シオンさん、と彼女は名前を呼んだ。

森から視線を切ってアリスレインの立つ方を見ると、彼女もシオンの方を向いていた。気恥ずかしそうなはにかんだ笑みで、照れを誤魔化すように指で頬を掻いた。

「一つ……私からも聞いてもいいですか？」

「それはもちろん、いいけど……？」

「あのですね」

すっと息を大きく吸って、深呼吸して、自らを落ち着けるように息を吐いて、結局吐き過ぎて咳き込んで、とんとんと胸を叩いて取り繕ってから、彼女は言った。相変わらず落ち着きのない仕草だけど、それも彼女らしいと言えば彼女らしい。

「……私がシオンさんのこと、大好きだってお伝えしたじゃないですか」

「言って……たね。うん。言ってたよ。ゴブリンから助けた時に」

「その後にも言ってます。私のことを見ていてくれて、嬉しくて」

「あー……うん。そうだったかも」

あれ？　なんだこの雰囲気？

アリスレインの顔は真っ赤だった。彼女の癖だ。本気で何かを言う時の。

両手を前に出して、ぎゅっと握って、彼女は言葉にした。

「……その、キャルに言われたんです。お姉ちゃんは何回も告ってるのに、返事もらってないのかって。あの、私、そういう経験がなくてですね……そのどうなんでしょうか？」

「ど、どう、とは……？」

「あ、えっと、その……ですから。お返事って、もらえるものなのでございましょうか」

アリスレインは緊張し過ぎているのか、もうなんか言葉遣いがおかしい。

ただ――いや、そうか。これ、そういう話か。

それはまあ、もらえるんじゃない？　告白したのなら。やっぱり、返事はほしいだろう。

きっと。誰かに告白したことはないし、そういう経験はないからよくわからないが、そうあるべきだろう。思いを伝えて、いいにしろ悪いにしろ、何も返ってくるものがないのは酷いことのような気がする。あれ？　そうなると今、自分は酷いことをしているのか？

いやでも、あれは告白とかそういうものではないと思っていたから――という言い訳はもうきかないのか。そうだよな。今、こうして説明をされたのだから。なら、返事をしなくちゃいけない……のか。

「す、すすすす、すみません……！　急に、こんな！　私たち今、見張りを一生懸命やらないといけないのに！　あの、今すぐのお返事をほしいということではなくてですね。いつか、その、気が向いたらで構わないので、もらえたら嬉しいんだろうなと思ってしまってその、言ってみてしまっただけでして……」

「するよ」

「…………はい？」

「返事、するよ。……ただ、その、少し言葉を考える時間はほしいから。二層まで行って、地上に戻ってから……で、いいかな？」

　アリスレインは硝子玉のような大きな瞳を、もう顔から零れ落ちてしまうんじゃないかと心配になるくらいに見開いた。

　はい、と呟いて、満面の笑みを浮かべる。

　彼女の背後、真夜中に輝く星々よりも、その笑顔は綺麗だった。

「シオンさん、私――」

　途切れた言葉が、夜に落ちる。

　え、と声にならない声で彼女は言った。

　視線が下りる。

　彼女の腹部に――真っ黒な鋭い夜が生えている。

違う。そんなわけがない。夜は物質じゃない。でも、じゃあ、あれは、なんだ。彼女の白い衣装が瞬く間に赤く染まっていく。真っ赤な鮮血が、彼女のお腹に生えたそれを伝って、雫となって地面に落ちる。

「アリスレイン！」

剣を抜いて、彼女の方へ走る。たった数歩の距離が、絶望的に遠く感じる。

腹部から生えたそれは爪だった。鋭く、手刀のように集められた五本の爪が、彼女を貫いていた。引き抜かれて、声もなく彼女が倒れる。地面には赤い血があっという間に広がっていく。

見ていたはずの暗闇から、いつ現れたのかも、いつ近づかれたのかもわからなかった。

それは真っ黒な影のような姿をしていた。

ゴブリン、なのだろうか。

体の部分部分に、かつての――ゴブリンだった頃の名残があり、緑色の肌が残っている。足から伸びて地面に這っているはずの影が、体を侵食し、食い散らかし、呑み込んだような虫食いの異形。

かつて人として生きた頃の記憶に目覚め、魔物としての姿すら見失った、人でもなく魔物でもなくなったもの――覚醒種。

「――カエシテ」

それは、人の言葉で口をきいた。

カエシテカエシテカエシテカエシテカエシテカエシテカエシテ、と。言葉と音の境目の壊れた叫び声が溢れ出る。呪詛のように。

「やめろ……！」

覚醒種が再びアリスレインに伸ばそうとした手を、踏み込んで剣を横薙ぎにして遠ざける。ゴブリンだった頃とは比較にならない敏捷さで距離を取った覚醒種は、言語にしようのない歪な咆哮を上げる。憤怒のようにも慟哭のようにも聞こえる、地の底を震わせるような絶叫だった。

真っ黒な夜がそのまま形取られたような顔の中に、二つの瞳らしい光が怪しく輝く。

その顔に――炎が爆ぜた。

「――『紅焔』……！」

「シオン！」

これだけ騒げば気がつかないわけもない。後ろから寝ていたヴァルプたちが飛び出してきていた。ノーランドがシオンを追い抜き、覚醒種に肉薄しようとすると、やつは一足飛びに後退した。

ゴブリンなら致命傷のはずの紅焔の火が、やつの影のような体に呑み込まれて消える。

タイセツ。

カエシテ。

ホシイ。

ダケナノニ。

細切れの言葉が、暗闇から響く。一歩、二歩と、やつは後退する。その度、暗闇に溶けるように影の体が夜に紛れる。おかしい。目の前にいるはずなのにやつがどこにいるのかがわからなくなる。リリグリムの影潜みのようだ。このせいで、気づけなかったのか。

やつが移動して、木々が揺れる音が遠ざかっていく。

「ノーランド！　そのまま見張って！」

警戒をノーランドに任せて、アリスレインに駆け寄る。

彼女を中心に、もうそこら中が赤く染まっていた。真っ白な葬送士の衣装は、元々がそうだったように紅に染め抜かれている。ああ。駄目だ。こんなの、駄目だ。「アリスレイン……？」呼びかける。手が反応して、安堵する。安堵？　何にだ。何を考えた？　彼女がもう――違う。違う違う違う違う。狼狽えてる場合じゃない。

彼女を仰向けに寝かせる。彼女は震えた手を挙げて、シオンの頬に触れた。ゆっくりと閉じていた目蓋を押し上げる。ひゅうひゅうと風が通り抜けるような細い呼吸の音が嫌に響いて聞こえる。

血の気の引いた真っ白な頬を、彼女が綻ばせる。

「……シオン、さん」

「早く、魔法を！　回復魔法を使って！　早く……！」

「ごめん……なさい。私……っ……やって……みようとしたん、です、けど。魔法が……

全然、使えなく……て」

わかってた。そんなことはわかっていた。

魔法を使うには魔力を使い、魔力を行使するには精神的な集中を要する。こんな。こんな状況で、魔法が使えるわけがない。

「シオン！」

荷物をひっくり返してきたのだろう。ヴァルプは両手に薬草を抱えていた。

「ま、まとめて擦って！　擦り過ぎないように！　重ねて傷口に貼れば——」

無理だ。

指示を出しながら、どうしてもその二文字が頭を過ってしまう。無理だ。よく擦って雫が浸透するように使えば、薬草はある程度の傷を治癒してくれる。でも、幾ら何でも、傷が深過ぎる。精錬されたポーションでもあれば話は違うだろうが、そんな上等な回復薬があるわけもない。

「……シオンさん」

その声に、ヴァルプも、泣きながら手伝おうとしていたリリグリムも、離れて周囲を警戒していたノーランドも、全員の集中が向いたのがわかった。

ふるふると弱く、けれどはっきりと彼女は首を横に振った。

「……もう、大丈夫、です」

「大丈夫なわけあるか！」

もう一度首を横に振って、小さく笑った。

「……私……もう……痛みも、なくて。だから……それより、少し……話を聞いてもらっても……いいですか？」

彼女がむせる。

吐血が口元や、数少ない汚れていなかった衣装の白い部分も赤く汚してしまう。

「だ、駄目だ！　喋(しゃべ)ったら、傷が」

「――シオン！」

そう言って、ヴァルプは曖昧に目を伏せた。

なんだよ、それ。

それじゃあ、まるで、アリスレインが。

「……お願い……変えさせてもらい……ますね」

ごめんなさい、とアリスレインは曖昧に笑った。

だから。

どうして君は、悪くもないのに謝るんだ。

「さっきの……魔物さん……です、けど。あの子……どうか、送ってあげて……ください。

……見え、たんです。悲しみが……凄(すご)く……深くて」

「そんなの――」

「シオンさん」

魔物のことなんて今、気にすることじゃない。魔物なんてクソ食らえだ。人だったかどうかなんて知るか。こんなことをしでかした相手のことを、どうして考えることができる。今は君だ。君のことだけを考えるべきだ。ここで駄目なのなら、地上に戻ろう。今すぐに。幾ら払ったっていい。魔法ならきっと治せる。きっと。間に合わせてみせる。だから。

だから。

「……シオンさん」

それなのに。

こんな時でも、君が、そんな風に笑うから。

「……わかった。約束する。あの魔物は、必ず……送るから」

「…………よかった」

微笑(ほほえ)んだまま彼女の目蓋がゆっくりと閉じる。

握っていた掌(てのひら)からふっと力が抜けていく。

彼女の全てが、静かに、閉じていく。

こんなの。駄目だ。

嘘(うそ)だ。

「……アリスレイン？」

◇

彼女を背負って、地上に戻った。

教会に連れて行くと、送っても意味がない、彼女の魂はもう魔女の呪いに囚われてしまっている。彼女の魂もまた地の檻に幽閉されたのだと、年配の葬送士の男は言った。

そんな言葉を聞きたいわけではなかった。

どうやったら治せるのかと聞いても、答えはなかった。男は首を横に振るだけだった。

どうして皆、揃って同じようにその仕草をするのだろう。駆けてきたキャルロットに押し倒されて、何度も殴られた。そっちの方がずっと嬉しい仕草だったけれど、彼女の手の方が痛そうで、止めた。

かえして、とキャルロットが言った。お姉ちゃんを返して、と。

あの魔物のカエシテもそういう意味だったのだろうかと、そんな関係のない考えが頭を巡った。この上のない現実だというのに、現実感がなかった。

アリスレインは、死んでしまった。

3

麦酒。麦酒。ミルク。麦酒。

四つのジョッキが酒場のテーブルに並んでいる。運ばれてきてから誰も手をつけようとしないから、遠くからマッチョなマスターが睨んできているのはわかるのだけれど、やっぱり誰も飲まない。

アリスレインは火葬されて、骨になり、街の外にある墓地に埋葬された。エリクシア王国冒険者墓地。名前の通り、ダンジョンで死んだ冒険者たちが埋葬されて眠る墓地だった。彼女の火葬代や墓地に置く石、その石に名前を彫ることにも金が必要だったけれど、全てアリスレイン自身が残していた金で解決できてしまった。彼女はダンジョンに潜って稼いだ金をほとんど使わず、貯金していた。何かほしいものでもあったのだろうか。

墓地にいる間も、墓地を出てからも、四人とも会話はなかった。ただ別れる気にもなれなくて――と、シオンは思っているが、他のみんながどう思っていたかは知らない。でもきっと同じだろう――全員揃って酒場に流れ込んでいた。

夕方を過ぎて、もう少しすれば日も落ちる。酒場にはダンジョン帰りらしい冒険者たちの姿が増えていた。次々に席が埋まっていく。喧噪が増していく。その音がどこか他人事のように遠く聞こえている。

震えの止まらない手で、リリグリムがミルクの入ったジョッキに手を伸ばした。彼女の手に比べて、ジョッキはあまりにも大きい。普段でも駄目なのにその状態では持てないんじゃないかと思ったら、予想通り彼女は零してしまった。それも盛大に。横倒しになったジョッキからテーブル全体にミルクが流れてくる。

カウンターに向かい、マスターから拭くものを借りた。「……おい」とすぐに渡されなかった。「あの葬送士の娘はどうした」

言葉に詰まった。

そんな反応をすれば、ここにいる人間なら、冒険者なら、誰でもわかる。

「アリスレインは……」それ以上、問いかけに上手く答えられなかった。マスターは「そうか」とだけ頷いて、普通のものよりも小さなジョッキを二つ出した。中にはミルクが入っている。「これを持っていけ」とだけ言い残して、カウンターの奥へと向かってしまった。

戻って、席を拭いて、マスターから渡されたミルクを二つ渡すとリリグリムは泣いていた。ミルクを零したから泣いているわけじゃないことくらい、誰にでもわかった。きっとその反応が正しいのだろうと思うのだけれど、シオンはまだ泣けていなかった。現実感がずっとないのだ。ずっと。ずっと。

それでも、目の前でリリグリムがグズグズと泣いているのを見ていると引きずられてしまいそうで、止めどなくなってしまいそうで、ようやく麦酒に手を伸ばした。一気にグッと飲むと、苦い塊が喉を勢いよく滑り落ちて、空っぽの胃袋に落ちていった。ヴァルプもノーランドも、同じように一気に麦酒を呷り出した。そうでもしなければやっていられない。

やっていられるわけがない。

金のことなんて考えず何度もお代わりをして、しばらく飲んだくれてから、空になった麦酒のジョッキをテーブルに叩きつけると勢いよくヴァルプは立ち上がった。

「──よし。行くぞ、シオン」

「行く？　行くって、どこに？」

「葬送士のとこだよ」

息が詰まる。

葬送士。

そう、言ったのか。

「……どうして？」

「……どうしてだァ？　寝ぼけてんじゃねえぞクソが！」ヴァルプの両手に胸ぐらを掴まれる。「寝ぼけてた振りしたって、夢だったことにはなんねえんだ」

「そんなこと……わかってる」

「わかってねえだろ」

「……っ」

ヴァルプに掴まれた胸ぐらに力が込められて、首が絞まる。少し苦しいが、所詮は魔導師の細い腕だ。振り払おうと思えば簡単にできる。けれど、そうはできなかった。

「約束」

そうヴァルプは言って、胸ぐらを一層キツく握りしめる。

「お前があいつと約束したんだろうが。葬送士がいないで、どうやって送んだよ」

「私のことを雇いたいっていうのは、あんた？　つーか、あんたもあんたも……この子は違うけど、どいつもこいつも酒くっさいわね。何時から飲んでたのよ、馬鹿じゃないの？　ゲロ吐かないでよ。え？　シオン？　ああ、名前ね。私はエリカ。……で、私を雇いたいんでしょ？　まあ、いいけど……やってほしいこと？　あー、葬送ね。ま、なんでもいいけど、対価はきっちり払ってもらう——って、は!?　葬送!?」

会って早々、こちらにほとんど口を挟む暇も与えず自分の主張をまくし立てた彼女は、オレンジに近い明るい赤毛のショートカットを揺らして振り返り、緋色の目を美しさが損なわれるくらいに大きく見開いて、全身で「何言ってんだこいつ」というのを表現していた。

◇

彼女——エリカは、ヴァルプに案内された酒場の隅の席で一人酒をしていた。

ヴァルプ曰く、彼女はどこのパーティにも所属していない冒険者らしい。それでどうやって葬送士が冒険をしているのかというと、彼女は望まれたパーティから金を受け取り、一時的なメンバーとしてダンジョンの攻略に参加する傭兵のようなことをしている。金さえもらえれば、契約通りに仕事をする。契約以上も以下もないが、回復職としての役割をきっちりと果たす人物として、それなりに評判はいいらしい。

ただ、そんな彼女にとっても「葬送をしてほしい」という依頼は、どうやら面食らうもののようだった。

驚いてしまったのは、彼女からすれば隙を見せてしまったような格好になるのだろう。自分自身に苛立つように舌打ちを一つしてから、すっと細めた胡乱な目つきでシオンを睨んだ。

「本気で言ってんの？」

「……もちろん」

本気かよ、と彼女はぼそりと呟いた。聞かせるつもりはなかったのか、あったのか。なんとなく、あったのではないかという気がする。

「悪いけど、断るわ」

「おいおい」ずいっと体を前のめりにヴァルプは彼女を睨んだ。「金を払えば契約通りにどんな仕事もきっちりやる。それが守銭奴葬送士のお前のウリなんじゃねえのかよ」

「私を守銭奴って呼ばないでくれる、半裸の変態」

「あァ!?」

「ヴァ、ヴァルプ！」

手で制しても、ヴァルプとエリカは無言のまま睨み合いを続けた。エリカは手に持っていた麦酒をテーブルに叩きつけて立ち上がる。残っていたらしい麦酒が少しテーブルに散乱する。

「確かに、私は契約した仕事はきっちりするわよ。でも、それはあくまで契約した仕事だけ。なんでもするわけじゃない。舐めた仕事ふっかけてくる馬鹿は相手にしないことにしてんのよ。あと、守銭奴とか言うけど、私は私に適切な価値をつけてるだけ。あんた、一人でゴブリン百匹殺してこいって言われたら幾らで受けるわけ？」

「んなの知るか！」

「ほらね。馬鹿丸出し」蔑むように彼女は肩を竦めた。「――自分の命に、自分で価値をつけられない。そんなやつはどれだけ腕が立っても、全員まとめて能無しの馬鹿よ、馬鹿。大馬鹿。私は違う。……だから、葬送なんて無駄で、無意味で、何の価値もない自殺行為、私はしない」

「それは違う！」

彼女は目を丸くしていたけれど、叫んだシオンも自分自身で驚いていた。というか、予想以上に大きい声が出てしまったせいで、ヴァルプたちどころか他の客までこちらを見ている。もめ事かよ。喧嘩したら出禁だぞ。やっちまえやっちまえ。そんな視線。

「……ごめん。でも。無意味なんかじゃ、ないよ」

無駄で、無意味で、何の価値もないだなんて。

そんなことがあってたまるものか。

「訳ありなのかもしんないけど、騒がれると営業妨害なのよね。これで私が受けなかったっていう評判が立っても困るし。そこまで考えてたならあんたサイテーね」

「い、いや！　ごめん……そこまでは考えてなかった。つい、カッとなって」

「考えなしならただの馬鹿じゃない」

はあ、と隠す素振りもなく彼女は大きなため息をついた。腕を組み、視線だけを巡らせて全員の顔を見回していく。最後に試すようにシオンの目をじっと睨みつけてから、彼女は腕組みを解いた。

「金貨一〇〇枚」

彼女は右手の人差し指と親指で輪っかを作り、そこからこちらを覗き込んで薄く笑った。

「確かに、私は契約が成立した依頼はなんでも引き受けてる。だから、前払いで金貨一〇〇枚。耳揃えてきっちり払うならいいわよ。……一層のゴブリンの覚醒種だっけ？　それ、葬送してあげる。無意味なんかじゃないって吠えたあんたなら、私に『葬送しろ』って言うのが、『死ね』って言ってるのと一緒だってわかってるだろうし……金貨一〇〇枚くらい、ちゃんと払えるでしょ？」

ね、と彼女が作った笑顔は優しいものではなく、突き放す笑みだった。

◇

銅貨一〇枚で銀貨一枚、銀貨一〇枚で金貨一枚。

貨幣ヒエラルキーの最上位には、白金貨なんていう見たことはないしこれからも一生見る機会はないだろう貨幣もあるけれど、一般人が使うのは金貨までだ。

金貨は全く目にしないというわけじゃない。武器や防具を全部ひとまとめに新調したりだとか、借宿じゃなくて空き家を買ったりだとか、そういうまとまった金が必要な時には冒険者でも使う。

でも、一〇〇枚となると話は別だ。そんな大金、はいどうぞ、と渡せるようならこんな貧乏暮らしをしていない。あの場でわかったと言って渡せるメンバーは一人もいなかったし、貯金をひっくり返したって金貨一〇〇枚なんて出てくるわけもなかった。

「ま、今すぐは無理だろうから。三日は待ってあげる」

そんな風に優しい口調でエリカは猶予をくれたけれど、あれは体よくあしらわれただけだ。エリカだって冒険者だ。最高でランク3。深層の攻略をしているのならともかく、まだ一層を主戦場にしている冒険者に金貨一〇〇枚なんて用意できるわけもないとわかっている。ほんと、意地が悪い。

ただ。

「あー、クッソ！　マジで胸クソわりぃ。あんな守銭奴忘れて、他の葬送士探すぞクソシオン！　葬送士なんて他にもいんだからよ！」

たぶん。

アリスレインと接し過ぎて、感覚が麻痺（まひ）していたのだ。

ヴァルプの言葉はもっともに思えたし、実際それがベストだろうと考えていた。けれど、世の中はそんなに甘くなかった。葬送士はそもそも数が少ない。その上で葬送をしてほしいという話を聞いてくれる葬送士なんて、文字通り皆無だった。

葬送なんてしたくないから教会から抜けたのだ――と。

依頼に怒る葬送士の方が多いくらいだった。教会――葬送士ギルド側は、葬送士に対して魔物を送り、魂を救済することを義務として求める。それが彼らの主義だからだ。それを拒絶した葬送士たちは、教会の主義に反する以上、扱い上は破門となって追い出されてしまうらしい。正確には、葬送をしなくていいように破門されるため自ら出て行く、という歪(いびつ)な状況のようだ。

葬送することを受け入れた変わり者は、アリスレインがそうだったように、教会に残っている。つまりそれは、外に出ている葬送士は基本的に葬送を厭(いと)っているということだ。送ってくれる葬送士が見つかるはずもない。一日目はそうして終わった。

二日目になって、教会を訪れてみた。駄目元というか、話を聞く限り、仲間に加わって冒険をして、その上で葬送を行ってくれる葬送士を見つけられるとしたらその手段しかなかったからだ。

けれど、そうした数少ない葬送士はもう他の冒険者とパーティを組んでしまっているらしく、空きはなかった。変わり者の冒険者は自分たち以外にも存在しているらしい。大抵は皆さん、同じ目的ですよ、と教会の人間は言った。それもそうか。昨日も、今日も、今この瞬間も、ダンジョンのどこかで誰かが仲間を失っているのだから。

金を払えば、戦闘などには一切参加してくれないものの、教会の葬送士が一日だけ冒険について来てくれることはできるらしかった。でも、それでは意味はない。それはただ慣習的に行われているだけの葬送だ。冒険者がダンジョンで死ねば魔物になる。でも、一体どこで魔物になっているかなんてわからない。だから仲間が死んでしまった時には、一番浅い一層に葬送士を連れて行き、適当な魔物を倒して送ってもらうというのが、冒険者なりの弔いの方法の一つになっていた。もっとも、今となってはそんな丁寧なことをする冒険者なんてほとんどいないけれど。

そもそも覚醒種の魔物と一緒に戦ってもらわなくちゃいけない時点で、その選択肢は選べない。

その後、また酒場やグランドギルドなどを巡って葬送士を探したけれど、やっぱり見つかることはなかった。

わかっていたことだ。

アリスレインみたいな葬送士は、珍しい。

それを特異であると奇異の目を向けるか、特別だと見るかは人によって違うのだろうけど。ただ、彼女はもういない。どれだけ虱潰し(しらみつぶ)に葬送士を探しても、話を受けてくれる人はいなかった。金を払えばやる。そう言ってくれたエリカがまだ話せる方だったのだと、認識を改めざるを得なかった。

そうして、二日目も過ぎた。

「……後の交渉は、おれに任せてくれないかな」

「シオン、何か腹案があるのかい？」

「まあ……一応。明日の夜までには準備するから、先にエリカのところで待っててほしい。おれが行くまでに帰られたりすると困るから」

「エリカのところってことは、金作んのかよ。おい、クソシオン。言っとくけど、お前、博打(ばくち)で増やせるようなタマじゃねえからな？　あとあのクソ性悪守銭奴はぜってえビター文まけてくんねえぞ？」

「……ヴァルプって、ほんと意外と優しいよね」

「あァ？　なんだ？　喧嘩売ってんのか？」

「いや、違うって。でも大丈夫。博打とかそういうのじゃないから」

「……ほんとに？」

「もちろん」と最後にリリグリムに頷(うなず)いて、みんなと別れた。

行く場所は決まっていたけれど、久々だった。暮れなずむ街を早足に抜けて、目的の場所に急ぐ。

ギルドの窓は開いていなかった。もしかしたらいないのだろうか。だとしたら酒場を探し回らなくちゃいけないから大変だ。見慣れた扉を抜けて、一階と二階はスルーして真(ま)っ直(す)ぐに三階に向かう。

一応、扉を数回叩(たた)くと、あいよー、なんていう気の抜けた返事が聞こえた。

「そろそろ、来るんじゃないかと思ってたよ」

中に入った途端、ミサミサは笑った。

「どうしてそう思ったんですか？」

「私が何も知らないと思ってるのかな？　まあ……正直、ちょっぴりと今は驚いてもいるけれどね？」

「驚いてる？」

反射的に自分の体を見てしまったけれど、おかしなところはない。

「仲間が死んだんだ。……また君は、私と出会った時みたいな顔をして来ると思っていたんだよ。今度はどんな言葉を投げかけてあげようかと考えていたのに、無駄になってしまったじゃないか」

「……あれ、投げかけるというよりは、思いっきり叩きつけられただけでしたけど」

「それが愛だよ」

よく言う、と思ってしまうけれど、感謝はしなくちゃいけないだろう。

ミサミサに拾われたのは、初めて所属したアザールたちのパーティが三層で全滅した後のことだ。グランドギルドに起こった出来事を告げて、それで、何もかもがどうでもよくなってしまった。自分にできることは全てやった。一人では三層に行けるわけもない。気力もない。これ以上どうしようもない。そう思うと身動き一つ取れなくて、取る気もなくて、グランドギルドを出てからずっと中央塔広場の隅に座っていた。何日かは覚えていないけれど、何度か日が昇って沈んだから、一日ではなかったことは確かだ。

誰も足を止めなかった。珍しい光景じゃない。この街では時々、こんな風に道端に座り込んで身動きをしない生きているだけの石像が現れる。そういうやつは決まって冒険者の格好をしていて、もう、死んだ目をしている。裏切られたり、失敗したり、夢破れたり、仲間が……死んでしまったり。理由は様々に、けれど、ありふれた日常の一つだった。

きっと、シオンも死んだ目をしていたのだろう。

ふと、目の前に立ち止まる人がいた。顔は上げなかった。恵んでほしいわけではない。もう少しで、このまま干からびて全てを投げ捨ててしまえそうな、そんな気がしていた。

強引に顎を摑まれて、上を向かされた。

「自分がこの世で一番不幸みたいな面をしてるじゃないか、ガキのくせに」

気に入らないね、と。

太陽を背にしてこちらを睨んだミサミサは、吐き捨てるようにそう言うと、そのまま無理矢理にシオンを引きずってギルドに連れて行った。

そうして今に至っている。

「師匠に、お願いがあって来ました」

「金なら貸さないぜ？」

「それは大丈夫です」

どこか楽しげにミサミサは微笑んだ。

「ほんとかい？　てっきり金回りの話だと思っていたんだけどね」

「金の話ではありますけど、師匠にお願いしたいことは違います」

シオンが内容を話すと、なるほどね、と彼女は頷いた。

思案するように顔の前に垂れた銀髪を指先で遊びながら、ふっと一息で髪の毛を飛ばしてシオンを見た。

「そのお願いを聞くのは構わない。けど、本当にいいのかい？」

「構いません。……約束が、あるので」

自然と、手に力が籠もっていた。

彼女がよくしていたぎゅっと拳を握る癖も、同じような感覚だったのだろうか。

「……それなら、これ以上は野暮ってもんかな。しばらくダンジョンに潜ったからか、ちょっとはいい男になったじゃないか。私と結婚するかい？」

それは嫌ですね、と即答すると、わざと空気を茶化すように、なんだとぅ！　とミサミサが文字通りに空中を飛んできて羽交い締めにされた。正面から飛んできたのに一瞬で回り込んでくる辺り本当に滅茶苦茶で、笑ってしまった。

「……師匠」

「なんだい？」

「その、よろしくお願いします」

任せたまえよ、とミサミサは笑った。

◇

すっかり夜遅くなってしまった。

ミサミサがギルドに帰ってきてから、全力疾走であの酒場を目指した。この前、エリカと会った時よりもかなり遅い。第七区の道を行く冒険者たちは泥酔して千鳥足だったり、カップルでイチャついていたり、喧嘩をしていたりと騒がしい。その喧噪の海をかき分けて進む。

酒場に飛び込むと、エリカはこの前と同じ店の隅の席に座っていた。そして別のところから椅子を持ってきたのだろう、ヴァルプ、リリグリム、ノーランドが彼女を逃すまいと取り囲むように同じ卓を囲んでいる。

一番にこちらに気がついたのはエリカだった。

うんざりした顔でため息をつく。

「……やっと来た。ねえ、あんたのせいでこんな時間まで飲む羽目になってるんだけど、まず何か一言ない？」

「待っていてくれて、ありがとう」

「……はぁ」

これでいつでも帰れる。

そう示すように、エリカは残っていた麦酒を一気に飲み干した。

「で？　手ぶらみたいだけど、無理矢理ここに残らされて虫の居所の悪い私と、何か交渉できるつもり？　言っておくけど、この前言った金貨一〇〇枚の前払いはビタ一文もまけないから。前払いの部分も変えない。一層に潜ってるあんたたちじゃ、絶対に無理でしょ？　私、無駄な時間は嫌いなのよ。こっちにも生活はあるし、もう明日には別のパーティと契約させてもらうから」

「金貨一〇〇枚は揃えられなかった」

そう言って、ポケットから革袋を取り出した。

テーブルの真ん中に置くと、一〇〇枚どころか一〇枚の重さすらも感じさせない、コトリという軽い音が鳴った。

「おい、クソシオン！　どうなってんだよ！」

ヴァルプが今にも噛みつきそうな勢いで吠える。信じて待っていたのに、揃えられなかったとか言われたらそれはそうなるだろう。

「……こいつらがしつこいから、ちょっとは楽しみにしてたのに、あんたクソッタレね。そんな小さな革袋、入ってて精々一〇枚じゃない。私、帰るから」

「待って。……見てからにしてよ」

去ろうとする彼女の手をテーブル越しに引き留めながら、革袋の口を開けて、テーブルの上にひっくり返して置く。

革袋をゆっくりと持ち上げると――そこに輝くのは金貨の黄金ではなく、白色に輝いて銀貨のそれより遥かに薄く透明な銀光を纏う、たった一枚の白金だった。

――白金貨。

王国の国庫や、商会同士の大口取引など、そうした限られた場では使われるものの一般にはまず出回らず、自分では一度も使うことも、見ることすらもなく一生を終える庶民だって少なくない。一枚にして金貨一〇〇枚の価値を満たす貨幣なんて日常で使いようがないからだ。

その白金貨が、陰り一つない輝きを見せていた。

「……綺麗」

ほとんど全員が呆気に取られている中で、リリグリムが手を伸ばした。両手で持ち上げられた一枚の白金貨が、酒場の灯りに照らされて美しく輝きを放っている。

「ちょ、ちょっと！　そんな持ち上げない！」

「――ぴゃわ!?」

「あ、ご、ごめんね」

リリグリムの手を下げさせてから、彼女は周囲から隠すように白金貨に革袋を被せた。

「ちょっと……あんた、シオンだっけ？　これ、どういうこと？」

「言われた通りの金貨一〇〇枚……相当の白金貨一枚だけど」

「あんたみたいな低ランク冒険者が、こんなの用意できるわけないでしょ」トントンと袋の上から白金貨を叩く。「おまけに白金貨って……これ、本当に本物なわけ？」

「両替所とかに鑑定に持っていってもらっても構わない」

「……あっそ。じゃ、行くわよ」

　そう言ってからは早かった。彼女は白金貨をすぐに革袋に詰め直してシオンに持たせると、支払いを済ませて酒場を出た。全員で慌てて後を追いかける。

　彼女が向かったのはグランドギルドだった。グランドギルドではダンジョンで手に入った宝物などの鑑定を引き受けていて、貨幣の鑑定も行っていた。ただし、ダンジョンで得られたものでない場合は利用料金がかかるのだけれど、エリカは一切気にせずに料金を払って鑑定を進めた。

　もちろん、白金貨は本物だった。

　シオンたちはそのまま、グランドギルドの一室を借りて話すことになった。昼間だと冒険者同士の交渉に使われていることが多く、大抵は埋まっているが、夜遅いこともあって部屋は空いていた。

「こんな大金持って酒場で話せるわけないでしょ。あんた馬鹿？」

と、持ってこいと言ったエリカに怒られるのは癪（しゃく）だったけれど、確かにその通りだ。

　部屋は前にメンバーと顔合わせをした時と同じ場所だった。シオンとエリカが向かい合って座り、他のメンバーは周りの席に散って座った。

「……本物なのは認めるわ。認めないわけにもいかないし」

「納得はしてない」

「じゃあ」

「でも」と腕を組んで彼女はこちらを睨んだ。

「納得？」

「本物でも、碌でもない金だったら私は受け取らない。……結局、魔物よりも人の恨みの方が怖いもの。これが盗みだったり殺しだったりで作ったような汚れた金だとしたら、私は受け取らない。どんな形かはわからないけど、自分に火の粉が降りかかる可能性は持ちたくないわ。白金貨なんて普通は手に入らないし」

「それは汚れた金じゃないよ」

「じゃあ、どうやって手に入れたのか説明して。それで納得できたなら、受けるわよ」

そう言われてしまったら、説明しないわけにいかないだろう。

別に、隠すことでもないのだけれど。

「おれが持ってた魔剣を売ったんだ。……って言っても、おれが使っていたわけでも、ダンジョンで入手したわけでもない。昔、冒険者をしていた祖父が結構深い層で手に入れた魔剣らしくてさ、それを冒険者になった時に譲ってもらってたんだ」

魔剣の価値は昔、ミサミサから聞いた時に知っていた。

業物とみんなには説明したが、正確にはミサミサ曰く、そんじょそこらの魔剣とは比べものにならない業物、らしい。使いこなせないにしても、安宿に置きっぱなしではあまりに不用心だと言われ、彼女に預けていたのだ。

「……ただ。問題は君も言った通り、おれみたいな低ランクの冒険者が売りに行っても、店の方が信用して買い取ってくれるかわからなかった。信頼して買い取ってもらえるような伝手（つて）もないし、最悪……買い叩（たた）かれる。だから、うちのギルドマスターに協力してもらった。ミサミサって言えばわかるよね？」

「ミサミサって……到達者（ビヨンド）の？」

「そう。そのミサミサ。彼女に売ってもらえば店側も信頼してくれるし、何より、冒険者の頃に付き合いのあった店に持っていってもらうこともできる。額が額だから、小さな店じゃすぐ用意できないからね。酒場に到着が遅れたのはそれで時間がかかったからなんだけど……白金貨になったのは、ごめん。うちの師匠の気まぐれだから、そっちは謝る」

　ついさっき、冒険者時代の付き合いがあるという商会に行ったミサミサが「いやー、時間かかっちゃってメンゴメンゴ。でもほらどうだい、これでバッチリだろう！　ついでに金貨一〇〇枚だと重すぎて持ち運べないだろうから、白金貨に替えてもらったぜ！　シオン君、君は見たことあったかい？　ほらほら、白金貨だぞー！」と子どもみたいに見せつけてくるまで、まさか白金貨で持ってくるとは思ってもみなかった。

　確かに金貨一〇〇枚は重い。それでも背負い袋に詰めていけばなんとかなるだろうと思っていたから、シオンにとっても寝耳に水だった。ありがたい。ありがたいのだけど、困る。滅茶苦茶困る。

　とはいえ今更金貨に戻してくれとも言えない。そんな時間もない。

仕方がなく、そのまま持ってきたのだった。

「信じられないなら、ギルドまで付いてきてくれれば師匠を紹介するけど」

「……別にいいわよ。そんな意味わかんない嘘つく必要ないだろうし」

祈るように組んだ手を見つめて考え込んでから、彼女はまたこちらを見た。その瞳は、先程までの強く相手を詰問するような視線ではなかった。

「……あんたさ。私には……よく、わかんないんだけど。それ、つまりはあんたの家族の形見かなんかってことでしょ？　それを……ダンジョンにいる覚醒種になったゴブリンを葬送するために売ったわけ？　悪いけど、私には意味がわからない。全っ然、意味がわかんない。そのゴブリンの魂を葬送して送ったところで、救われるのはどこの誰とも知らない他人で……大体、あんたたちはそいつに仲間を殺されてるんでしょ？　なんでそんなことするわけ？　私なら、そのゴブリンを殺して、永遠に地下で苦しめって言って終わり。葬送なんて必要ない。それじゃ駄目なわけ？」

「……エリカさんが、おかしいと思うのはわかる」

誰か別の人から、今の彼女と同じ立場で話を聞かされたのなら、全く同様の疑問に頭を埋め尽くされるだろう。

ゴブリンを葬送してほしい。なぜ？　そのゴブリンに仲間を殺されている。なぜ？　親族の形見を売って金貨一〇〇枚払っても構わない。なぜ？　頭がおかしいのか？

それでも、果たさなければいけなかった。

そうしないと、これからきっと、どこにも行けなくなる。

「死んだ仲間との約束なんだ。だから……お願いしたい」

「……何それ。……馬鹿じゃないの」

ほんと馬鹿みたい、と。

彼女は大きくため息を一つついてから、お手上げ、と呆れたように小さく頭を振った。

「呼ぶ時はエリカでいいわ」

エリカは組んでいた手を解き、左手でテーブルに置かれた白金貨を摑み、右手は拳を握って手の甲を突き出した。

その手に、自分の右手の甲を合わせて応えた。

「よろしく」

4

新しく仲間を迎え入れたパーティは危機的な状況に陥りやすい。

冒険者のあるあるとしてよく語られる話だ。原因は様々にある。これまでの仲間同士では言葉にせずともできていた連携ができなかったり、新しい仲間が実力を十全に発揮できなかったり、逆に元々のメンバーが遠慮してしまったりとパーティの数だけあると言っていい。

けれど、エリカにそんな心配は必要なかった。

「まず基本的な戦闘の方針を教えて」

「陣形これ一つだけ？　移動時と戦闘時で変えないの？」

「緊急時の対応は？　はぁ？　各々？　ふざけてんの？」

「私の前の葬送士はどんな役割だったの？　その子の立ち位置は？」

そんな調子で、ダンジョンに行く前から彼女の質問攻めに遭った。一つ答えれば更に三つ聞かれるような調子だった。ただ彼女から出てくる質問は的を射たものが多く、実際にダンジョンでの戦闘になると彼女の振る舞いには何も問題はなかった。

彼女は、パーティの力を確実に底上げした。

初めて彼女と一緒に潜った日のことだ。一層の森を抜け、廃街地域に近づいた。奥深くには入らず、森との境界付近にいる比較的弱いゴブリンと戦闘するつもりだった。

ドジを踏んだのはシオンだ。廃墟の上に立ち、監視をしていたゴブリンに気がつかなかった。先に発見されてしまい、不意打ちができなかった。廃墟のゴブリンが角笛のような物を吹いて、ぶおおおおおおとけたたましい音と共に廃墟の中からゴブリンたちが飛び出てきた。

「……五匹もいるじゃない」

エリカの舌打ちも理解できる。数の多い敵はそれだけで厄介だ。

「カモン！」と言ってノーランドが早速向かってくるゴブリンに突っ込んだけれど、止められたのは三匹だけだった。いや、だけ、だなんて言えない。三匹も引きつけてくれたら十分だ。残りの二匹はノーランドの横をすり抜けて、こちらに向かってくる。

「……くそ！」

やるしかない。シオンが二匹引き受けないと、話にならない。

「ギャヒャヒャ！」

ゴブリンもそれくらいのことはあっさり見通している。飛びかかってきたのは一匹だけで、残った一匹は更に後方——エリカの方へと一直線だった。

「エリカ！」

「……偵察は駄目、連携もぐっだぐだ。それくらいで慌てないでいいわ……よ！」

鮮やか、と言う他なかった。

あっという間にエリカに肉薄したゴブリンは、石ナイフを大きく振りかぶって、エリカの顔目がけて斬りかかった。

彼女はそれを後ろへの大きなステップ一つで躱(かわ)し、右手に持った杖(つえ)をフルスイングしてゴブリンの頭を強打した。「ギャブ……！」というゴブリンの悲鳴が聞こえたのは一瞬のことで、杖を振り抜いたまま体を反転させた彼女は、更にその勢いを乗せた回し蹴りをゴブリンの顔に叩き込んだ。ゴブリンからはもう悲鳴もなかった。地面を転がり、何が起きたのか理解できないでいる。

「リリ！　とどめ！」

「ぴゃい！」

と、エリカに使役される猛獣のように影から飛び出してきたリリグリムが、ゴブリンの首元にナイフを突き刺して、そのゴブリンは絶命した。

「シオン！　なにボーッと見てんのよ！　目の前のゴブリンさっさと倒して！」

「は、はい！」

ゴブリンもシオンも、その鮮烈な手腕に目を奪われてしまっていた。たぶん、ゴブリンは「葬送士なら殺せる」と思っていたのだろうし、シオンもだからこそ慌てた。どうやら彼女は武術の心得もあるらしい。下手をしたら武器を使わない肉弾戦ではシオンより強いかもしれない。そんな気がする。

その後の戦闘はあっさりと進んだ。シオンとリリグリムでゴブリンを一匹倒し、ノーランドが引きつけた一匹を更に引き出して倒す。残りの二匹はヴァルプが魔法で灼いた。そうして戦闘は終わった。

更に数回、ゴブリンとの戦闘を繰り返したけれど、そのどれもがこれまでの戦いよりも安定していた。そう感じてしまった。これまでの戦いよりも間違いなく、確かな感覚で戦えていた。

理由は明確にエリカの存在だった。

これまでの戦闘では、アリスレインのところに魔物を近づかせるわけにはいかなかった。彼女は回復することはできても、自分の力で魔物と戦うことはできない。だからこそリリグリムを潜ませてもいた。

でも、それはつまり、シオンやノーランドにとっては絶対に後ろに魔物を通すことが許されないという縛りがあったようなもので、エリカは少なくともゴブリン一匹程度であれば自力で時間稼ぎをしてくれる。

もちろん、後衛の回復職のメンバーは危機に晒すべきじゃない。それはこれまで通り当然のことだ。

けれど、不意を討たれてもまず一匹に専念して倒し、その後すぐにもう一匹を片付けるというような選択肢が採れるようになったのは、明らかに心にゆとりを与えてくれていた。簡単に言えば、パーティとして戦いの幅が広がったのだ。エリカが葬送士という嫌厭されやすい職業でありながら、色々なパーティに雇われの身で参加できるのも納得だった。

それだけに、少し不思議な気もする。

これだけの実力があるのなら、エリカのことを正式に勧誘してくるパーティだってありそうなものだけれど。

「……何？」

「あ、いや」

「ボケッとしてないで、手、動かしたら……まあ、もうないかな」

ゴブリンたちの残留物を手分けして確認していたはずが、気づかない内に手を止めてしまっていた。エリカもそっと顔を上げる。赤毛が日に照らされてきらきらと輝いて見えた。

「エリカはさ」

「何」

「……そんな、噛みつく必要はなくない？」

「さっさと言わないからでしょ」

言おうとしていたんだけれどとは思うけれど、そう言ったらますます機嫌を悪くするだけだろう。

「正直、君は凄く冒険者として優れてると思う。実力も、知識も、同じランク3のおれよりも絶対に。……葬送士っていう職業が難しくしてるところはあると思うけど、それでも、それだけ強ければ傭兵なんてしなくても所属できるパーティはあるんじゃないの？」

「だったら？」

「いや、単に、どうしてそうしないのかなって疑問に思っただけなんだけど」

「……悪いけど」

と、悪いとは絶対に思っていない目つきでエリカは睨んだ。

「詮索されて答えるほど親しくなった覚えはないわね」

「詮索って……いや、ごめん」

そんなつもりはなかった、と言おうと思ったけれど、やめた。彼女にはどうせばれる。

これだけの実力があれば誘いはきっとある。それはエリカ自身に聞くまでもなく間違いない。じゃあなんで、受けないのだろう。単に彼女にとって魅力的なオファーがこれまでなかっただけなのか、それとも、何かそうしなくてはいけない理由があるのか。

その辺りを探れたら——なんて思っていたのだから、詮索に他ならない。

「あんた、それでも冒険者？　あんまり謝ってるとつけ込まれるわよ？」

「謝る相手は選んでるよ」

「私を舐めてるってこと？」

「そういう意味じゃないって……」

「じゃ、そういう意味じゃないなら、私からも一つ聞いていいかしら？」

ピンと、指先だけで踊るように右手の人差し指を立てた彼女は、こちらの返事なんて聞きもしないまま、質問を投げかけた。

「葬送に意味があるって、本気で思ってるの？」

「……『魔女の呪いに囚われた魂は、永遠に悪夢の檻に繋がれる』んじゃなかったっけ？それなら、葬送で解放してあげることには意味があるとは思うけど」

「それは教会の教えでしょ。変なところで物知りなのね、あんた。でも、それはあくまで教会がそう言ってるだけ。魔女の呪いに囚われた人は死んでる。死人に口はない。声は聞こえない。勝手に生者が解釈して、死者に意味を与えてるだけ。哀れな者を救う我々の行いは尊い——ってね」

「エリカは意味がないと思ってるの？」

「無駄だとは思ってるわ。だから教会を抜けてるんだもの。意味はあるのかもね、もしそれが本当だとしたら。でも無駄よ。幾ら送ったところで、今日もどこかで冒険者は死んでる。今この瞬間も迷宮に囚われる人はいる。増えはしても、減ることはない。海の水を掻き出したって、どこか遠くで雨が降ってるのよ」

「……エリカの言いたいことは、わかるよ」

「へぇ」

そんなことないって否定してくるのかと思ってたけど、とエリカは肩を竦めた。

たぶん、そんな風に心から否定して、葬送の意味を信じることができるのは——きっと、アリスレインのような人だけで、自分がそんな人間じゃないことは自分自身が一番よく理解している。

エリカとは、本音を言ってしまえば考えが似ている。

身を挺して命を捧げ、葬送し、死者の魂を救う。それはなんて崇高な行為に聞こえる言葉だろう。でも、その行為に本当に意味はあるのかと、問いかけてしまいたくなる自分がいる。エリカもきっとそうだろう。だって、そもそも、シオン自身も含め、冒険者なんてそんな風に救う価値のある人間か？　そうは思わない。過去の魔導王国時代の人たちは可哀想かもしれない。ある日突然「災いの日」に巻き込まれて、命を落とし、魔物に成り果てた。今も悪夢を見続けている。可哀想な話だ。でも、だとしても、今を生きる誰かが命を犠牲にして死者を救う必要はあるのだろうか。

そんなの結局、自己満足で無意味じゃないのか、と。

そんな風に考えていたことは、否定できない——今までは。

「だったらこの時間、意味ないんじゃないの？　私、まだあの白金貨手つかずだし……今ならあんたも売り払った魔剣、買い戻せるかもしれない。死んだ葬送士の……アリスレインだっけ？　その子は可哀想かもしれないけど、諦めたって誰も文句は——」

「誰も文句を言わなくても、おれが嫌なんだ」

「……約束だから、って？」

頷くと、彼女は心底呆れたように手を振って、その場を離れていった。別の場所を探しているヴァルプとリリグリムに近寄っていく。

自己満足でも、なんでも、構わなかった。

アザール、エイプリル、シェリルの三人を失って初めて、自己満足じゃないのかと考えていた葬送に縋ったように。彼女を殺したゴブリンを送ることも、誰になんと言われようと、譲れないことだった。

彼女に。

アリスレインに、一度も聞いたことはなかったけれど。

彼女だってきっと、何度も本当に意味はあるのか考えたはずだ。

それでも、彼女は選んだ。

この思いこそが自己満足に他ならないと言われようと、構わなかった。

死者を悼むことは、とどのつまりは全て生者のための祈りだ。

君への、祈りだ。

これからも彼女みたいに優しくなることはできないけれど、最後の約束くらい、果たしてあげたかった。

◇

念のため数日、同じようにダンジョンに潜った。

あっという間にエリカは馴染(なじ)んで、誰もそうとは口にはしなかったけれど、アリスレインがいた時よりもパーティはやっぱり強くなった。

でも、エリカを雇ったのはそれが目的じゃない。

「そろそろ、廃街の深部に行ってみようと思う」

ダンジョンから帰ってきた後、珍しくシオンは全員を集めて酒場に来ていた。別に労(ねぎら)って奢(おご)ろうとかそういう話じゃない。本来の目的を果たす相談をするためだ。

「……私は見てないけど、覚醒種のゴブリンだっけ？　強かったの？」

「強かった……とは思う」

「曖昧な言い方ね」

「俺の魔法が効いてなかった……ように見えたからな。ありゃもうゴブリンじゃねえだろ」

「動揺してしょっぱい魔力しか込められなかったなんてオチじゃないの？」

「あァ？　喧嘩売ってんのか？」

「はーあ、出たわね、それ。お決まりの『喧嘩売ってんのか？』。それ以外の返し文句そろそろ作った方がいいんじゃないの？」

「お前が突っかかってくるからだろうが！　クソエリカ！」

「もう少しまともに戦闘中に魔法使ってたら、私だって文句言わないわよ。馬鹿に何度も言うのって疲れるんだから」

「……てめぇ、ほんとに燃えてぇんだな？」

「二人とも」

　両手で制するように、二人に平手を向ける。もっともそんなことで止まってくれたら苦労はないし、止まるわけもない。この二人、気が強過ぎてダンジョンの中でさえ常にこんな調子なのだ。

　大体はエリカの方がヴァルプに指摘する。魔法のタイミングがおかしい。それじゃあ味方のノーランドに当たってしまう。そんな制御もできないのか。できるのならなぜやらないのか。馬鹿なのか。アホなのか。それとも実力不足なのか。それで怪我をされると、こっちは回復をしなければいけなくなる。魔力の無駄遣いだ。魔力を温存して万全を期すことの大切さは、黒魔導師ならわかっているだろう。それなのになぜ——と、隅から隅まで突きまくって論理でヴァルプをねじ伏せにかかる。

ヴァルプは爆発する。

大爆発だ。チマチマチマチマチマうっせえ！　と。そんなキレ方をしてもエリカは納得しないし、まあ、内容的には大概の場合エリカが正しいので、ここから先はずっと平行線の喧嘩をすることになる。

プラスで厄介なのは、この間に割って入るととばっちりを食うことだ。

「クソシオン！　てめぇがどんどん話進めねえから俺がネチネチ攻撃食らうことになるんだろうが！　ふざけてんじゃねえぞ！」

知らねえよ。

と、言いたいけれど、言ったら最後もう話が前に進まなくなる。

言葉をグッと堪えて咳払いを一つした。

「エリカ、その辺にして」

「自重を促されるようなことを言った覚えはないけど……まあいいわ。無駄な時間は嫌だし。ヴァルプの魔法が直撃した上で平気で逃げていったなら、確かにそこら辺のゴブリンとは格が違うんでしょうね。その覚醒種の特性かしら」

わかっていたなら辺に突っかからないでほしかった。本当に。

「……倒さないで、送れる……？」

「リリ、それは無理よ」

首を傾げたリリグリムに、エリカははっきりと否定を示す。

当然と言えば当然なのだけれど、魔物を生きたまま葬送することはできない。必ず、一度は倒さなければいけない。あの、どれだけ強いかも未知数な覚醒種のゴブリンを。

覚醒種となった魔物は、どんな種類の魔物であれ、通常の個体よりも遥かに強力になる。これまでグランドギルドに報告された覚醒種は人型の魔物ばかりで、サーベイジウルフのような獣型の魔物での報告例はない。人の魂を宿した魔物が、当時の記憶を思い出した時に覚醒種となると言われているのも、それが理由の一つだ。

ともあれ、その強力な魔物を倒さないことには、アリスレインとの約束は果たせない。

「大丈夫さ！　ボクはぜひあの覚醒種に嬲られ――おっほん。ぜひ一度、彼か彼女かの猛攻を受けてみたいと思っていたからね。白騎士として、この上ない舞台さ。攻撃を引き受けるのは任せて、君たちは倒す手段を考えてくれたまえ！」

リリグリム以外の全員で、顔を見合わせてため息をついた。

まあ、頼もしいことだ。そう思おう。実際、ノーランドは白騎士として優れていて、普通のことのようにゴブリンを三匹くらい相手にするけれど、あれだってテクニックが要る。ノーランドは器用に――自分が愉しめるように――弱く盾撃したり、ステップを踏んで回り込んだりしている。動機はどうあれ、ただの変態であれ、パーティの安定をもたらしてくれているのは彼だ。感謝しなくてはいけない。

「クソのあれはどうなんだよ？」

「それ、おれに言ってるの？　流石にクソだけなら無視するけど」

「クソシオン」

「あれって？　ああ……シオンが見えるっていう光の話？」

「……奥の手にしておくのがいいんじゃないかとは思うけど」

エリカにも、魔物の体を覆う光のこと話していた。それが恐らく、魂の輝きか何かなのだろうということも。『追憶』を使ってもらえれば、魂の核を狙った一撃必殺もできるということも話していた。

半信半疑どころかまるで信じていなかったエリカだったけれど、ゴブリンに対して実践してみせると考えを変えた。「目の前で起きたことは信じるわよ」というとても彼女らしい頭の切り替えだった。

ただ、あれは一瞬だ。攻撃できるかは賭けになるし、そもそも覚醒種の魔物に通じるのかもわからない。

効き目がなかったように見えたことは気になるが、やっぱりまずはヴァルプの魔法で徹底的に攻撃する。その隙をノーランドに引きつけてもらいながら、シオンとリリグリムで更に攻撃を重ねていく。そんないつも通りの形しかないんじゃないか、いや他にも――と喧々（けんけん）と話し合っていた時だった。

「おいおいおい」

聞きたくもない声が、聞こえた。

「やっと売女（ばいた）を見つけられたと思ったら、クズまで付いてるじゃねえか」

「……フェリックス」

彼らは酒場で誰かに絡まないといけない誓約でも掲げているんだろうか。

逆立てた黒髪を掌で撫でつけて、蛇のようにペロリとフェリックスは舌を見せた。その後ろではガリガリの骨のような暗殺者のネヴィルと、スキンヘッドがてらてらと灯りを照り返している大猿のような武闘家のグレゴリが、フェリックスに付き従って並んでいる。

「クズ。てめぇに呼び捨てにされる覚えはねえな。殺されてえのか？」

「おい。クソがクズとか言ってんじゃねえぞ。この間殺さないで済ませてやったのはこっちだろうが。燃えるか、おい？」

「……チッ」

フェリックスが舌打ちして、背負っている剣にかけていた手を離したのは、ヴァルプの挑発に気圧されたからではなかった。

いつもの「自由の渇き」じゃないが、この酒場だって喧嘩は御法度だ。彼がピクリと眉間を険しくさせ、剣に手をかけた瞬間、音もなくするりと、全く同じ顔をした双子の店員が両サイドから現れていた。手にはナイフが既に握られている。恐らく、職業は暗殺者だろう。

フェリックスが両手を上げてひらひらと手を振ると、「ごゆっくりどうぞ」とにっこり笑って彼らは去って行った。名前は知らないが二人とも現役の冒険者で、結構な深層まで到達している実力者だったはずだ。

「……だっさ」

と、呟いたのはエリカだった。

煽られたフェリックスは、予想外に怒ることもなく、エリカの方に視線を向けた。

「ダサい？　どっちがだよ、エリカ。お前、こいつらと一緒にいるってことは、このパーティに今は入ってんのか？」

「だったら何」

「こんなクズのたまり場にいるなんて……お前も落ちたもんだな。それとも、このレベルまで落とさないと、お前を買ってくれる相手がいなくなったのか？　俺らはもう四層だ。どうだ？　俺たちのところにまた来ねえか？　そこのクズ魔導剣士のパーティよりは遥かに実入りのいい冒険ができるぜ？　俺らの名前を聞くとビビっちまうへなちょこ冒険者ばっかりで仲間が見つからなくてよ、お前は金さえ払えば違えだろ？」

「クズの仲間になりたくないなんて当たり前でしょ、自業自得じゃない。っていうか、四層って、私がいた頃からちょっとしか進んでないじゃない。三歩歩いて喜ぶとか赤ちゃんなの、あんた？　そもそも……よく私の前にその最低な顔を見せられたわね。冗談は顔だけにしてくれる？」

「アッハハッハ！　クソエリカ！　いい文句じゃねえか、最高だぜ」

「クソってつけるな、半裸魔導師」

そう言いながらもヴァルプとエリカはニヤリと笑い合っている。こんな時だけ気が合うのは勘弁してほしい。

「……おい」

「――っ。……葬送士は穢れてるんじゃなかったわけ？」

「お前は面がいいからな。特別だ」

エリカの右手首を取ったフェリックスは、その手にかなりの力を入れているらしい。彼女の手首が赤くなってしまっている。

「フェリックス！」

「イキるなよ、クズ。大した力は入れてねえよ。……いいか。俺らだって別に遊びにここに来てるわけじゃねえんだ。本気で四層に潜るために回復職の仲間を探してる。……こんな底辺のパーティじゃ、碌な金額で雇われてるわけじゃねえんだろ？　だったら、俺らのところで――」

「金貨一〇〇枚だけど？」

エリカがあっさりと答えた金額に、フェリックスの表情が固まった。

「おい。ガキみたいな冗談は要らねえんだよ」

「冗談じゃないよ」

店員に見えないように上手くナイフを抜いて、エリカの手を握っているフェリックスの手首に添える。引いても押しても動脈を斬れる。

フェリックスがゆっくりと手を離す。ギラギラと憤怒に染まったフェリックスの瞳が、エリカの方からこちらへと向きを変えた。

「金貨一〇〇枚で一層の探索？　頭沸いてんのか？　それとも、ゴブリンがおっかな過ぎてその金つぎ込んででも回復してほしいってか？」

「……一層にいる、ゴブリンの覚醒種を倒すためだ」

葬送するためだ、なんて言ったら無駄に煽られるか大笑いされるのは目に見えているから言わなかった。だというのに、一瞬驚いたように目を丸くしたフェリックスは、振り返ってネヴィルやグレゴリと目を合わせると、三人揃って大笑いし始めた。

「一層の覚醒種か……そいつは、これのことか？」

フェリックスは一枚の畳まれた紙を取り出して広げる。見た目よりも丈夫に作られたその紙は、グランドギルドが出す討伐クエストの依頼用紙だった。

討伐クエストはダンジョンに現れた危険度の高い魔物を倒すために、グランドギルドから冒険者たちに発注されるものだ。強い冒険者に受けてもらえるよう、大抵の討伐依頼は報奨金がかなり高額に設定されている。

――『奪還者』とそのゴブリンの覚醒種には名前が付けられていた。何かを返せと冀求し、次々と冒険者に襲いかかる、影の魔物。ダンジョン一層の深部に居着いているらしく、二層を目指す駆け出しの冒険者がもう何人も犠牲になってしまっているようだった。

カエセ、と。

あの頭の中に直接響くような気色の悪い声を思い出す。

間違いなく、あの魔物のことだ。

「よかったな、クズ。金貨一〇〇枚なんて大金どこで借金して作ってきたか知らねえが、こいつは俺らの獲物だ。明日にはもう死んでる。エリカ、こいつらとの契約はこの魔物を倒すまでってことか？」

「……まあ、そうね」

「ちょうどいいじゃねえか。……さっと片付けて、お前を買ってやるよ。金を出せばなんでもするんだ、いいだろ？」

◇

グランドギルドを訪れてみると、『奪還者』の討伐依頼はランク2以上の冒険者全員に対して行われていた。推奨ランクは3以上となっていたけれど、一層を踏破できるだけの実力があるなら受注は可能ということらしい。

その場で手続きをして、クエストを受けた。手続きと言っても、掲示板に貼られている依頼書を受付に持っていってギルドカードを登録するだけの話だから十分もかからない。

「シオン。あんた、フェリックスたちと知り合いだったの？」

「知り合いっていうか……一応、前にいたパーティだよ」

「あんなクズのところに？」

エリカは目を見開いて驚いてから、唐突に吹き出して笑った。

クールなエリカにしては珍しい表情だった。

「私も、人のこと言えないんだったわ」

「そういえば……おれが入る前に、回復職のメンバーがいたって言ってたような」

「パーティメンバーになった覚えはないわよ、胸クソ悪い」

心底から侮蔑した表情で、エリカはそう吐き捨てた。

「どうして抜けた……って聞くのも、おかしいか。あんなやつらだし抜けて当然だけど……何かあったの？」

まともな人なら、いつまでも所属するようなパーティじゃない。

だから抜けるのは当然だとしても、エリカがここまで感情を露わにするのは珍しかった。

それに一つ、思い当たることもあった。

「もしかして……ダンジョンに一人で放り出されたとか？」

「なんで知ってんのよ」

「……アリスレインも、同じことをされたから」

忌々しそうに目を細めて、心底クズね、と彼女は吐き捨てた。

葬送士は基本的に一人では戦えない。エリカはどうやらある程度の戦闘技術も身につけているようだったけれど、それも、傭兵として一人で冒険者として生きていくために必要な技術だったのかもしれない。

普通の葬送士はそうはいかない。

戦えず、逃げ惑い、その果てに魔物に殺されるだろう。

唾棄すべきクズとわかっていても、彼らに助けを求めることもあるかもしれない。そうなったとしても、彼らは笑って見ているだけだろう。あるいは、逃げられない程度に痛めつけて魔物の前に差し出すか。羽をむしった昆虫を蟷螂に差し出して、襲う様を観察するように、愉しんで。

本当に、酷い。

「ま、私は大丈夫だったけどね。私がそれなりに戦えると思ってなかったんでしょうね。逆にあいつらに魔物を押しつけて逃げたわよ」

「無事って言っていいかわかんないけど……無事で、本当によかったよ」

「よく私の前に顔を出せたとは思ったけど――って。……ねえ。あれ」

と、グランドギルドを出てエリカが指差した先には、中央塔に入っていこうとするフェリックスたちの姿があった。

さっき、フェリックスたちは近くにいるだけでも酒気が漂うくらいに泥酔していた。あの酔っ払った状態でダンジョンに潜るなんて気が狂っているとしか思えないのだけれど、本気らしい。彼らは武具や防具を身につけている。

「よう、クズども」

「……今から潜るの？」

「お前らもあのクエストの覚醒種を狙ってんだろ？　じゃあ、尚更さっさと殺してやらねえとな。明日の朝には俺らが戻ってきて、金貨一〇〇枚ドブに捨てる気分はどうだよ、クズ」

「あの覚醒種……強いよ。そんな舐めてかからない方が――」

「……おい。クズが誰に言ってんだ。まだここが酒場の中だとでも思ってんのか？　躊躇しねえぞ？」

「ほっとけばいい」

　エリカに肩を引かれる。

　確かにそうだ。

　冒険者は自由。潜るも、生きるも、死ぬも。彼らはあの覚醒種と対峙したことがない。たぶん、そこら辺のゴブリンを狩るのと同じ感覚で、鼻をほじりながらでも倒せるような相手だと思っているのだろう。

　実際、性格はどうあれ、彼らには実力がある。ゴブリンなら楽々と倒せるだろう。でも、あの覚醒種はどうだろうか。万全の状態ならともかく、こんな夜遅くから酔っ払った状態で行って、どうにかなるとは思えない。

　フェリックスはエリカを睨むように見てから、仲間の二人を引き連れて本当に中央塔の中へと入っていった。

「どうすんの？」

「どうするって？」

「先、越されちゃったら意味ないいんじゃない？」

私はどうでもいいけど、とエリカは付け足したけれど、本当にどうでもいいと思っているのならそんな風に言う必要もないだろう。憎まれ口はエリカなりの照れ隠しなのだと、段々とわかるようになってきた。少し、その辺りはヴァルプとも似ている。

ヴァルプ、リリグリム、ノーランドも、答えを求めるようにシオンを見ている。

結局、この約束をしたのはシオンだ。

覚醒種の魔物を倒して、葬送する。

それだけと言えばそれだけだけれど、簡単なことじゃない。あの覚醒種がランク3相当の危険な魔物なことはグランドギルドの討伐依頼でも明らかだ。

だからこそ——焦っては、駄目だ。

フェリックスたちに先を越されるわけにはいかない。だから、今すぐ追いかけて、覚醒種の討伐を目指そう——と、口にすることは簡単だ。血の気の多いヴァルプなんかはそういう声を待っている気もする。

でも、駄目だ。

「……今から行ったら、ダンジョンの中は真夜中だ。夜はよそう。あの魔物、暗闇に紛れて見えなくなるから。不意打ちを受けたらただじゃ済まない」

そもそも、今日は既に潜った後だ。疲労もある。お酒も結構飲んでいる。酒気は軽くない。こんな状況で潜ったら、ダンジョンを舐めたら、死ぬ。そういう場所だ。少なくとも、自分一人で酔っ払ったまま潜ったのなら、森ネズミにすら嬲り殺されること請け合いだ。そんな馬鹿な真似はできない。

もう、誰も死んでほしくない。

「明日、早朝。準備を整えてから、おれたちも行こう」

廻る■■の断章4

See you again
even if you metamorphose.

森を彷徨っている。

深く、暗い、真っ暗な森を歩いている。まっくらな、森を。あっちもこっちも暗くて、地面も空も、手も足も、全部全部全部真っ黒い影に呑まれてしまったような暗闇を歩いている。——いつから歩けるようになったんだっけ？　どうして歩いているのかと言えば……あれ？　ああ、そうだ。シェイドがいなくなってしまったのだ。奪われてしまったのだ。こんなに大切なことなのに、どうしても忘れてしまう。どうしても。歩く度、何かを落としてしまう。——シェイドは目の前で■んだんじゃなかったっけ？　森は暗い。それに、危うい。悪い魔物が現れる。きっと、あの借金取りたちが悪い魔法でも使っているのだろう。次から次へと現れる。■■■■が歩いている姿を見かけると、武器を抜いて、襲いかかってくる。魔法を使ったり、技を使ったりして、■■■■を■そうとしてくる。邪魔だし、怖いし、危ないから、■して進む。どうせまた出てくるのだ、何度か■すくらいどうだっていいだろう。そんなことより、大切なことがある。あるはずだ。なんだっけ。違う。シェイドだ。シェイド。そう、シェイドを見つけないといけない。シェイドがいなければ、■■■■は歩くことだってままならないのだから。——じゃあ、どうやって今歩いてるんだろう？　まずはシェイドだ。どれだけ歩いてもシェイドの姿は見当たらない。

やっぱり、あの借金取りたちが連れて行ったのだろうか。きっとそうだ。間違いない。なら■さなくちゃいけない。■せば、改心して、返してくれるだろう。父や母、シェイドのことだって■して彼らは奪っていったのだから、こっちも同じことをすればわかってくれるはずだ。それが、どれだけ酷いことなのか。やってはいけないことなのか。

だから、■してしまおう。

声が聞こえる。

「いねえな、ゴブリン」

「……ヒヒッ。ビビって逃げてんのかもしんねぇ」

「そんれは、だっせえ、ゴブリンだぁ」

「こんな仕事でモタモタしたくねえ。あと五分休憩したら行くぞ」

「あの女のこと、そんなに惚(ほ)れてんですかい？」

「……惚れてる、か。ああいう冷静で、気の強い女は、心を力尽くで壊してやった時が……一番いい顔するからな。次は足の腱(けん)を切ってからでもいいな」

「そんいつは、きっと、純愛だぁ」

合唱するようにゲラゲラと響く笑い声。

汚い声だ。

醜悪な命だ。

蛙(かえる)みたいなあの借金取りが三人も円になって笑い合っている。

でも、どうだろうか。もう何度も■した。そろそろ、わかってくれたりしないだろうか。人から奪ってはいけない。人を■してはいけない。ずっと歩いているのも疲れる。シェイドを返してくれたら、それでいいのに。よし。

わざと、姿を見せてみた。

ねえ、と声をかける前に、剣を抜かれた。

「――っ！　おい！　来てんぞ！」

「……こいつ、どっから湧きやがったんですかねぇ」

「真っ黒な……影だぁ」

気色の悪い蛙が三匹、跳ねて起き上がり、武器を構える。

やっぱり、こうなるのか。

まあ、でも、いいや。

それならそれで。

返してよ。

ねえ。

第5章　廻る君を祈る

See you again even if you metamorphose.

夜明けと共に中央塔広場に集まった。

リリグリムは少し眠そうに目を擦っていたが、ヴァルプが頭を撫でると嬉しそうに背筋を伸ばした。その様子を眺めていたエリカがとても優しい目をしていたのだけれど、シオンが見ていることに気がつくと、月が雲隠れするように表情をすんと落ち着かせてしまった。

「行こう」

一層に下りても、特に変わった景色はなかった。

いつも通り、新米冒険者を欺くかのような美しい新緑の森が広がっている。普段だったらここは強く警戒しないで通過してしまうのだけど、覚醒種の行動は読めない。以前、襲撃された時は二層に近い深部だったが、今もあの廃街地域にいるとは限らない。この瞬間にその森から飛び出してきたっておかしくはないのだ。

念には念を入れて、戦闘時の陣形で移動することにした。ノーランドを先頭にシオンが続き、リリグリム、ヴァルプ、エリカの三人は最後尾から来る。森は静かだった。何度か新緑地域を縄張りにしている魔物との戦闘はあったものの、いつもよりは少なかった。

疲労は少なく、森を抜けて——血の海に出た。

むせ返るような血腥い空気が、風に乗って鼻の奥まで入り込んでくる。

新緑地域と廃街地域、その境目から少し歩いたところに、現場はあった。

「……ネヴィル、グレゴリ」

呼びかけても返事はない。あるわけもない。

真っ赤な血の花が花弁を広げているその中心に、二人の骸は転がっていた。

二人とも防具や衣服を剝ぎ取られ全裸で、真っ赤な自身の血で体を彩っている。弄ばれたのだろうか。首から上は二人とも千切れて転がっていて、手や足、胴体も、くっついているところを探す方が難しい。

おかしい。

もう一人、フェリックスは——。

「——シオン！」

叫び声で我に返った。

飛び退いた瞬間、足元に投げつけられたナイフが突き刺さる。

「囲まれてる！」

返事でもするように、前後左右、全ての方向からゴブリンが姿を見せた。

彼らは石ナイフではなく、冒険者の装備を剝ぎ取って装備していた。ネヴィルのナイフやフェリックスの剣——背に担いでいる大剣ではなく、予備の短剣だが——を持っているやつもいる。やはり、フェリックスも骸は見えないが死んでいるのか。彼がゴブリンに後れを取るとも思えないが、酔っ払っていて足元を掬われたのか。

フェリックスの短剣を持っているゴブリンがこの群れのリーダーらしい。グギャグギャと汚い声と身振りで指示を出すと、やつらは一匹が突出することなく、ジリジリと包囲を狭めてくる。明らかに戦闘に慣れている。まだ森との境目だ。深部でもないのに、どうしてこんなゴブリンがいるんだ。

相対して円陣を組み、最も防具の薄いエリカを中心に守る。それでも、まともに攻撃を受けられるのは北の位置にいるノーランドと、南側に立ったシオンだけだ。ヴァルプは近接戦闘はできないし、リリグリムも正面切って戦うのは無理だ。

汗が頬を伝う。まずい。なんとかしないと、手がつけられなくなる。

あと五歩もすれば、ゴブリンたちの間合いだ。なんでもできるようになってしまう。あと四歩。それよりも前に、突破をしかける？　駄目だ。どの方向に行ったって、ヴァルプかリリグリム、どちらかが落ちる。あと三歩。ヴァルプの魔法で先手を打つと言っても、ヴァルプもうこの距離だ。幾ら詠唱の短いヴァルプの魔法でも、ゴブリンが近づく方が速い。あと二歩。

あと、一歩――。

「シオン！」

と、唐突に叫んだのはノーランドだった。

「随分と元気のいいお客様たちだ。七色の輝きでお出迎えしてあげようと思うんだが、どうだい！」

「……!!　みんな、目を閉じて屈(かが)んで！」

エリカは何が何だかわからなかったかもしれないが、ヴァルプとリリグリムはすぐにピンと来ただろう。

しばらく見ていなかったけれど、忘れるわけもない、あの光。

「最前席で見たまえ、ゴブリンたち！『誘魔の光(ルアーフラッシュ)』！」

背を向けていたシオンは目を閉じなかった。屈んで光の通路だけを確保して、ゴブリンに浴びせられたその七色を見た。過去に見た時よりも更に強烈に、苛烈に、鬱陶しく、今まさに輝いているだろうノーランドの体を纏(まと)う光が、森を貫く。

「グギッ!?」

ゴブリンたちの悲鳴なのか、驚きの声なのか、区別の付かない叫び声が上がる。ノーランドから一番距離の遠いシオンの目の前のゴブリンでさえ、両手で目を押さえているのだ。至近距離で食らったゴブリンはたまったものじゃないだろう。

「全員、ノーランドの方に突破して！　前の廃墟(はいきょ)の中に！」

一方、目を瞑(つぶ)った自分たちは余裕で動ける。

攻撃してしまえばいい気もするが、所詮は目くらましだ。目前のゴブリンはもうほとんど視力を取り戻しかけている。他のゴブリンたちもすぐに続くだろう。

「グギャ……!?」

目の前のゴブリンに投げつけた石は、ものの見事に顔面に命中した。体勢を崩したゴブリンがすっ転んで、やっと少し余裕ができる。

反転して前を向くと、ノーランドが盾撃(バッシュ)で前方のゴブリンを吹っ飛ばしたところだった。更に空中にいる間にゴブリンに追撃がかかり、ヴァルプの紅焔(ブレイズ)で炎上する。火だるまになったゴブリンが、地面を転がってのたうち回る。死んだかはわからないが、戦闘には復帰できないだろう。あと三匹。

廃墟は近づいて見ると結構大きなものだった。柱がしっかりと幾つも残っていて、屋根もある。ノーランドから順に到着し、彼は入口で立ち止まってこちらを振り返る。言わなくてもやるべきことをわかってくれている白騎士は頼りになる。

反転したノーランドは、シオンが転ばせた一匹よりも、先行して追いかけてきている二匹に突撃した。「うっひょおおおおおおう♥」という喜色を帯びた雄叫(おたけ)びはいつだって聞くに堪えないけれど、四の五の言っていられない。

シオンもすれ違いになって、援護に回ろうとした瞬間に――世界が揺れた。

ゴリと、後頭部から鈍い音が響く。

衝撃に視界が一瞬暗転しかけて、なんとか意識は踏みとどまらせたけれど、足元はそうはいかなかった。頭から飛び込むように、足がもつれて転んでしまう。近くにさっき投げた物によく似た石が転がってきた。血が付いている。これが当たったのか。くそ。やり返された。

　ということは、まずい。

「グギャア！」

　体を起こして振り返った瞬間に、もうゴブリンが飛び込んできていた。

　せっかく起きかけていたというのに、組み付かれてそのまま押し倒される。馬乗りになったゴブリンが右手を振り下ろしてくる。腕でかろうじて防いだけれど、衝撃は貫通して頭を揺らす。ガツン、ガツン、ガツン、と右と左を交互にではなく、やたらめったらにゴブリンは拳を振り下ろしてくる。さっき転ばせた時に武器を落としたのか、素手だったのは幸いだったが、痛いものは痛い。両腕でガードしても意味がない。何度も、何度も、世界が揺れる。殴られる度に白く視界が瞬く。

　堪らず無理矢理に殴り返そうとしたのがまずかった。マウントを取られて殴り返したところでそう当たるわけもないし、何より、ガードが空いてしまう。右側の視界いっぱいにゴブリンの拳が近づいて、目を閉じた瞬間に今までと比べものにならない衝撃が襲った。痛いと感じる以上に、視界がぼんやりとして、意識が浮ついた。勢いのままに後頭部が地面に叩きつけられる。駄目だとわかっているのに、力が抜ける。

　にやついたゴブリンの顔が、遠く見える。

「――シオン！」

　霞む視界の中で、フルスイングされた棒――エリカの杖だ――が顔面に直撃して、ゴブリンが転がり落ちるのが見えた。

「立って！」

「……ごめん、力が」

入らない。頭を殴られたせいか、平衡感覚が滅茶苦茶になっていて、幾ら力もうと骨が抜けてしまったみたいに足に力が伝わっていかない。

「もう……！　リリ、足止めして！」

「ぴゃい！」

頭上をリリグリムのナイフが飛び始めると同時に、首根っこを摑まれて、地面に仰向けで寝たまま引きずられた。「……重い！」と呻くエリカの声を聞きながら、視界が変わっていく様を眺めていた。森の木々と空が見えなくなり、廃墟の薄汚れた天井に変わる。

「じっとして！」

心臓が早鐘を打って脈打つ度、ズキズキと頭が痛む。顔に触れようと手を上げたら、エリカにはたき落とされた。もう少し優しくしてくれたっていいような気はするけれど、よく見ると手が血と土でベトベトだった。

エリカの両手が頭上に翳されて、すらりと伸びた白い指がよく見える。

「《其は汝、うつろう魂源より、在りし君を描け》――『回癒』」

自然と目蓋を閉じていた。

目を閉じて太陽を見た時のような温もりがじんわりと染み込んでくる。息を深く吸って、ゆっくりと吐く。その度に痛みが引いていく。十回繰り返す頃には痛みはなくなり、殴られ過ぎてぼんやりとしていた頭もはっきりしてきた。

「平気？」

目を開けると、エリカの顔が飛び込んでくる。筋の通った鼻と、小さいけれど弾けそうな唇。普段は少しきつい印象のある瞳も、今は柔らかくこちらを見下ろしている。

「……大丈夫」

「ならさっさと戻って！　リリ！」

そうだ、リリグリム。

手を取って立ち上がらせてもらい、側に落としていた剣を拾う。あのゴブリンはまだ生きていた。エリカの杖でぶん殴られて出た鼻血が顔中を汚しているが、まだピンピンとしてリリグリムに襲いかかっている。リリグリムは防戦一方のようで、攻撃を受けることなく、最近覚えたばかりの兎のように跳ねる『脱兎』を使って攻撃を回避していた。

ヴァルプが援護しようとしているが、動きが激し過ぎて無理なのだろう。的を絞れないでいる。ノーランドとはわけが違う。リリグリムに魔法を当てるわけにはいかない。ノーランドの方は二匹を引きつけて戦ってくれていた。

「ヴァルプ！　こっちは任せて！」

「うるせえ！　てめえがやられてっからリリがあーなってんだろうが！」

それはその通りだ。弁解の余地もない。

「リリ！」

声に気づいたリリグリムがバックステップで引いてくる。脱兎（ラビットステップ）は常に跳ね回るから体力の消費が激しい。本来なら一瞬の回避に使うための技を無理矢理に連続で使って耐えていたリリグリムは、ひゅうひゅうと息も絶え絶えだった。

ゴブリンはリリグリムの投げたナイフを拾っていた。それでも、こっちの剣の方がリーチは遥（はる）かに長い。

踏み込まれない一定の距離を保って、ゴブリンを牽制（けんせい）する。意識が他に向かないよう攻撃の手は緩めず、集中して隙を突く。シオンの剣に一撃必殺の威力はない。魔法にだってない。だったら、集中して、ネチネチと、相手の隙を咎（とが）めていく。隙を狙ったところで攻撃は決まらないけれど、精神的には疲労させることができている……はずだ。そうあってほしい。

「……グギ!?」

ネチっこい攻撃に効果があったというより、ゴブリンはリリグリムに翻弄されてもう体力が底を突きかけていたのだろう。右から薙（な）いだ一振りを上体を反らして避（よ）けた瞬間に、バランスを崩した。——ここだ。攻めるところは、攻める。

薙いだ剣を止めることなくそのまま振り抜いて、体を一回転させる。

左足を大きく踏み込む。

遠心力のまま、ほとんど何かを投げるような体勢で剣を振り抜いた。

幾ら非力でも、これだけ勢いがあれば話は違う。苦し紛れに出したゴブリンのナイフを弾き飛ばし、振り抜いた剣はゴブリンの顔面を叩き斬っていた。飛び散った血がゴブリンの緑色の肌を汚し、ゴブリンはそのまま仰向けに息絶えた。

ゴブリンの肉を裂いて頭蓋を砕いた、鈍い感触が手に残っていた。視線を向けると、ノーランドが引きつけていた二匹のゴブリンもヴァルプが魔法で仕留めていた。炎上し火の玉になったゴブリン二匹が地面に転がり、更にそこに一発、二発と追い打ちがかかる。

どうなることかと思ったが、なんとか乗り切ることができた。

「シオン！」

呼び声に振り向くと、エリカが廃墟の中から手招きしていた。側ではリリグリムがしんどそうに息を整えている。

「こっち」

奥に歩いて行くエリカに続くと、彼女が手招きした理由はすぐにわかった。

壁と崩れた柱の間。

外敵から姿を隠すように、血まみれのフェリックスが横たわっていた。彼は防具を着けたままだったが、腹部の装備は貫かれ、そこからの出血が最も夥しかった。

こんなの、ゴブリンとの戦闘でできる傷じゃない。

「……三人、まとめて埋めよう」

「こんなやつらに、そんなことする必要ある？」

冗談で言っているわけではないのだろう。

エリカは強い視線で、どうなのか、と問いかけてきていた。

「言いたいことはわかる。だから、君に彼らを送ってほしいとは言わない。言うつもりもない。……でも、野ざらしにしたら、寝覚めは悪いよ」

「……………おい…………勝手に殺すな……クズ」

驚きで肩が跳ね上がった。

聞き間違いではない。

視線を落とすと、死んだと思っていたフェリックスの目が薄らと開いている。

「……早く、俺を………回復しろ。……また……来る」

「ゴブリンなら、もう倒したよ」

「…………ちげぇ」

血反吐混じりにむせながら、血走った目でフェリックスは虚空を睨んだ。

「……そいつらは…………あれから……逃げた……だけだ……」

あれ？　とエリカが聞き返した瞬間に、轟音が頭上に鳴り響いた。

廃墟の奥にいたシオンたちと、入口付近にいたヴァルプたち、そのちょうど中央の位置だった。崩落した天井が瓦礫となって積み上がる。パラパラと零れ落ちる欠片と煙が、日差しの中で舞っている。

黒い、影だ。

一瞬、人間の、それも少女の影のようにも見えた気がしたが、気のせいだった。

日だまりの中心に、影が立っている。ゴブリンらしい緑色の肌はもうどこにも見えず、全身が黒く染まっている。禍々しい黒いもやが全身を包んで、大きさはゴブリンのものだけれど、あの夜に見た時よりも遥かに大きくなっているように感じてしまう。

そして腕の先には、夜を集めて尖らせたような鋭い爪が伸びている。

ア、ア、ア、と。

金属を引っかいたような気色の悪い響きの声が、影から漏れる。

赤く赫々と輝く瞳が、こちらを見た。

「……カエシテ」

――覚醒種『奪還者』。

「返せるものは何もないが、ボクと踊ろうか！」

やつの視線がシオンから外れる。瓦礫の山からひとっ飛びで地面に降りた『奪還者』は、向かってくるノーランドと対峙する。ここまでは事前に話していた通りだ。とにもかくにも、覚醒種と出会ったらまずノーランドが注意を引く。

その間に――。

配置につく、という考えが吹き飛ぶ一発だった。

近づくノーランドを『奪還者』が盾の上から一発殴っただけ。そう見えた。

吹っ飛んだ。

なんだかんだでゴブリン数体を引きつけていたりして、白騎士としての能力は十分なノーランドが、打撃一発で上体を崩され、衝撃を抑えきれずに吹っ飛ばされた。

しっかりガードはしていたから、ダメージはなかったらしい。ノーランドはすぐに立ち上がったものの、驚きを隠せないでいた。

「君、本当にゴブリンかい？」

「……カエセ」

響いた声だけが残って、姿が消える。

真っ黒な、影としか言いようのない姿。黒い体が揺らいで、廃墟の影の中に紛れていく。

やっぱり、目の前にいるはずなのに、見えなくなる。

「――ノーランド！」

彼が意図を汲んでくれなければ終わっていた。

誘魔の光の光が周囲の影を吹き飛ばす。

ノーランドの背後に回り込んでいたやつの姿が、光にくり抜かれて現れる。

間一髪で振り返ったノーランドの盾が、カエセカエセカエセと、波紋のような声と共に滅多打ちにされている。盾がひしゃげてしまいそうな重い打撃音が廃墟に響く。やつはもうゴブリンの見た目をしていないが、身長は変わっていない。さっきは下から上に掬い上げられるように殴られたから、ノーランドも簡単に飛んでしまったらしい。今度は腰を落とし、全身全霊で受けに回っている。

「嗚呼……♥　いいねいいねいいねいいね……！」と、『奪還者』のカエセの連呼に応えるように、ノーランドも吠(ほ)えた。「最高だ！　盾ではなく、直接一発頂戴したいくらいさ！」

「馬鹿言ってないで！」

いやもう本当に馬鹿なことはやめてほしい。

打撃音のような音が響いているが、やつが叩(たた)きつけているのは刀身のように鋭利な爪だ。あんなものをまともに受けたらノーランドだってひとたまりもない。

「……カエセ」

また、やつの姿が消える。

「ノーランド！　ここじゃ駄目だ！」

「なるほど、確かに立派な住まいだ。家の中で暴れては失礼というものだね」

ノーランドを殿(しんがり)に、一気に全員で廃墟の外に飛び出して、木陰から距離を取って太陽に照らされた場所で陣形を整える。

離れたノーランドが最後に振り返ると、廃墟の入口から染み出るように、影が溢(あふ)れた。

一歩、二歩とやつが歩く度に、足元から影が輪郭を伴って姿を得ていく。黒い憎悪の塊が、揺らぎながらそこに立っている。

「……カエセ」

「――リリ、だって」

その声は、ノーランドから聞こえた。

いつの間に影潜み(ダイブ)をしていたのか、リリグリムが彼の背後から飛び出していた。

「……あなたに、返してほしい……！」

「よく言ったじゃねえか、リリ！」

リリグリムは左から、ヴァルプは右から。

放たれた大量のナイフと、空気を焦がして紅焔(フレイズ)が宙を走る。

「……チッ」

結果は、ヴァルプの舌打ちが全てだった。

ヴァルプの魔法も、リリグリムのナイフも、やつを確かに直撃したはずだった。けれど、ナイフは本物の影を刺したようにすり抜け、魔法すらも手応えなく、揺らぐ影の中に取り込まれるように消えてしまった。

「――っと！」

「……カエセ」

やつは攻撃した二人を一顧だにすることなく、またノーランドの盾に爪を叩き込み始める。

行く当てのない、積もり積もった恨み全てを叩きつけるように。

「おっと……こ、これは、まずいかもしれない……ね？」

ノーランドの表情から余裕が消えていた。

ガツンガツンと殴られているノーランドの盾から響く音が、少しずつ変わっている。鈍い音から、軋むような音が混ざる。何かの欠片がノーランドの側を舞う。『奪還者』の打撃が強過ぎて、盾が少しずつ欠けている。あのままじゃ駄目だ。

「エリカ！」

頷いた彼女が詠唱に入ったのを見て、一気に『奪還者』との距離を詰めた。

ナイフも駄目。

魔法も駄目。

盾はもう限界。

だったら、あとはもうこれしかない。

ヴァルプやリリグリムからの攻撃も続いていて、やつはノーランドを含めた彼ら三人に気を取られている。

影、としか表現しようのない漆黒の体に、輝きは見えていなかった。けれど、その全身を覆うように黒いもやが見えている。たぶん、これが普段は輝いて見えているのだ。それが覚醒するということなのかは知らないが、『奪還者』のそれはドス黒く染まっている。

やつの背面、あと一歩踏み出せば攻撃のできる位置にたどり着いた瞬間に——光が射した。

「《君よ魂源を忘るなかれ》——『追憶』！」

エリカの凛とした詠唱が響いて、一条の光が導かれる。

脳天から股下までを貫くように射した一筋の光輝が、『奪還者』の全身を覆っていた黒い靄(もや)を貫いた。

やつの動きが、止まる。

――見つけた。

曇天の夜空から、雲が割れて星が瞬くように。

影が晴れて、あの魂の輝きが確かに見えていた。

光を目がけて、斬るのではなく、体重を乗せて剣を突き出す――。

「――くっ!?」

突いた、と思った瞬間に、ずれた。

黒い影のような体の中に剣が埋まる。手応えはない。あの光が逃げたわけじゃない。やつが拘束を破って反転し、こちらに向いた分、位置がずれてしまった。ノーランドを襲っていたあの爪が、シオン目がけて空から落ちるように降ってくる。

踏み込んだ体を逃すことなんてできなかった。

かろうじて腕を上げて防御することはできたけれど、衝撃に骨がひしゃげる音が頭まで伝わってきた時には、地面を何度も転がりながら吹っ飛ばされている。これは、駄目だ。痛いのか、痛くないのかも、よくわからない。至近距離に踏み込んでいたから、爪に切り裂かれなかったことが不幸中の幸い――なんて、言えないくらいの状況だった。天地が何度もひっくり返って、目の前が真っ暗になる。うつ伏せに倒れているらしいことはわかるが、何も見えなかった。

草と、土と、血の臭いと味だけが全てだった。立ち上がらないと。そう思って腕を動かそうとした瞬間に、激痛で意識が飛びかけた。足も動かない。

「あんた、馬鹿なんじゃないの!? 何度も何度も……!」

回癒――と、唱える声が、遠く、水の中で聞く音のようにぼやけて聞こえた。

包むような温もりが体の中心から、末端に向かって伸びていく。何度経験しても言葉にし難い感覚だった。柔らかな波が体の内側を流れていって、バラバラに千切れた体が一つ一つ縫合されて、元に戻っていく。痛いような、くすぐったいような、気持ちいいような、不思議な心地だった。

腕も、脚も、動く。

ゆっくりと立ち上がる。

一瞬くらっとしたけれど、そんなことは言ってられない。

ノーランドの背中が見える。大きかった金色の盾が、砕かれ続けて随分小さくなってしまっている。

援護に行かないと――と駆け出そうとした瞬間に、腕を取られた。

「無闇にあんたが行ったとこで助けにならない。頭使いなさいよ」

「そんなこと言ってる場合じゃない! 早く――」

乾いた音と、頬を突き抜けるような痛みで、ようやく目の前にいる彼女の顔がまともに視界に入った。

泥の付いた顔で、けれど美しく、彼女は瞳で問いかけていた。

「頭は冷えた？」

「……ごめん」

「謝ってる暇があったら考えて。……見えなかったわけ？」と、エリカは焦燥の滲んだ声で言った。「あんたが見えるって言ってた、その、よくわかんない光」

「いや、見えた。見えたよ。見えたんだけど……避けられた」

「言っておくけど、『追憶』って結構魔力を使うから何回も使えないわよ」

もう何回も回復魔法も使ってもらっている。まだ多少の余力はあるだろうけれど、そう言って油断していたらあっという間になくなるのが魔力だ。数を撃って当たるまで、なんて作戦は選べない。

そもそも外す度にあんな攻撃を受けていたら、いつかは即死するだろう。さっきだって腕で防御できていなかったら頭が吹き飛んでいたかもしれない。そんな綱渡り、何回も繰り返すわけにはいかない。

「剣が通じてない。影みたいに手応えがなかった」

「どうすんのよ」

そんなこと、聞かれたって。

さっきの一撃だって普通のゴブリンならあれで仕留められていたはずだ。これまで、数は少ないけれど、あの特殊な感覚のタイミングは覚えている。――取った。そう思ったタイミングで避けられて、あまつさえぶん殴られて死にかけた。

どうする。

このまま、あの影に一方的に殴られ続けるのか。

……殴られる？

そうだ。確かに、あの影に「殴られている」のだ。こちらの攻撃は通っていないけど、やつの攻撃はあやふやな影なんかではなくて、確かにそこにある。今だってノーランドの盾に次から次へと襲いかかっている。

「おい！　クソシオン！　呑気に喋くってんじゃねえ！　あの変態もいつまでももたねえぞ！　さっさと止め刺せ！」

「避けられたんだ！　エリカの魔力の限りもあるから、何回もあれはできない！　それに、剣も通じてないのはヴァルプも見てただろ！」

「それは俺がどうにかしてやる」

ヴァルプの言葉とは思えないくらいに、落ち着いた声だった。

視線を向けると、ヴァルプは真っ直ぐにいつものように右手を伸ばして、けれど指を弾いて魔法を発動させることはなかった。

「俺の炎も効いてねえからな。そりゃ、影を燃やそうとしたって燃えるわけがねえが、あいつは全身が揺らいでるわけじゃねえ。あの爪みてえに固まってれば実体がある。……だったら、やることは一つだろ」

「一つって」

何なのかと問いかけようとした瞬間に、金属の砕ける音が響いた。

「……っ！　こいつは……流石のボクでもまずいね！」

ノーランドの盾はもうほとんど跡形もなく砕けて、残っているのは取っ手とその周辺の部分だけになってしまっていた。やつの攻撃は、そんなことはお構いなしに続いている。ノーランドは残った盾と籠手で防いでいるけれど、あれじゃサンドバッグだ。

「……躊躇してる余裕ねえな。――シオン！　三秒だ！」

ヴァルプはそう言って左手の指を三本立てた。

「揺らいでようが何だろうが、止めればそれまでだ！　三秒だけ俺が動きを止めてやるってんだよ！　早くしろ！」

エリカと顔を見合わせて、一度頷く。

どういう仕組みなのかはわからないが、ヴァルプの魔法の詠唱は早い。エリカの方が先行しなければタイミングが合わない。再びエリカが『追憶』の詠唱を始めたことを確認してから、ノーランドへの攻撃を続けるやつに接近する。

「陰の中ってのはよ、ひんやり涼しいもんだろうが」

ヴァルプが掲げたのは、黒い手袋をした左手だった。

口元に寄せて指先を噛み、口で手袋を外して地面に吐き捨てる。

露わになった素肌から、白い冷気が立ち昇っている。

「――《第一指》」

聞き慣れた詠唱の第一節を唱えた瞬間、ヴァルプの左目から血が流れ出す。

小さく舌打ちをしながらも、ヴァルプは拭うこともなく詠唱を続ける。拭う必要がないのだ。流れた血は頬を滑って地面へと落ちる前に、次から次へと凍りつき、赤い氷の花となって散っていく。

「お姉ちゃん!?」

これまで一度も聞いたことのないリリグリムの大声に、ヴァルプは軽く微笑んで応えた。

シオンは更に『奪還者』へ接近する。エリカの詠唱も最終節に入っている。ヴァルプは凍てつく左手の人差し指を伸ばし、射貫くようにやつを指し示す。

パリパリと。

空気が、張り詰めて、割れる音が聞こえる。

魔力の奔流が、ヴァルプの体を食い破るように渦巻き、人差し指の一点から弾けようとしていた。

「《解禁》。――『白凍』!」

「『追憶』!」

再び『奪還者』の背後までたどり着いた時、先に発動したのはエリカの追憶だった。

一条の光が空から下りて、やつの体を再び貫く。影の体を纏う黒いもやが晴れて、あの光が姿を見せる。

やつもさっきのことを覚えていたのだろう。振り返ろうとした体は——けれど、こちらを向くことはなかった。

ヴァルプの指先から放たれた魔力の奔流は空気の熱を奪い、足元の草を地面ごと凍らせて、一気に足元から『奪還者』に襲いかかる。炎を呑み込むように何のダメージも受けていなかった影の表層が、パキパキと乾いた音を立てて凍りついていく。動こうにも、揺らごうにも、氷の欠けた側から更に凍るからやつも身動きを取れていない。

揺らぐ影が、凍てつく透明の檻に囚われていた。

そしてあの輝きは、やつの体の中央で、まるで凍った星のように瞬いている。

「……何が、返せだよ」

奪ったのは、どっちだ。

「お前が、返せ」

剣を両手で強く握る。駆け寄った勢いを左足の踏み込みに乗せて、剣というよりも槍を扱うように、全身全霊で突き出した。

あの光を目がけて。

氷に触れた切っ先から、硬い感触が返ってくる。一層力を込めると、滑るように剣が入り込み——そのまま真っ直ぐ、輝きを貫いた。

うめき声も、何も、なかった。

音もなく、その一瞬はやけに静かだった。

穿(うが)たれた光が弾けて、『奪還者』を覆っていた黒いもやをかき消すように吹き飛ばしていた。魔法が解けて、氷が砕ける。自重を支えられなくなったやつが倒れてくる。音もなく倒れる影の体。目の前に、やつの頭があった。仰向(あおむ)けに倒れたまま天を仰ぐ。黒い影の中に埋もれていた瞳が顔を覗(のぞ)かせると、それはまるで、人間のような眼差(まなざ)しをしていた。

まだ、何かを求めるように。

それはゆっくりと頭上に手を伸ばす。

「……………シェイ……メン……………ネ……」

事切れた手が力なく地面に落ちて、『奪還者』は瞳を閉じた。

もう、ゴブリンだった面影もない黒い影が、塊となってそこに横たわっているだけだった。

「シオン」

エリカの声で、無意識に横たわる遺骸に剣を向けていたことに気がついた。

一歩右にずれて場所を譲ると、エリカは頷(うなず)いて前に出た。

そうだ。

そのために、この魔物を殺したのだ。

杖(つえ)を構え、エリカはそっと目を瞑(つぶ)った。

——その姿に、どうしても、彼女の姿が重なって見えた。

エリカは細く長く息を吐いた。遠く彼方まで響く口笛のような掠れる吐息に、ゆっくりと言の葉が紡がれる。

囁きは形になり、言葉となって祈りを示し、葬送が始まった。

「《其は魔にあらず、無にもあらず》」

杖を振り、赤毛を広がらせながら、彼女が舞う。

踊りと呼ぶほど派手なものじゃない。風を扇ぎ、彷徨う何かを送り出すように、柔らかな仕草で振られた杖が空を撫でる。

「《檻にて眠る根源へ、光は流転を誘う》」

魔力が光の奔流を生む。光が杖の軌跡となって、幾つもの弧線が重なっていく。

詠唱が進む。光が積もる。幾重にも描かれた光の束は、粒子となって砕け散り、星のように降り注ぐ。

砕けた星が、光の海となって『奪還者』の体を覆っていく。

影の体を、灯りに包んで解くように。

やつの体が少しずつ、少しずつ、瞬きの中で魔力の粒子となって崩れていく。

「《在りし君を忘れ、廻る君を祈る》」

もう、詠唱が終わる。

エリカの舞に送られるように、影の体が光の中に溶けていく。

顔も知らない。
名前も知らない。
――かつて人だった、誰か。
けれど、確かにそこにあった命が、彼女の杖に導かれて、送られていく。
遠く、遠く。
「『葬送』」
さようなら。
囁いたエリカの瞳から、一雫、涙が零れ落ちた。
それは、光の最後のひとかけらのようだった。
「……約束、守ったよ」
空に昇る光に乗せて。
誰にも聞こえないように、小さく呟く。
どうせ、聞いてほしい人には届かないから。
空に還る光は、絶対に果たさなければいけなかった、彼女が残した約束の証しだった。
「……守った、けどさ」
爪の食い込む掌は、こんなにも痛むのに、空っぽで。
果たせば、何かが残ると。
そう思っていたけれど。

どうしても、光の中に探してしまう。

ただ君が、そこにいてほしかった。

葬送を終えて、最初にしたのは大の字に倒れていたヴァルプの治療だった。

自分のせいだとぴゃーぴゃー泣いているリリグリムを落ち着かせて、エリカが回復魔法を施すと、ヴァルプはあっさりと体を起こし「……わりぃな」と頭を掻いた。

「驚いた。人に感謝する言葉も知ってたのね」

「……お前、俺と喧嘩したくてしょうがねえのか？」

あァ？　といつものように威嚇する前に、上体を起こした彼女の元にリリグリムが「おねえちゃぁあん！」と飛び込んでしまったので、エリカもヴァルプももう苦笑いするしかなかった。

ヴァルプは薄く微笑みながら、右手でリリグリムの白い髪を撫でつける。いつもそんな表情をしていればいいのにと思ってしまう。

「どうしたんだよ、リリ。これじゃまるで一度死んだみてえだ」

「だっひぇ……お姉ちゃん、リリの……せいで……」

「お前の『せい』じゃねえよ」ポン、とヴァルプはリリの頭を叩いた。「お前の『おかげ』

だ。俺が弱えからこうなってるだけだ」

ありがとな、とヴァルプがもう一度優しく頭を叩くと、堰を切ったようにリリグリムは泣き出した。彼女が落ち着くまで、ヴァルプは赤子をあやすように何度も何度も背中を撫でていた。

しばらくして、冷静さを取り戻したリリグリムは戦闘中に投げたナイフを拾い集めに向かった。その時を待っていたらしい。ヴァルプの側を彼女が離れた瞬間に、「ちょっと、ヴァルプ」とエリカが詰め寄った。顔には厳しい表情が張り付いている。

「んだよ」

「あァ?」

「……一度死んだ。それ、冗談になってないわよ」

「どういう仕組みだかわからないけど、その」とヴァルプの左手を指差す。今はまた黒い手袋がはめられている。「左手。それしてないと魔力が垂れ流しになるくらい、自分でも制御できてないんでしょ」

「とびっきりのが撃てるんだからいいじゃねえか」

「制御できない魔力を込めた魔法なんて、いつ術者が死んでもおかしくないわ」

「俺は死なねえよ。この魔法じゃ、死なねえ」

そう言ったヴァルプの視線は、ほんの一瞬、遠くでナイフを拾っているリリグリムに向けられていた。

「つーかよ。俺以上にくたばりかけてるのがあそこにいるけど、どーすんだよ。見殺しにすんのか？　俺は大賛成だけどよ」

「見殺しなんて人聞きの悪いこと言わないでくれる？　助ける理由がないでしょ」

そう言ってエリカが視線を送った廃墟の入口では、自分で這って外に出てきたフェリックスが崩れた柱に背を預けていた。体力を消耗しないために、最低限の呼吸で浅く息を吸って吐きながら、薄らと開けた目でエリカを睨んでいる。

つくづく面倒くさそうにため息をついてから、エリカは彼に近づいていった。

小石を蹴るように、つま先で彼の足を突く。

「生きてんの？」

「…………死ぬか……クソが。……早く、回復しろ。それがお前の…………役目だろ」

「あら？」と底意地の悪い、けれどとびっきりに美しい笑顔でエリカは笑った。「あんた、言ってたじゃない？　私は金で買えるクソ売女……なんでしょ？　だったら、言うことあるんじゃない？」

「……てめぇ」

「やだ」とまた意地悪く笑う。今度はくすくすと嘲笑するように。「別に謝罪なんて必要ないわよ。そんなもの、私は要らないの。お腹も膨れなければ、財布も膨らまない。クソの役にも立たないわ、あんたみたいなクズの言葉なんてね」

エリカは右の掌をフェリックスに差し出した。

その瞬間だけを切り抜いたのなら、倒れた人に手を差し伸べているようにも見えたかもしれないが、そんなわけもない。

「ほら」と。

もう声は笑っていなかった。

「で、私に幾ら出すの？　回復魔法、かけてほしいんでしょ？　だったら……私が私の生き方に値段をつけてきたように、あんたも自分の命に値段をつけてみなさいよ」

ほら、と催促するように右手が振られる。

「…………銀貨一枚」

「はあ？　じゃ、いいわ。シオン。これ、もう死んだみたいだから」

「おい……！　クソが……金貨……金貨だ。…………金貨一枚。それで、どうだ」

「ねえ」

エリカはわざとらしくこちらを見た。

「シオン。あんた、私を幾らでパーティに勧誘したんだっけ？」

「……金貨一〇〇枚だけど」

「そうだったわよね。じゃ、もう行きましょ」

エリカはシオンの手を取り、ぐいぐいと引っぱって行こうとする。その足取りに躊躇(ちゅうちょ)するような気配は一切なかった。

「おい……！　ま……まて……！　クソ……！　シオン――!!」

最後の力を振り絞ったフェリックスは、エリカではなくシオンの脚に縋り付いていた。でも、もうそれで気力を使い果たしたのだろう。普通に歩けば振りほどけて、その手は地に落ちる。そうとわかるほどの握力でしか、彼は足を摑めていなかった。

「…………わかっ……た」

今にも消えそうな細い呼吸に乗せて、彼はそう言葉を絞り出した。

「何が？」

立ち止まったエリカが、これが最後だと、言葉にはせずに声音で示す。

「……金貨…………一〇〇枚。耳揃えて……払う。……だから……助けてくれ」

死にたくねぇ、と。

フェリックスが囁いた震える声が、嫌に耳に響いて聞こえた。

エリカも同じだったのかはわからない。目を瞑り、何かを振り払うように首を振って、ゆっくりと深呼吸した。こんな命は救えるのに、と。彼女が小さく、自分にすら届かないように囁いた声は、隣にいたシオンには聞こえてしまっていた。

「金に換わる……しけた命ね」

私も同類か、と。

フェリックスに回復魔法を施しながら、自嘲するように彼女は笑った。

廻る■■の断章5

See you again
even if you metamorphose.

■■■■は頬に触れるざらざらとした感触に目を覚ました。
ゆっくりと目を開ける。

はっはっはっとピンク色の長い舌を眼前で大迫力に揺らして、朝の役目を果たしたシェイドがいる。短い毛の生え揃った、おでこの固い感触が気持ちいいところを二度、三度と撫(な)でてやると、満足げにシェイドはウォウと小さく吠(ほ)えた。

嫌な夢を見ていた気がする。

酷(ひど)く。

辛(つら)く。

暗い。

嫌な、夢を。

触れてみると背中にびっしょりと汗をかいている。どうも疲れている。一日中走ったことなんてないのだけれど、きっと外を駆け回り続けたらこんな疲労をするのだろうと思った。外。……そうだ、森。暗い森の中にいたのだ。日の光なんてどこにもない、地の底のような真っ暗な森の中に。夢の中で。夢？　わからない。でも、夢だろう。夢でしかあり得ない。それなのに、気味が悪いくらいに草木の感触や、土の香り、空の色を覚えている。

まるでこの手で、この鼻で、この目で感じたことのように。

……この手？

この手、だっただろうか。

違う。……違う。違った。あの世界で、■■■■は別の命だった。異なる在り方をしていた。確かに自分だったけれど、■■■■だったけれど、自分ではなかった。だって、あんなに走り回れるわけがない。あんな風に緑色の肌だって、していない。日に焼けたことのない、焼けることのできない、真っ白で、大嫌いな薄い肌。それが■■■■の体だ。でも、覚えている。あんな風に生きることを望んだのだ。そうだ。何かを探していた。何かを。忘れてはいけない、失ってはいけない、大切なものを。

ウォウと吠える声が聞こえた。

「……シェイド」

知らず、涙が溢れていた。

おかしいな、さっき起きたばかりの時はこんなことはなかったのに。いつもの朝で、いつものようにシェイドに起こされ、いつものようにもうやめてよなんて言って渋々目を覚ます。それだけのことだったはずなのに、涙が止まらない。シェイドの黒く柔らかい体に顔を埋める。どうしてだろう。彼を抱きしめるほど、涙が溢れてくる。

コンコン、と。

ノックする音が聞こえて、扉が開く。

「どうしたんだい――ルーシー」

「……ルー……シー？」

だれ、だっけ？

泣いているルーシーを見て、父の隣に立っていた母が近寄ってくる。

袖で涙を拭ってくれる。どうしたの、と尋ねられる。どうしたのだろうと自分でも思う。

ルーシー。ルーシー。……ルーシー。そうだ。それが自分の名前なのに、今の今まで忘れてしまっていた気がする。ルーシーでない自分は、一体何者だったというのだろう。

「……なんでもないの。ちょっと……ううん。酷く、嫌な夢を見て」

「夢か」

「……怖い夢だったのね」

そう言って母に頭を抱きかかえられる。母の指が、柔らかく髪の毛を梳いていく。もうそんなことをしてもらうような子どもじゃないというのに、どうしてだろう。懐かしくて、その手を止めることはできなかった。

さっきから、どうしてだろう、と思うことばかりだ。

「ルーシー」と父は微笑んだ。「今日は、お客様が来ているんだ」

胸の中で心臓が跳ねた。

今にも壊れてしまいそうなくらいに早鐘を打ち出す。お客様？　違う。でっぷりとした醜い体と、蛙のような顔。やつらがそんな歓迎されるような者なわけがない。駄目だ。そうでないと、父も、母も、シェイドも。みんな■されてしまう。■サレテ。ダカラ……■■■■ハ、■サナイト——。

「——ルーシー」

優しい声に、呼び戻された。

何処とも知れない、手招きする、深く暗いところに呑まれてしまう前に。

「もう、いいんだよ」

もう、いい？

もういいって、そんなわけない。いいわけない。いいわけないいじゃないか。

「お父さ——」

呼びかけた言葉は、途中で途切れた。

父が扉の前から一歩横にずれて道を開ける。

そこにいたのは、真っ白な天使だった。そう見えた。純白の美しい装いをしていて、衣服には刺繍で花が描かれている。なんという花だろうか。見覚えはない。けれど、綺麗な花だ。

彼女はゆっくりと頭を下げた。赤毛がさらさらと静かに揺れた。小さな顔の中に、女の子なら誰もが憧れるような完璧な配置で目と鼻と口が置かれている。目は大きく、鼻は主張し過ぎることなくスッと通っていて、口は小さく可愛らしい。やっぱり、天使だ。もし、天使の絵を描きましょうと言われたのなら、きっと彼女を描く。そう思った。

彼女がベッドに近づいてくる。

杖を持っていない片手をルーシーに翳すと、温かな光が手から溢れて、ルーシーの体を優しく照らした。体も四肢も、隅々まで温もりに包まれていく。

「『――』」

その言葉は全く聞き取ることができなかった。

光が収まると、彼女は踵を返して部屋を出て行った。

扉は開かれたままだ。

「行こうか、ルーシー」

「行きましょう、ルーシー」

父と母が手を伸ばして促してくる。

彼女の見送りだろうか。そんなこと言われたって、自由に歩くこともできないこの足では――。

無理だと思ったことが、すんなりとできてしまった。

かかる毛布すら重く感じていた足が、ベッドサイドから当然のように出る。裸足の踵が部屋の堅い床を踏む。嘘か夢のように、体が軽い。まるで生まれてきた時からこうだったみたいに、思うままに体が動く。

信じられない。

まだ、夢を見ているのだろうか。

シェイドが吠えて、駆け出していく。

無意識に続いた手足が、思った通りに運んでくれる。踏み出した右足が床を蹴る。振った両手が風を切る。髪が靡く。少し先を走るシェイドの揺れる尻尾を追って、走ることができている。

嗚呼。

ずっと。

ずっと、こんな風にしたかった。

窓の外を彼に代わりに駆けてもらうのではなくて。一緒に、こうして、この世界を駆け抜けたかった。

外に出ると、あの赤毛の天使がいた。

シェイドは彼女の横を通り過ぎて、真っ直ぐに駆け抜けていく。ルーシーもその後に続く。見上げると、空は漆黒に染まっていた。思い出した。この空を。あの雨が。降り積もる雨が、あの日、全てを溶かしてしまったのだ。

「『――』」

言葉はわからずとも、声は聞こえた。

赤毛の天使が舞っている。杖を振り、光を纏い、あの空を晴らしていく。黒く厚い、泥のように空を覆っていた雲が割れ、白光に染まる。割れた雲間から一条の光が、真っ直ぐに足元に差し込んでくる。

空まで続く光の道だ。

シェイドが駆けていく。

その道には、光の粒が舞っている。

あり得ない夢のようなおかしな光景だというのに、温かで、優しくて。

きっと、この光の射す方へ駆けていけばいいのだ。

「お父さん、お母さん」

側に来ていた二人の手を取った。握り返してくる二人の手を、それよりも強い力で握り返す。もう離れてしまうことのないように。

「シェイド！」

ウォウと楽しげに吠えたシェイドの背中を追って、ルーシーは駆け出す。

光の中へ。

第6章　思い出になる前に

See you again
even if you metamorphose.

1

覚醒種『奪還者』を討伐した報酬は金貨一〇枚だった。シオン、ヴァルプ、リリグリム、ノーランド、そしてエリカ。五人で山分けにしたので、一人当たりの取り分は金貨二枚。この二枚に、命を張る価値があったのかと問われると、首を傾(かし)げたい気持ちもある。それほどあの覚醒種は強かった。別の目的がなかったのなら、二度とご免だというのが正直な気持ちだった。

金貨を受け取ると、エリカはパーティを離れた。

元々そういう契約だったからおかしなところはないのだけれど、本当にあっさりとエリカは離れていった。

「……で？　どーすんだよ、クソシオン」

数日間、それぞれに休養を取ってから再び集まった「自由の渇き(フリーダム)」で、一杯飲むなりヴァルプはそう切り出した。

「そのさ、クソっていうのやめない？　こっちも無駄に気分悪くなって、返事をする気もなくなるし」

「ボクならいつでも歓迎だよ！」

と、自ら望んでくるノーランドにはヴァルプは言わないのだ。キモいから。まあ、気持ちはわかるが、でもそんな冷たい目をしていたら結局同じだ。ほら。それはそれでいいネ！　とか言って身悶えしている。

『奪還者』との激しい戦闘の記憶があるからか、ノーランドは刺激を求めて体が疼くらしい。そんなことを耳元で囁いてくるから本当にキモいことこの上なかった。顔は格好いいというのに。

「……エリカ、お姉ちゃん……は？」

「エリカは」

その名前を出すと、記憶に蘇る景色があった。

白い葬送士の装束を舞と共に広げ、光を空へと送り、魂を還すあの景色が、鮮やかに浮かんでくる。――ただ。エリカの橙に近い薄い赤毛は、記憶の中で、必ず似ても似つかない青い長髪へと変わっていく。

彼女との約束は果たした。

どーすんだよ、というヴァルプの問いかけの意味はわかっている。

どこに潜るつもりなんだよ、とかそういう意味ではなくて。このパーティはこれからどうするのか。そういう問いかけだ。

始まりを作った者は去って。

残された約束も果たして。

もう、何も残ってはいない、のだけれど。

「あのさ。教会で言われたこと、覚えてる？」

「……教会？　もうあいつの魂は囚（とら）われてるから送る意味はねえって言ってきたクソジジイの話か？」

「そう。……だったらおれは、まだ冒険をやめられない」

覚醒種へと挑んだ時が嘘のように気を緩ませて、昼間から酒場でテーブルを囲んでいる三人を見回す。

「おれはさ、元々、昔一緒に組んでた仲間を送ろうと思ってたんだ」

アリスレインにしか話したことのなかった、アザール、エイプリル、シェリルのことを三人に話す。もちろん、おめおめと生き残ってしまった死に損ないの魔導剣士のことも。

彼らはかけがえのない仲間で。

そして同じように、それ以上に、彼女もまたかけがえのない仲間だった。

だったら——やるべきことは決まっている。

「おれと、一緒にパーティを続けてほしい」

辺りがしんと静まり返ったような気がした。もちろん、そんなわけはない。酒場はいつも通りの喧噪（けんそう）に満ちていて、そう感じてしまったのは自分が緊張していたからだ。思えば、誰かに自分からパーティを組みたいとお願いするのは初めてのことだった。

「クソシオン」ドン、と麦酒のジョッキをテーブルに置いて、頗る悪い目つきでヴァルプは睨む。初めて見た時はなんなんだと思ったけれど、今ならわかる。これはヴァルプなりの真剣な表情だ。「あいつのことも送りに行くってか？」

「そう言ったつもりだったけど？」

「一応言っておくが、シオン？」とノーランドが髪を掻き上げる。「ダンジョンに囚われた冒険者が、どこで魔物になっているかなんて誰にもわからない。一層かもしれないし、十層かもしれないし……まだ誰も到達していない人類未到達領域かもしれない。正直言って、無謀だよ？」

「冒険者なんて職業、そもそも無謀だよ。それにどうしても見つからないって言うなら」

ぎゅっと手を握って、彼女の語った夢の言葉を借りる。

「元凶の魔女を、ぶっ飛ばしてやればいいよ」

呆気に取られて固まったヴァルプとノーランドは、しばらくして顔を見合わせると、盛大に吹き出した。

「どうしたんだい、シオン」

「全然お前らしくねえが……悪くねえな」

「……リリは」片目を隠す前髪を片手できゅっと握りながら、リリグリムは囁いた。「……いいと、思う。それに……お姉ちゃん、魔物になっても……すぐ、わかりそう」

その囁きは、ある種の真理をついていたのだと思う。

きょとんとするリリグリムを横目に、「違いない」と珍しくこの三人の息が合ってしまったのだから。

誰とも知らず、笑いが零れて、堰を切ったように溢れた。

困ったことに本当に想像ができてしまう。

魔物になってもあれこれと救おうとし、人助け——いや、この場合は魔物助けだろうか——を彼女はしている。

そんな光景を、つい、思い描いてしまった。

わかっている。

そんなことは、あり得ない。

どんな冒険者も魔物と成り果てれば、記憶はなく、正気を失い、人を襲う。そう言われている。どれだけ清廉潔白な人間も、どれほど悪逆無道な人間も、死んで魔物となってしまえば皆同じ。それは彼女であっても変わらない。

美しい心も、汚れた骨も。命は等しい。

なら。

尚更、救い出したかった。

「……たっく。読みが外れちまったじゃねえか」

「読み？」

「おめえは冒険者やめると思ってたよ」とヴァルプが指差してくる。

隣のノーランドも頷(うなず)いている。

「おれが?」

「あいつとの約束で終わり。そうなると思ったから、スパッと金の切れ目が縁の切れ目になるやつを教えたのによ。意味なかったぜ」

「……ヴァルプってさ」

「んだよ」

「やっぱり、案外いいやつだよね。口は肥えたドブネズミのクソより悪いけど」

「あァ!?」

と、凄(すご)んだはいいものの「……うん。……お姉ちゃん……優しい、よ?」とリリグリムがにこにこと頷くものだから、ヴァルプはその勢いを失ってしまった。立ち上がりかけた腰をまた椅子に落として、頭を掻き、誤魔化すように麦酒を一気に飲む。

「……チッ。おい、クソシオン」

「何?　クソじゃないけど」

「何じゃねえよ」

また一つ舌打ちして、ヴァルプは人差し指を一本立てた。

「冒険を続けるのは構わねえ。でも、だったら一人……足りてねえだろ?」

◇

回復できるメンバーがいなければ、深層を攻略することなんてできるはずもない。

そして——葬送士がいなければ、送ることも、できない。

ヴァルプに言われるまでもなく、理解していたことだった。日が落ちるまで四人で飲んだくれてから（リリグリムは相変わらずミルクだけだ。酒はまだ早い）、一人であの酒場を訪れた。

彼女はいつも通り、定位置になっている酒場の奥のテーブルを利用していた。

カウンターで麦酒を二杯頼み、珍しくぼうっとして、木の実を手で遊ばせていた彼女の前に差し出す。こちらを見ずに麦酒を受け取ると、驚いた様子もなく早速口につけた。

……くぅ、と聞いているだけで美味しそうな余韻を残してジョッキから口を離し、ようやくエリカはシオンを見た。

「……もしかして、酔ってる？」

「あんでよ」

あ、間違いない、酔ってる。

普段の彼女がこんな呂律の回っていない返事をするはずがない。座れと促されて、向かいの席に着く。流石に顔が真っ赤とか、手元が覚束ないとか泥酔しているわけではなさそうだが、それでもいつもより酔っていることに変わりはない。

「やっと来たわね」

「おれが？　あれ……何か約束してたっけ？」

「こっちの話よ」

ふん、と彼女は鼻を鳴らした。

パンパンと軽く頰を叩くと、彼女の目にはいつもの意志のはっきりした光が宿った。

「で？　あんたこそ、何の用？」

「パーティに入ってほしいんだ」

飾っても仕方がない。単刀直入に切り出した。

彼女は驚いた様子もなく、目を数回瞬かせただけだった。

「前にも話したけど……エリカに入ってもらう前、アリスレインっていう葬送士と一緒に冒険してたんだ。魔女を倒して、全部の魔物の魂を葬送して救いたいなんていう……まあ、子どもでも言わないようなことを言うやつだったんだけどさ。……死んじゃって、魂はダンジョンに囚われた。たぶん、君は馬鹿じゃないのかって笑うと思う。でも、どこで魔物になっているかもわからないけど……おれは、彼女を救いたい。だから、またエリカに一緒に来てほしい。君に……送ってほしい」

「……他のメンバーはなんて言ってるわけ？」

「あいつなら魔物になってもすぐわかりそうだから見つけられる……って言ってる」

「あんただけが馬鹿なんじゃなくて、全員揃って馬鹿じゃない」

馬鹿ばっかりなのは知ってたけど、本当に馬鹿ばっかと彼女は笑った。

「でも、あんた、この前の金貨一〇〇枚ですかんぴんじゃないの?」

「違う。……いや、お金がないのはそうなんだけど」

今日はここに金の話をしに来たわけではなかった。

雇う、雇われるの話じゃない。

「君の助けがほしいのは事実なんだけど、傭兵として君に助けてほしいって意味じゃないんだ。今度は、一回限りの契約とかじゃなくて、パーティに入ってほしい。変な言い方だけど、本当の仲間になってほしい……って言えばいいのかな」

「……本当の仲間、ね」

くっさい言葉、と。

心の中で転がすように呟いてから、彼女は麦酒を一気に呷った。まだ結構残っていたが、息継ぎすることもなく飲み干す。

「あっ」

シオンの麦酒も奪って、彼女は一気に飲み干す。口元から溢れた麦酒が一雫、彼女の首筋を伝って服に染みていく。

「いいわよ」

ジョッキをテーブルに置くと同時に、立ち上がりながら彼女はそう言った。

「ただ、一つ条件があるけどね」

「……ここのお代くらいならどうにかなるけど」

「本当の仲間になるんじゃなかった？　あんたの言う『本当』って、麦酒で買えちゃうわけ？　随分お手頃ね」

「じゃあ」

「掃除」

「……そうじ？　掃除って、ゴミとか片付ける……？」

「それ以外に掃除って言葉があるわけないでしょ」

呆(あき)れたように彼女は目を細めた。

「紫電の面倒を見て掃除は得意だって言ってたじゃない」

「それは、まあ」

冒険をしながら、そんな話をした気もする。

「じゃ、それを見せなさいよ」と、最後に木の実を一つ口に放り込んでから、彼女は酒場の出口へと向かっていった。「私の家の掃除、手伝って」

酒場のお代を支払って、勢いよく宵の街を歩いて行く彼女の後に続く。

彼女の住居は第七区ではなく、住宅が並ぶ第五区にあった。多くの冒険者——シオンもそうだが——特に、まだあまり稼ぎのない者たちは、第七区で安宿を借りて住み続けることが多い。

第五区の家を買ったり借りることもできないわけではないが、大抵は深層に潜って安定した稼ぎを得られるようになってからが普通だ。低層の冒険者なんていつやめるかもわからないのだ。定住できる住み処を得たところで、すぐに用無しになっては意味がない。

　エリカは家を買ったのではなく、借りているようだった。以前に怪我を治療してあげた老人から、綺麗に保って生活することを条件に借りて、宿を借りるよりも遥かに安く住むことができているのだという。

　玄関の鍵を開け、彼女が中に入り魔石の灯りをつける。

　どんな惨状が広がっているのかと思ったら——全く汚れていなかった。

　綺麗過ぎて生活している気配が希薄なくらいだ。殺風景とすら言える。棚やテーブル、椅子、そういった最低限の家具はあるけれど、例えば花だとか、そういう生活を彩るようなものは一切ない。酒瓶でも転がっていれば冒険者の家らしかったのかもしれないが、そんな物も当然なかった。

「はい」

　と、渡されたコップには水が入っていた。

「……これ、掃除するところある？」

「私、葬送に意味なんて何もないと思ってた。……でも、よくわからなくなったわ」

唐突にそう切り出した彼女は、テーブルの端に体を預けて、同じように水を入れたコップに口をつけて、唇を湿らせた。

「話には聞いてたのよ。人の魂の宿った魔物を送ると……残滓を見るって」

「残滓？」

「その魔物が……魂が、記憶していた頃の景色とか、感情とか、そういうもの。あのゴブリンの覚醒種は……私たちより小さな女の子だった。それが本当なのかどうかもわからないけど。……あんなもの、見たくなかった」

「……それは、君がその子を救った証じゃないの？」

「救った？」自嘲するように彼女は笑った。「……ねえ、シオン。今、そこに羽虫が飛んでるでしょ？」

彼女が視線を送った先には、魔石の灯りに飛び込んで体当たりを繰り返す羽虫がいた。

「鬱陶しかったら潰して殺すわよね」

「まあ……そういう時もあるよ」

「その羽虫が、生まれ変わった人の魂を宿してたら、どうする？」

「そんなことは……」

「ない、なんて言い切れないでしょ。あんたは世界の真理を知ってるわけじゃない。知ってるのは神様か魔女だけ。その羽虫が、アリスレインだったら？　その羽虫じゃなかったとしても、もしかしたらもう昨日や一昨日に潰した虫だったかもしれないわよね」

そんなことがあるわけはない。

ダンジョンに魂が囚われ、魔物と成り果てるのは魔女の呪いがあるからだ。彼女の魂は囚われた。ダンジョンにいる。こんな地上にはいない。それは、間違いない。

でも。

彼女ではないにしても、その羽虫がどこかの誰かの生まれ変わった魂を宿している可能性を、誰が否定できるだろう。

死んだ後のことは誰にもわからない。死んでこの世に戻ってきた人なんてどこにもいない。地獄に落ちる。天に昇る。何かを信じることはできても、答えはない。

「……私ね、信じてなかったのよ。人だった魔物を相手に、一度も葬送なんてしたことがなかった。っていうか、ね。人が魔物になる。きっと心のどこかで、それ自体が嘘だと思ってたのよ。覚醒種だって、魔物が人の言葉を学習して話しているだけ。そう思う方が自然でしょ？　でも……あんなものを感じたら、そんなこと言えない。私が、これまでお金を稼ぐために潜って、殺して、魂の欠片さえ送りもしなかった魔物の中にも……人だった誰かがいたのかもしれない」

「それで、よくわからなくなった？」

こくりと、彼女は頷いた。

「……アリスレイン。その子、知ってるわ。思い出した。私の一つか二つ下の子だった。あんたの言ってた通り、葬送士の修行をしてる頃から魔物を全部救いたいとか滅茶苦茶なことを言って浮いてたから、覚えてる。馬鹿な子だなって、思ってた。……あの子、本当に片っ端から葬送してたの？」

「おれと潜ってた間は、そのはずだよ」

信じられない、と示すように彼女は首を横に振った。

「……凄い、って言っていいのかしらね。魔女の呪いに触れて自分の命を投げ出せることもそうだけど、もし、ああいう誰かの残滓をその度に彼女が感じていたのなら、私には正気の沙汰とは思えない。……少なくとも、私には誰も彼もを送るなんてことは絶対に無理。人の最期の思い出なんて、見たくもない」

彼女が何を見たのか、どんなことを感じたのか、わからない。

気にすることないよ、とか。

君はいいことをしたんだよ、とか。

だから思い詰めることはないよ、とか。

そんな言葉をかけることは、どうしても躊躇われた。

ふと、思い出す光景があった。

初めて、アリスレインと出会った時。

——さようなら。

と、彼女はらしくもない寂しげな表情で、そう囁いていた。

今のエリカと同じように、送る者にしか見えない景色を見つめて。

「だから……悪いけど、あんたに頼まれたとしても、葬送をしたいとは思えないかもしれない。さっきは仲間になってもいいって言ったけど、もし、絶対にその時が来たら送ってほしいって言うなら……他を当たって」

「……その必要はないよ。もちろん、お願いはすると思うけど、無理強いはしない。君が納得できたならで、いいよ」

「……それが、本当の仲間？」

「何が本当かなんて、わからないけど」

「そこは言い切りなさいよ」

「金じゃ買えないもの……かな」

「そんなの私が一番よく知ってる」

馬鹿じゃないの、とようやくエリカは彼女らしく小さく笑った。

「ちょっと待ってて。本当に片付けてもらいたいゴミはあるのよ」

そう言って持っていたコップを手渡すと、彼女は奥の寝室へと向かっていった。ゴトゴトと何かを動かす音がして、戻ってきた彼女が手にしていたそれには強く見覚えがあった。

手元に魔石が施されただけのシンプルな拵（こしら）え。

斬ることよりも深く突き刺すことに特化した、細く鋭い剣身。

間違いなく、あの日、エリカを雇うために売り払った祖父の魔剣だった。

「これ。ゴミで邪魔だから。あんた引き取って」

「いや……え？　これ、どうやって？」

「また金の話？　それならつい最近、どっかの誰かの治療代で金貨一〇〇枚耳揃えて払ってもらったじゃない」

「フェリックスからの金は、この剣を買い戻すために……？」

「……あのね」

　ぷいっ、と音がしそうな勢いで彼女はそっぽを向くと、横目にチラリとこちらを見た。

「言っておくけど、別にあんたのためじゃないから。いい魔剣だなって思ったから買ったけど、私じゃ使い物にならなかっただけ。……ちょうどいいじゃない。また、私もパーティに入るんだから。今より深層を目指すならそれくらいの魔剣、余裕で扱いなさいよ。それで私が回復で苦労しなくていいように頑張りなさいよね……って。あんた、なんで笑ってるのよ」

　彼女の頬が少し赤くなって見えるのは、気のせいではないだろう。

「いや……ごめん」

　素直じゃない。

　そう言ったらきっと怒るだろうから、口にはできなかった。

「でも、本当にいいの？」

「あんた、私が本当にただのドケチな守銭奴かなんかだと思ってる？」

　不機嫌そうに彼女は腕を組み、口を尖(とが)らせた。

「……実家にいるママが病気でね。簡単には治らない難しいやつで、お金が必要だった。私が治せたらいいと思って葬送士になったけど……私の使える回復魔法じゃその病気を治療することはできなかった。だから、とにかく早くお金が必要だったけど……どっかの誰かが出してきた白金貨で足りたのよ」

きっと、彼女は雇われて稼いだ金は全て故郷に送っていたのだ。

彼女の家に入った時から違和感はあった。

家の中はとにかく質素で、これなら宿暮らしの方がまだ快適に暮らせるところも少ない。稼ぎを優先していた彼女の暮らしぶりとは思えなかった。長く時間をかけて深層に潜るのではなく、浅い層で数多く雇われて冒険を繰り返していたのも、すぐにお金が必要だったからなのかもしれない。

「それ」

と、彼女は魔剣を指差した。

「……家族からもらったものは、ちゃんと大切にしなさいよ」

言い切って、すんと彼女はまたそっぽを向く。

仕草とは裏腹に、その横顔はとても優しいものだった。

2

日が昇り始めたばかりの早朝、まだ人気のない中央塔広場を通り、グランドギルドを訪れた。建物の中にも冒険者の姿はほとんどないが、職員はもうそれぞれの仕事に精を出し

ている。

受付に座っていたオペラが、こちらに気がついて小さく手を振った。

「おはようございます、シオンさん」

「おはようございます」

「薬草採取のクエストですか？」

「はい。……あ」と、手際よく用意し始めたオペラの手を止める。「すみません。いつもより必要数の少ないものにしておいてください。二層まで行く間に採る感じなので、いつもみたいな量はちょっと」

ぱちぱちと瞬きしてから、彼女は「かしこまりました」と笑顔で頷いた。

手際よくクエストの手続きが進められていく。

書類の記入で視線は落としたまま、彼女は口を開いた。

「シオンさん」

「はい？」

「二層に、行かれるんですか？」

ことりとペンを置いて、彼女が顔を上げる。

真っ直ぐに、ほんの僅かも揺れずに向けられた視線が、言葉にせず尋ねてきていることは一つだった。

――大丈夫ですか。

彼女の瞳は、そう問うていた。

すぐに頷けず、自分の表情がぎこちなくなってしまったのを感じた。彼女も気づいただろうけれど、そんな素振りは微塵も表情に出さない。踏み込み過ぎず、離れ過ぎず。ここぞという時以外には、一歩遠くから見守ってくれている。

あの日、第三層から逃げ戻って、グランドギルドに入るなり一番近くにいた彼女に仲間を助けてくれと縋り付いた時から、何一つ変わらない彼女の優しさだった。

改めて、心配されないように強く頷く。

「私は」

できあがった依頼書をこちらに手渡しながら、彼女は言った。

「ここでお待ちしていますから。どうぞ、今回の冒険もご無事に」

「……はい。ちゃんと、戻ってきます」

彼女は微笑んで頷くと、「それにしても」と首を傾げた。

「今日は随分と早いんですね。他に何か、必要な手続きでもありますか？」

「あ、いえ、そういうわけじゃないんです」

息を一つ、小さく吐き出す。

言葉にすることで、きっと自分自身にも覚悟させていた。

「この後、少し寄りたいところがあるので」

◇

グランドギルドを後にして、城壁の外に出る。

冒険者墓地には、自分以外に誰の姿も見当たらなかった。

「約束、守ったよ」

改めて、そう言葉にした。

話しかけたところで返事がくるわけじゃない。

目の前にあるのは彼女の名前が刻まれただけの石だ。普通だったら、そこに君が眠っているると信じることも、祈ることもできるのだろうけれど、そんな願いすらも許されない。

君の魂はそこにないとわかっているから。

ゆっくりと深く息を吸って、吐き出す。

言葉を探す。

朝のひんやりした空気が、肺の中を満たしている。

「……君に初めて出会った時、正直に言って、変なやつだと思った。それも、とびっきりのね。葬送士なのに一人で潜って、おまけに葬送をしたいとか……ほんと、変なやつだったよ、君」

君は、今、どこで何をしているだろうか。

相変わらず、なんだろうか。

「君はおれが仲間にしたことを感謝してたけど……感謝されるようなことじゃなかったんだ。おれは、君みたいに性格のいい人間じゃない。……白状するけどさ。君は、馬鹿だったから。上手く利用できると思ったんだ」

仲間は、みんな死んで。

なのに自分一人だけ残って。

後を追いかける勇気もないから、空っぽにしか見えない空の下でただ生きていた。

ミサミサやオペラにはそんな性根を見抜かれていて、優しくされるのはかえって苦しかった。フェリックスたちのように、クズだと、馬鹿にされる方が余っ程マシだった。役立たずのクズ。仲間を犠牲にしたクズ。クズクズクズクズ。自分をクズだと思えば気が楽で、気持ち良くさえあって、いつ死んでもいい人間だと思えば許される気がした。

そのくせ、歩いて行くには何か目的が必要で。

縋り付いたのが、彼らを送るということだった。

君を利用できると思った。

「でも、違った。君は馬鹿なんかじゃなかった。おれみたいなやつが、そんな風に思っていい人じゃなかった。まあ……やることに変なとこはいっぱいあったけどさ、それでも君なりにちゃんと考えて、悩んでた。君は、底抜けのお人好しで、真面目過ぎたんだよ」

そういう人を、きっと、優しい人と言うんだろう。

馬鹿と呼ぶやつには呼ばせておけばいい。

選んだ誰かだけではなく、全ての魔物を送る。

誰か一人を見捨てる勇気がないからそう決めたと、君は言っていたけれど。あの時、君が語ったその弱さに、見透かされたような心地がしていた。仲間さえ送ることができれば、それでよくて。他の人のことなんてどうだっていい。

そう、考えていた自分自身を。

「だからさ。——『たったそれだけのことで、世界が変わって見えた』って、あの時、君は言ったけど。……そんなの、君より、おれの方がそう思ってたんだよ」

全部自分のせいなのに、こんな世界が嫌いで。

もう、どうだってよくて。

彼らを送れたら終わりでいいって、思っていた。

君に、出会うまでは。

「……くそ」

嫌なやつや、嫌なことがどれだけあっても。

君みたいな人がいるなら、この世界も、少しは悪くない。

気がついた時には、笑顔を見る度、そう思ってた。

そう、思えたのに。

「もっと、話せることが……あれば……よかった」

膝が折れそうになるのを、堪(こら)えることだけで精一杯だった。

絶対にしないと決めていたはずなのに、泣いてしまっていた。

痛むほどに両手を握りしめて、吠えるように号哭した。止めようがなかった。

君に、もっと色々なことを聞いておけばよかった。

休日にすること。好きな食べ物。嫌いなこと。心が落ち着く景色。なんでもいい。なんでも、よかったんだ。もう少し聞いておけば、もしもまた君に巡り合えた時、すぐにわかるような気がするのに。

いや。

そうじゃない。

そうじゃ、ないよな。

聞くよりも、言わなくちゃいけなかったんだ。

伝えなくちゃいけなかった。

後回しになんて冒険者がしていいわけがない。どんなことでもそうで、大切なことなら尚更。ダンジョンに潜れば、どんな人でも、あっけなく散る時は散る。そんなこと、よく知っていたはずなのに。

照れくさくて、誤魔化してしまったけれど。

伝えたい言葉なんて、決まってたんだ。

「……でも、さ」

涙を拭う。

誰もいない冒険者墓地に、自分の声だけが響く。

言葉の端から、目の前の墓石に吸い込まれていくような心地がした。

「決めたんだ」

今、言葉にするのは違う。

だって、君はそこにいないのだから。

送るとか、送らないとか。本音はそんなことはどうだっていい。

まだ、君を思い出になんてしない。

たとえ魔物になっていたとしても——ただ、もう一度、君に会いたい。


墓地を出て、早朝の澄んだ空気の中を歩いて行く。

日が昇るのが少し早くなってきていて、夏が足音を立てて近づいてきているのを感じる。

朝靄（あさもや）もないからりとした道を、待ち合わせ場所の中央塔広場に向かって進む。

隣に君がいなくても、歩いて行く。

「おせーぞ、クソシオン」

「……お、おはよ……ござい、ます」

「美しい朝だね、シオン！　さあ！　今日もボクらの刺激的な冒険を始めようじゃないか！」

朝からうるせえんだよ変態とヴァルプがノーランドに突っ込み、リリグリムはそのやり取りを楽しそうに見ている。

「みんな、おはよう。一応確認だけど、準備は万端？　それぞれ、最低限の糧食とか水とか、忘れてないよね？」

「あんたが来る前に、そんな確認は済んでるわよ」

手に持つ杖の先でカツンと石畳を一叩きして、エリカはにこりともせずにそう言った。

昇り始めたばかりの朝日を受けて、白い葬送士の装束が煌めいている。

「……よし。それじゃあ、今回の目標は一層の突破、二層への到達」

改めて視線で見回すと、全員から同じように返ってくる。

「行こう」

きっと、彼女の場所まで。

終章　廻る君のプロローグ

See you again
even if you metamorphose.

目を開けると、知らない景色だった。

辺りは薄暗いが、見上げる頭上は水面のように波打っていて、微かな光が波に合わせて揺れている。まるで深い深い海の底にいるような景色だ。海底に寝そべって、空を見上げる。遥か遠くの高さから降り注いだ日光が、海に拡散し、その僅かな欠片がここまで届いている。そんな景色に思えた。

そもそも、ここはどこだろう？

ゆっくりと上体を起こすが、見回しても周囲は薄暗く、どこかわからない。

誰もいないのだろうか。

「――■■■■■？」

シオンさん――と。

彼の名前を呼んだつもりだった。

聞こえたのはおよそ自分のものとは思えない、言葉にもなっていない音の連なり。獣が唸る声を幾重にも重ねて歪ませたような音だった。

何か、おかしい。

そもそも目を覚ます前、どこで何をしていただろうか。

確か、いや、間違いなくダンジョンにいた。冒険をしていた。二層を目指して、シオンやヴァルプ、リリグリム、ノーランド、ようやく打ち解けてきた仲間たちと一緒に一層に潜っていた。夜になって、野営をして、彼と一緒に見張りを——。

そうだ、とお腹に触れようとして。

見下ろした自らの手には、長く鋭い爪が生え揃っていた。

掌から腕には、頭上からの僅かな光でも輝く、磨かれた宝石のような鱗が整然と並んで煌めいている。

貫かれたはずのお腹に、傷はない。

「——■■■■■」

夢なら醒めてと。

もう一度呼んだ彼の名前も、言葉にはならなかった。

あとがき

小説を思いつく瞬間は無数にあります。

タイトルから思いつく形、冒頭から思いつく形、ラストシーンから思いつく形、キャラクターから思いつく形、世界観から思いつく形、その他にもたくさん。

どれも一長一短あるのですが、今回の小説が明確に像を結んだのは「アリスレイン」という名前をヒロインに付けることを思いついたときでした。

どうして思いついたのか、少し言葉にしてみようと思います。

僕はこの世のほとんどの不条理に目を瞑ることしかできません。たとえば僕がソシャゲの新しいガチャ更新に喜んでいるとき、世界のどこかでは事件が起きているし、失われる命もあります。現代はインターネットがありますから、大きな事件であれば情報は入ってきますが、かといって何かできるかと言われれば難しい。そして目にも耳にも入ってこないどこかでも、もちろん、悲しい出来事は起きているはずです。当然、今、この瞬間も。

もし、そうしたこの世の全ての出来事に正面から向き合うことができるようになるとしても、僕はきっと目を背けます。そんな重荷を背負いたいとは思えません。RADWIMPSの『狭心症』はやはり稀代の名曲だと、近頃よく思います。

そんな僕には無理なことを、キャラクターとして描くことにしました。どうにもならないと思えても、不可能だと言われても、なんと馬鹿にされようとも、全てに手を差し伸べようとする――差し伸べることを諦めない――キャラクターがいるとするのなら、それはきっと全ての命に等しく降り注ぐ慈雨のような人物だろう。そんな着想からアリスレインは生まれました。正確なことを言うと、昔一度は使ったことのある名前だったのですが、今回のようにピタッときた感覚はありませんでした。いつか時が来たらまた使おうと心の引き出しの中に入れていた名前だったのです。こうしてアリスレインという少女を中心に、この小説は形が定まっていきました。

こう書くと何だか色々すんなりと小説ができあがったような気がしてくるのですが、そんなことは全然なく、この新作について担当編集の吉田さんと最初の打ち合わせをしたのは二〇二〇年の年末だったので、思えば一年以上かけてこの小説は完成に至りました。時間をかけたからといって傑作になるわけではありませんが、読者の皆さんに少しでも楽しんでいただけていたら嬉しい限りです。

ちなみにこの小説は、僕にとっては既に嬉しいことがあり、非常に特別な小説となりました。ライトノベル、大衆小説、純文学、あらゆるジャンルを問わず、僕がこれまでの人生で読んできた全ての作家の中で一番好きな十文字青さんにコメントを寄せていただいているからです。おべっかを使っているわけではなく、過去のインタビューでも「オーバーラップの新人賞に投稿した理由は十文字青さんが好きだから」と公言していたりします。皆さん、小説を読む方であれば誰しも自分にとって特別な作家がいると思うのですが、僕にとってはそれが「十文字青」という作家なのです。タイムマシンに乗って、過去の自分にこの出来事を伝えたとしても、まあ信じてくれないと思います。それくらい、本当に嬉しくありがたいことでした。十文字さん、お忙しいところ本当にありがとうございました。この場を借りて、改めてお礼申し上げます。

さて、いい具合に枚数が埋まりましたので、最後に謝辞を。最初に上がってきたアリスレインとエリカとシオンのキャラクターデザインの時点で、言うことが何もないくらいに素晴らしかったです。前作に引き続き、様々にご助力いただきました担当編集の吉田さん。その他、本書の制作や販売に関わってくださった全ての方々。そして何より、本書を手に取ってくださっている読者の皆さんに、心から感謝します。

前作の『弱小ソシャゲ部の僕らが神ゲーを作るまで』は多くの読者の方に応援していただきました。本当に、ありがとうございました。その応援に上手(うま)く応えられることができなかったのは心苦しい限りですが、勝手な願いが許されるのなら、この小説が応援してくださっていた読者の皆さんにまた届いてくれたのなら嬉しく思います。

それでは、また、お会いできることを祈っています。

紙木　織々

かつて人だった貴方へ
1. 最果ての魔女と葬送士

発　　行　2022年4月25日　初版第一刷発行

著　　者　紙木織々
発 行 者　永田勝治
発 行 所　株式会社オーバーラップ
〒141-0031　東京都品川区西五反田 8-1-5
校正・DTP　株式会社鷗来堂
印刷・製本　大日本印刷株式会社

Printed in Japan　ISBN 978-4-8240-0154-2 C0193

作品のご感想、ファンレターをお待ちしています

あて先：〒141-0031　東京都品川区西五反田 8-1-5 五反田光和ビル4階　オーバーラップ文庫編集部
「紙木織々」先生係／「かやはら」先生係

PC、スマホからWEBアンケートに答えてゲット!

★この書籍で使用しているイラストの『無料壁紙』
★さらに図書カード（1000円分）を毎月10名に抽選でプレゼント!

▶https://over-lap.co.jp/824001542
二次元バーコードまたはURLより本書へのアンケートにご協力ください。
オーバーラップ文庫公式HPのトップページからもアクセスいただけます。
※スマートフォンと PC からのアクセスにのみ対応しております。
※サイトへのアクセスや登録時に発生する通信費等はご負担ください。
※中学生以下の方は保護者の方の了承を得てから回答してください。

オーバーラップ文庫公式 HP ▶ https://over-lap.co.jp/lnv/

第10回 オーバーラップ文庫大賞
原稿募集中！

イラスト：冬ゆき

キミが物語の王様

【賞金】
大賞…300万円
（3巻刊行確約＋コミカライズ確約）
金賞……100万円
（3巻刊行確約）
銀賞………30万円
（2巻刊行確約）
佳作………10万円

【締め切り】
第1ターン 2022年6月末日
第2ターン 2022年12月末日

各ターンの締め切り後4ヶ月以内に佳作を発表。通期で佳作に選出された作品の中から、「大賞」、「金賞」、「銀賞」を選出します。

投稿はオンラインで！ 結果も評価シートもサイトをチェック！

https://over-lap.co.jp/bunko/award/

〈オーバーラップ文庫大賞オンライン〉

※最新情報および応募詳細については上記サイトをご覧ください。
※紙での応募受付は行っておりません。